渇いた夏

柴田哲孝

祥伝社文庫

目次

プロローグ

一九八七年夏――。

男は、まだ少年といってもいい年頃だった。

背が高い。だが体は細く、面影《おもかげ》には幼さが残っていた。

傍《かたわ》らに、少女がいた。小柄だった。おそらく一〇歳にはなっていない。色が白く、どこか艶《つや》のある美しい少女だった。

二人は手をつなぎ、牧草地の中を歩いていた。厚いベルベットを敷き詰めたような、緑の丘を登っていく。見上げると丘の頂点から、まるで境目が存在しないように、夏雲の浮かぶ高い空が続いていた。

ほう　ほう　蛍こ

あっちの雪水　苦いぞ

こっちの水　甘いぞ
ほう　ほう　蛍こ
蛍のお父っつあ、金持ちだ
どおりでお尻《けつ》が　ぴっかぴか

少女が、鈴のころがるような声で歌った。少年も、かすかに口を動かしてそれに合わせている。熱い陽光を浴びて、若草の先端が輝いていた。

少年は、暗い目で少女を見下ろした。風になびく、柔らかなお河童《かっぱ》の髪。滑《なめ》らかな、鞣《なめ》し革《がわ》のような肌。襟脚《えりあし》から綿のシャツの襟元へと視線を這《は》わすと、まだ膨《ふく》らみきらない胸の蕾《つぼみ》までも見通せるような気がした。

少年は、少女の手を握っていた。その掌《てのひら》に、粘るような汗が滲《にじ》んでいた。

ほう　ほう　蛍こ
あっちの雪水　苦いぞ
こっちの水　甘いぞ

少女はあどけなく、無心に歌い続ける。汚《けが》れなき天使のように。自らの犯す罪にすら気付くことなく。輝く牧草の中で、体を弾《はず》ませながら。

「ねえ、〝お兄ちゃん〟……」

少女が、大きな瞳で少年を見上げた。

「何だい、真由子《まゆこ》……」

〝お兄ちゃん〟と呼ばれた少年が、震《ふる》えるような声で応《こた》えた。

「本当に蛍、いるのかな……」

「いるよ。沢山《たくさん》、いるよ……」

少年が、また掌に力を込めた。だが少女は、異変に気付いていない。

「この前ね、村に蛍が来た時、キミエちゃんとケンちゃんも、みんな蛍を捕ったんだよ。でも真由子は風邪をひいてたから、捕りに行けなかったの。だから今日は、蛍を沢山捕りたいの……」

少女がそういって、左手の虫籠《むしかご》を見た。

「……今日は、捕れるべ……」

少年が、小さな声でいった。

「でも、昼間でも蛍って、光るのかな……」

「大丈夫さ。森の中は昼間でも暗いから、きっと蛍は光ってるさ……」

そうだ。森の中は暗く、いつも湿っている。そして、誰も来ない……。

丘の頂上まで登ると、彼方に樹木の影が見えた。なだらかな牧草地の斜面は、深い森で囲まれていた。森が近付くにつれ、少年の心は逸《はや》り、胸は重く高鳴った。

「〝お兄ちゃん〟、早く行こう……」

心を察したかのように、少女は少年の手を引いた。森全体がうなるように、蝉の声が聞こえていた。

自分が現実の中に存在するのか。それとも、すべては夢の中の出来事なのか。少年には、それすらも理解できなかった。

「〝お兄ちゃん〟……痛いよう……。恐いよう……。やめてよう……」

少年は、少女の泣き叫ぶ声を、幻の中で聞いているような気がした。気が付くと、いつの間にか森の中にいた。裸の真由子が、自分の体の下になっていた。

「……大丈夫だ……真由子……。お兄ちゃんのこと、好きだろう……。すぐに終わるから……」

止めたかった。だが、止められなかった。このまま最後まで行けるなら、地獄に堕《お》ちてもいい。この世が終わってもかまわない。そう思った。

少年は、顔を歪《ゆが》めた。下生えに押さえつけた少女の白い体の上に、汗とも毒とも知れぬものが滴《したた》った。

「やだよう……やめてよう……」

少女が、叫び続けている。だが、少年の耳には届かなかった。すべては蟬の声に搔き消され、森の深淵へと吸い込まれていく。

これは夢だ。そうに決まっている――。

少年は何度も心にそういい聞かせた。真由子は、生まれた時から知っている。子守もしたし、御湿《おしめ》も取り換えてやった。その真由子に、自分がこんなことをするわけがない……。

「痛いよう……やめてよう……」

少年は、心を閉ざした。もう、何も聞こえない。だがその時、すべてを現実に引き戻す声が森に響いた。

「貴様、何をしとる。やめんか！」

少年が、振り返った。そこにもう一人、若い男が立っていた。

「……お前、どうして……」

呆然と、男を見上げた。

「どうしたもこうしたもあっか。貴様は、真由子に……。自分が何をしとるか、わかってんのか！」

男が少年に、飛び掛かった。首を摑まれ、体を引き起こされた。

殴られた。少年は、尻も隠さずに湿った土の上を這った。男が、その尻を蹴り上げた。

「わぁ……」

少年が、言葉にならない声を絞った。夢中だった。ずり下げたジーンズのポケットから
バタフライ・ナイフを出し、刃を開いた。

「お前、何をする気だ。そんなもん、捨てろ」

「うるせえ！」

ナイフを構え、少年が男の腹に体をぶつけた。二人の体がひとつになり、森の中をころがった。

裸で血だらけの足を開いたまま、少女は震えながらその光景を見ていた。

蝉が、狂ったように鳴き続けていた。

第一章　遺産

1

二〇〇七年夏――。

道は山に向かい、登っている。

国道二八九号線。白河関《しらかわのせき》から市内を抜け、会津《あいづ》へと向かう古い街道だ。だがいまは、阿武隈《あぶくま》山脈の険しい山肌に阻《はば》まれ、甲子《かっし》峠で行き止まりになっている。

神山健介《かみやまけんすけ》はBMW318CIの五速ミッションを三速に落とし、アクセルを踏み込んだ。旧型の、すでに一〇万キロ以上を走った骨董《こっとう》品だ。だが一・八リットルのツインカム四気筒エンジンは、正確な鼓動を刻み心地良く吹け上がる。

最後にこの道を走ったのは、いつの頃だったろう。おそらく、二〇年は経っているはずだ。神山はまだ高校生で、ぼろぼろになった学生帽を目深に被《かぶ》り、通学バスの車窓からこの風景を眺めていた記憶がある。

あれから、すべてが変わってしまった。当時のものは、ほとんど何も残っていない。だが、人間の心は不思議だ。この道を走っていると、通り過ぎていく何気ない山並みや田園の風景が消えかけた記憶の断片に重なり、懐《なつ》かしさが込み上げてくる瞬間がある。

すでに道は西郷《にしごう》の村に入っていた。地図を確かめるまでもなく、曲がる場所をすぐに思い出した。右手に阿武隈川が流れ、折鶴橋《おりづるばし》が見えた先で、神山はBMWの速度を落としステアリングを左へと切った。

水田と畑の中を走る、何の変哲もない村道だ。この辺りの風景は、以前とあまり変わっていない。ゆるやかなワインディング・ロードを上がっていくと、周囲はいつの間にか水田から豊かな牧草地へと移ろい、次第に山の気配が濃くなりはじめる。

やがて道はいくつかの森を抜け、小さな流れを渡り、真芝《ましば》の集落の中を走る。記憶にある茅葺《かやぶ》きの家々が点在する箱庭のような風景は姿を消し、いまは味気ないサイディングのマッチ箱のような建物が並んでいた。

途中で、のんびりと路上を走るフォードのトラクターを追い越した。何気なく振り返ると、高い運転席にどこかで見たような顔の男が座っていた。

そうだ。この集落には、様々な思い出がある。

神山の母子に離れを貸してくれていたキヨ婆《ばあ》は、どうしているだろう。学校の帰りに母《おも》屋《や》の前を通ると、キュウリやトマトなどの野菜をいつも持たせてくれたものだ。訛《なまり》がきつく、東京者の神山とは話が嚙み合わないことはあったが、キヨ婆はそれでもにこにこと笑っていた。

村一番の頑固《がんこ》者の谷津《やっ》の爺《じい》さんは、どちらかといえば疎《うと》ましい存在だった。まだ明るいうちから酒を飲み、庭の古い臼《うす》に腰かけてぼんやりとピースをくゆらせていた。だが、神山や近所の子供達が川にヤマメを釣りに行くのを見かけると、無言で仕掛けを作ってくれたりもした。そんな、やさしいところもあった。

二人共、もうすでに百歳か、それに近いはずだ。もし生きているとすればだが……。

集落には、神山と同世代の少年達もいた。一人は谷津誠一郎《せいいちろう》。頑固者の谷津の爺さんの孫だった。もう一人は、確か柘植克也《つげかつや》といった。二人は同い歳で、名字は違うが従兄弟《いとこ》同士だったはずだ。

神山と母の智子《ともこ》がこの西郷村で暮らした四年間、三人はいい遊び仲間だった。共に白河の県立高校に通い、夏は川で泳ぎ、冬はスキーに夢中になった。タバコや、酒などの悪戯《いたずら》を覚えたのも、三人はいつもいっしょだった。

奴らは、どうしているのだろう。東京に戻ってから、この集落の人々との連絡はぷっつりと途絶えてしまっていた。田舎に住む他の若者と同じように、寒村を離れ町や都会に出て暮らしているのだろうか。それとも、まだこの集落に残っているのだろうか。もし神山がまたここに落ち着くことになれば、いずれはあの二人の消息に触れる機会もあるのかもしれない。

神山は、車の速度を落とした。森に囲まれるように、小さな畑が広がっていた。風景に、見覚えがある。確か、このあたりだったはずだ。だが神山と母が間借りをしていたキヨ婆の家はすでに取り壊され、更地《さらち》になっていた。その先に見えた谷津の爺さんの家も、新しく建て換えられている。荒れた畑の脇に、ぽつんと道祖神だけが残っていた。一瞬、神山は道祖神に目礼を送り、また車のアクセルを踏んだ。

ＢＭＷ３１８ＣＩは、軽快に田舎道を走る。正面に、頂上が厚い雲に被《おお》われた鶏峠《にわとりとうげ》山が聳《そび》えていた。夕刻には、ひと雨くるかもしれない。

やがて道は真芝の集落を抜け、ゆるやかな丘陵へと登っていく。窓を開けると、熱い風と共に、草の萌《も》える甘い匂いが車内に流れ込んだ。雲間から射し込む夏の陽光は目映《まばゆ》く、淡い緑の丘にスポットライトにも似た照明を投げかける。その光の中に、ささやかな木立に囲まれた一軒の家が見えてきた。

あの頃のままだ。ここだけは何も変わっていない。神山の胸に、迫るような懐かしさが込み上げてきた。白いペンキで塗られたパイン・サイディングの平屋の家は、二〇年前と同じように丘の上につくねんと佇《たたず》み、真芝の集落を見下ろしていた。

気が急《せ》いた。神山は、早くその家に到達しなければすべてが幻のように消えてしまうのではないかという不安に襲われた。

ステアリングを握る手が、かすかに汗ばんでいた。車を庭に乗り入れ、エンジンを切った。静寂が訪れ、かわりに蟬の声が辺りを包み込んだ。家は、まだ確かにそこに存在した。神山は車を降り立ち、目の前に建つ白い墓標を思わせるアメリカ式建築の家を見上げた。

目の前で見ると、家はやはり荒れていた。白いペンキはいたる所が剝《は》げ落ち、窓枠《わく》は傾いていた。あれから二〇年もの風雪を、家は無言の内に物語っている。今年になってから、一度も草刈りをやっていなかったのだろう。庭には夏草が伸び、すべてが草いきれの中に埋もれていた。

草を踏み、神山は玄関に向かった。小さなポーチの付いたドアの前に立つ。上半分がガラスの窓になったこの木製のドアにも、見覚えがある。ドアには、『T・KAMIYAMA』と表札が入っていた。伯父の神山達夫《たつお》の名だ。

手でガラスの埃《ほこり》を拭《ぬぐ》い、中を覗き込んだ。室内は暗く、古い革のソファーの応接セットしか見えなかった。試しに、馬の蹄鉄を型取った真鍮《しんちゅう》のドア・ノッカーを鳴らしてみた。音は誰もいない背後の森の中に響き、蟬の声に搔き消されて消えた。

神山は、ポケットから鍵を取り出した。アメリカのタイタン社の古い鍵だ。鍵穴に差し込み、ゆっくりと回す。小さな金属音が聞こえ、失われた空白の時間が目覚めた。真鍮のノブを回して引くと、中から黴《かび》の臭いを含む冷たい空気が流れ出した。

神山は家の中に入り、明かりを点《つ》け、周囲を見渡した。日本流にいうのなら、二〇畳ほどのリビング。ここはほとんど当時のままだ。

ダブルハングの窓を開け、空気を入れ換えた。古いイーグル社製のサッシは、まだ十分にその機能を保っている。ダッチウェストの薪《まき》ストーブ。窓の両側に置かれたイギリス製アンティークのカップボードと、本棚。カップボードにはロイヤルコペンハーゲンの絵皿が飾られ、本棚には伯父の何冊かの著作と、スタインベックの原書が並んでいた。

二〇年前の風景が、昨日のことのように蘇《よみがえ》る。

右の奥にキッチンと小さなダイニングがあり、その手前の東側が寝室になっていたはずだ。寝室のドアを開ける。ここも昔のままだ。窓際にダブルベッドが置かれ、枕元のベッドテーブルの上にはバカラの水差しと、チャンドラーやダニングの翻訳物の推理小説が置かれていた。

だが、クローゼットは小さかった。中を見ても、数着の背広とジャケット以外は、ほとんどまともな服は入っていない。服などは、着られさえすれば何でもいい。伯父は、そんな人だった。

窓を開けて風を通し、部屋を出た。リビングを横切り、西側の廊下を歩く。右側がバスルーム、奥が客間になっている。

神山にとって、思い出の深い部屋だ。母と共に東京を追われ、伯父を頼ってこの村に来た時、間借りする家が決まるまでの間しばらくこの部屋で暮らしていたことがある。一カ月程だったのか。それとも、もっと長かったのか。まだ中学生だった神山は、この床に蒲《ふ》団《とん》を敷き、母と枕を並べて寝た記憶がある。

だが部屋に入ると、かなり印象が違っていた。こんなに狭い部屋だったのだろうか。いまは六畳ほどの洋間に、まだそれほど古くはないベッドが置かれている。他には、安物のキャビネットのような家具がひとつ。伯父の趣味ではない。引き出しを開けてみたが、中は空《から》だった。

ふと、何かの気配を感じた。誰かに、見られている――。

窓から外を覗いた。だが、庭に人影はない。裏に回り、バスルームの窓から森を見た。やはり、誰もいなかった。動物か。いや、単なる錯覚だったのだろうか。

廊下に戻った。そこにもうひとつ、ドアがあった。

神山にとって、かつてそこは、この世で最も神秘的な空間だった。伯父が、「男の魂が宿る聖域」と呼んでいた場所。この家に住んでいた時にも、その後幾度となく訪れた時にも、まだ少年だった神山が決して一人では立ち入ることを許されなかった部屋。伯父の書斎である。

息を整え、神山はゆっくりとドアを引いた。伯父がなぜ六二歳で自らの命を絶つことになったのか。この部屋の中に、秘密が隠されているような気がした。

2

神山の元に一通の内容証明付の書類が届いたのは、二ヵ月前の五月のことだった。差出人は、郡山《こおりやま》市在住の斉藤浩司《さいとうこうじ》という弁護士になっていた。

心当たりは、まったくなかった。神山は、都内の大手の興信所に勤務する調査員だった。職業柄、事件のトラブルで訴訟を起こされることも有り得なくはない。だがもし仕事上の件ならば、相手は調査員個人にではなく、興信所に直接連絡を取る。

不審に思い、封を開けた。中から出てきたのは伯父の神山達夫の死亡通知と、遺産相続に関する書類一式だった。

伯父には身寄りがなかった。若い頃は女性関係も華やかで、アメリカで暮らし、一度結婚したという話は聞いたことがある。だが、子供はできなかったようだ。帰国し、この西郷村に家を建てて暮らしはじめた頃には、伯父はすでに独身だった。

唯一の肉親が、伯父の妹――神山の母――の智子だった。だが、一〇年ほど前に病弱だった智子が亡くなった。その葬儀の席が、神山と達夫伯父が顔を合わせた最後になった。

「これで、本当に一人になっちまったな……」

線香を上げ、手を合わせながら寂しそうにそう呟いた伯父の表情が、いまも神山の脳裏に残っている。

母の智子は学生時代にひと回りも上の妻子ある男と駆落ちし、私生児として健介を産み落とした。その後も男を替える度《たび》に、人生を狂わせてきた。

血は争えないものだ。神山もまた、母や伯父の兄妹と似たところがあるのかもしれない。母の死後、神山もまた結婚と離婚を経験している。それからは幾度となく職を変え、都内や関西のアパートやマンションを転々とした。最後に東京に戻り、興信所に入った時にも、周囲の者には誰にも落ち着き先を知らせなかった。

気が付くと伯父の達夫とも、毎年の新年の挨拶《あいさつ》すら途絶えていた。だが伯父は、唯一の身内である甥《おい》の健介のことを最後まで気に掛けていた。これは後に聞いたことだが、遺書を作成する際、伯父は弁護士の斉藤に神山の消息の調査を依頼していたという。神山が住民票を移していなかったために、かなり手間取ったようだ。

神山が弁護士事務所に連絡を入れると、斉藤はその翌週には土地の権利書などの書類一式を携え、新幹線で上京してきた。実直そうな、いかにも田舎弁護士といった風情《ふぜい》の男だった。

手続きに手間は掛からなかった。簡単な遺書が一通。これは伯父の死の三ヵ月前、二〇〇七年の一月二三日付で書かれたものだ。内容も特に変わったところはなく、福島県西白河郡西郷村真芝の家が一軒、ささやかな有価証券と預金、著作権、その他に車二台と書斎の中のすべての品を甥の神山健介に譲るというものだった。

車とはいっても、国産の古い乗用車と軽の四輪駆動車である。乗用車の方はすでにダムの中に沈み、使い物にならなくなってしまったが。

なぜわざわざ「書斎の中のすべての品」と一筆入れたのかは謎だが、いかにも達夫伯父らしい感覚ではあった。もしかしたら、紙屑にしか見えない蔵書の山の中に、とてつもなく高価な古書でも含まれているのかもしれない。

斉藤と待ち合わせた東京駅構内の喫茶店で書類にひととおり目を通し、そのすべてに署名捺印《なついん》して遺産の相続に同意した。特に問題はなかった。家や有価証券、銀行預金の名義変更は、すべて斉藤に代行を依頼した。

所定の手続きが終わった後、神山は斉藤と少し話し込んだ。弁護士には、依頼人の守秘義務がある。それは依頼人の遺族に対しても、例外ではない。だが斉藤はそんなことなどお構いなしに、伯父について饒舌《じょうぜつ》に話した。

神山はその席で初めて、伯父の死が自殺であったことを聞かされた。伯父は前年の年末に斉藤の事務所を訪れて遺産相続の件について相談し、年が明けて公正証書付の遺書を作成。その三カ月後の四月二九日の深夜、近隣の赤坂ダムに車ごと入水《じゅすい》して命を絶った。時系列で追うと、確かに覚悟の上の自殺だった可能性は否《いな》めない。

だがその時、神山は斉藤の話を聞きながらふと疑問に思った。人間は、それほど何カ月も前から計画的に、自殺などできるものなのだろうか。それに記憶に残る伯父は、どう考えても自殺するようなタイプの人間ではなかった。

二日後、五月一日の地元紙——福島民報——に伯父の訃報《ふほう》が載った。斉藤はその朝、偶然に朝刊を開き伯父の死を知ったという。もしその記事を目に留めていなければ、〝事件〟のことを何ヵ月も知らなかった可能性もあった。

「本当に、自殺だったんでしょうか」

神山は、冷めたコーヒーを飲みながら訊《き》いた。

「そうらしいですよ。神山さんは、国道二八九号線から赤坂ダムに入ったんです。古い分譲地の中の廃道で、あんなところには自殺でもする気にならなけりゃ、真夜中に誰も入っていきはしませんよ。それに、警察によると、ダムから水辺に下りる道にはブレーキ痕もなかったそうですから……」

斉藤は、伯父の死について何も疑っていないようだった。だが、それでも神山は釈然としなかった。理屈ではない。長年の興信所の調査員としての勘のようなものだ。

「直接の死因は？」

さらに、神山は訊いた。

「水死、ですよ。御遺族がすぐに見つからなかったので、私が代理人として司法解剖の手続きを取りました。警察によると、大量にあのダムの水を飲んでいたそうです。水質も一致しています。もしご不審でしたら、警察に訊いてみたらよろしい。担当者を紹介しましょう。田舎の警察ですから、親身に教えてくれますよ」

斉藤はそういって、名刺の裏にメモを書き込み神山に差し出した。〈白河西警察――捜査課――奥野眞規《おくのまさき》――電話……〉

自殺なのになぜ捜査課なのかは心に引っ掛かるが、他には不審な点はない。解剖の後、伯父の遺体は斉藤と近隣の住民の立合いの元に荼毘《だび》に付された。その後、遺書に書かれていた東京の堀切《ほりきり》にある神山家の墓に、四九日を待たずに納骨されたという。慌《あわただ》しく、それでいて寂しい葬儀の光景が瞼《まぶた》の裏に浮かんだ。

あれから二カ月。神山の周辺で、いくつかの小さな変化があった。いや正確には、自分の意志によって「あえて変えた」というべきだろうか。

まず最初に、神山は六年間勤めた興信所を辞めた。調査員という身分は、典型的な現場人間である。これ以上、社に残ったとしても先は見えていた。数年後に迫った四〇歳という大台を前にして、将来に期待できる仕事とは思えなかった。

同時に神山は、住み馴《な》れた東京を引き払う決心をした。東京の家、とはいっても一人暮らしのワンルームのマンションだ。その気にさえなれば、僅《わず》かな身の回りの荷物と共に消えるのは簡単だった。

学生時代に、母と共に生活した西郷の村の思い出が強かったのかもしれない。「田舎暮らし」などという使い古された言葉に、幾何《いくばく》かの憧《あこが》れを抱いていた面もある。それに、人生の節目には、何らかの偶然による切っ掛けも必要だ。その意味で伯父の達夫が残してくれた物は、いかなる経緯によるものであれ、神山を決心させるに十分だった。そしてそれは、二〇年前、母と高校生だった健介をいつも優しい眼差しで見守ってくれていた、伯父の達夫の意志でもあるように思えてならなかった。

3

カーテンを開けると、窓から差し込む西日の中に、細かい塵《ちり》が光りながら舞った。落ち着いた雰囲気の部屋だった。四方の壁のうちの三方までが、腰の高さほどの、備付けの書棚で埋まっている。

おそらく、手造りなのだろう。伯父は、大工仕事が得意だった。2×6《ツーバイシックス》材を使った棚板は一枚ずつが丁寧《ていねい》に研磨され、濃い色のステインで仕上げられて、周囲の漆喰《しっくい》の壁と美しいコントラストで調和している。棚には日本文学、翻訳物、英文の原書などがジャンルごとに表紙を並べて納められていた。

南側の窓際に、幅七フィート、奥行き三フィートの大きなオーク材のデスクが置かれている。その前にある椅子も含め、これもおそらくはイギリスのアンティーク家具なのだろう。伯父は変わった人だった。服や車、家電製品といった消耗品にはまったく金をかけなかったが、道具や嗜好品といった類《たぐい》には惜しげもなく贅沢《ぜいたく》を楽しんだ。いま、デスクの上に並ぶものを手に取ってみても、そのひとつひとつが伯父の人格を物語っている。ペリカンの万年筆が二本に、持ち歩くためのパーカーが一本。ダンヒルのブライヤーのパイプが三本。この書斎には、パソコンなどという無粋《ぶすい》なものは存在しない。そのかわり、デスクの上には、『T・KAMIYAMA』と名前が印刷された特注の原稿用紙の束《たば》が積まれていた。

伯父の職業を何と説明すればいいのだろう。あえて言葉を選ぶとすれば、著述業とでもいうべきなのだろうか。

早稲田大学の文学部で近代アメリカ文学を専攻し、その後ボストン大学に留学した。帰国後は翻訳家として、もしくは評論家や随筆家として様々な文芸誌や旅行誌などに文章を寄稿していた。特に若い頃には翻訳小説のベストセラーも何冊かあり、当時の印税でこの家を建てたと聞かされたこともある。

江戸切子の灰皿。ロンソンのシルバーのライター。使い古され、表紙がすり切れた『広辞苑』が一冊――。

この家は、いたるところに伯父の思い出が満ちている。だが、最も色濃く伯父の気配を残すのは、やはりこの書斎だった。何気なく振り返ると、書棚の脇に、ブライヤーのパイプを片手に腕を組んで立つ伯父の姿が見えるような気がした。

伯父は、遺書に書いていた。

——書斎の中のすべての品を、神山健介に譲るものとする——

何かが、ここにあるはずなのだ。

デスクの引き出しを開けた。たいしたものは入っていない。ボールペンやシャープペンシル、ホッチキスなどの文具。ビクトリノックスのナイフと、小さな名刺入れがひとつ。名刺はほとんどが、東京や郡山の出版関係者のものだった。

パスポートが出てきた。一九九二年に取得した古いパスポートで、すでに有効期限が切れていた。五年間に、二回の出国記録がある。渡航先は、アメリカと中国だった。中に貼られた写真は、神山が知る伯父の顔と、ほとんど変わっていなかった。

次々と引き出しを開けた。目ぼしい物は何も出てこない。古い原稿の束に、新聞記事などをスクラップにした資料。ウォーターマンのブルーのインクの買い置きが三つ。

使い捨てのライターがいくつか出てきた。すべて同じ店のものだ。『日本料理・日ノ本《ひもと》』と店名が印刷され、その下に電話番号が入っている。白河市内の局番だった。神山は、そのひとつをポケットに入れた。

デスクを離れ、右側のキャビネットに向かった。アメリカ製の、大きなキャビネットだ。ガラス戸の中に、何台ものカメラがある。ライカに、ローライ。日本製の、ニコン。

神山はカメラのことはよくわからない。だが、おそらくは高価なものなのだろう。伯父が神山に遺したかったのは、このカメラだったのだろうか。

木製の引き出しを開けると、中にモノクロームのネガが整理されていた。何枚かを光にかざしてみた。すべて風景か、女性のヌードだった。

部屋の中を見渡した。漆喰の壁に、額装された三枚のヌード写真が飾られていた。すべて8×10《エイトバイテン》の大きさだ。壁の前に立ち、写真を注意深く眺めた。どれも、顔をはっきりとは写してはいない。だが胸の形や項《うなじ》の雰囲気から、モデルの女性は二人であることがわかる。その中の一人は、神山の母の智子だった。

写真の中の母は、まだ若かった。おそらく、三〇代の中頃だろう。森の中で撮《と》られた母は、木の幹を抱くように樹皮に指を這わせ、斜め後ろのレンズに妖艶な視線を送っていた。伯父が、母のこのような写真を撮っていたことを、神山は初めて知った。

伯父と母の兄妹の関係は、ある意味で複雑だった。神山の祖父、作太郎《さくたろう》は貿易会社を営む実業家で、二人の〝妻〟がいた。一人は伯父の達夫の母、正妻の信子《のぶこ》。もう一人が母の智子を産んだ妾《めかけ》の波子《なみこ》である。

伯父は、母の三つ歳上だった。二人が初めてお互いの存在を知り、出会ったのは、伯父が早稲田に在学中の一九の時、母が高校の二年生の一六の時だった。向島《むこうじま》の芸者だった波子が結核に倒れ、その娘を祖父の作太郎が自宅に引き取ったのだと聞いている。

母と伯父は、単なる兄妹という関係からは計り知れぬほど強い絆《きずな》で結ばれていたような気がする。二人は、息子である神山がある時には嫉妬《しっと》を覚えるほど、仲睦《むつ》まじかった。考えてみると、かつて神山がこの村に暮らした四年の間、母が仕事に出ていたという記憶がまったく存在しない。この伯父の家に居た日々も、その後にキヨ婆の家に間借りしてからも、一切の生活の面倒は伯父の達夫に頼っていたのである。

伯父は、不自然なほどに寛大だった。いくら妹を溺愛しているからといって、そこまでできるものなのだろうか。祖父の作太郎が長年の放蕩で会社を潰しているために、伯父が特別な資産家であったわけでもない。

それ以上に不可解だったのは、母の智子の行動だった。それまで東京の中野に持っていた小料理屋の経営が立ち行かなくなり、伯父を頼ってこの白河に落ち着いたところまでは理解できる。だが、その四年後の夏、突然に東京に戻るといいだした。深夜に僅かばかりの身の回りの品を軽自動車に積み込み、世話になったキヨ婆と伯父に見送られて、真芝の集落を後にした。その様子は、いま神山が思い出しても、夜逃げ以外の何ものでもなかった。

あの時、母に何が起こったのかは神山にもわからない。数日前の週末、村に蛍が舞いはじめた夜だった。母はまだ未成年だった神山とその仲間を集め、姐御《あねご》気取りで機嫌よく酒に酔っていたのだ。

当時、母が何を思い、何を考えていたのかはすでに知る術《すべ》はない。東京に戻ってからの母は、人が変わったように塞《ふさ》いでいた。小さなアパートに落ち着き、その後は東京の居場所を知られないようにと、神山には真芝の人間と連絡を取ることも禁じた。一〇年後、母が亡くなり葬儀の席で伯父の達夫と再会するまで、神山は真芝の集落の存在すら忘れかけていた。

だが、いずれにしても昔のことだ。いまは母も、伯父も、この世にはいない。

神山は、他の二枚の写真に目を移した。どちらも、同じ女だ。母の智子ではない。長い髪。細く、しなやかな体の線。小ぶりだが、形のいい胸。モノクロームの写真からもわかるほど、色白で透き通るような肌をしている。

まだ若い。おそらく、三〇にはなっていないだろう。体の線からそれがわかる。

二枚の写真は、いずれも湖のほとりで撮られていた。大胆に、広大な水面と山並みをバックに佇む写真。もう一枚は砂の上に仰向けになり、誘うように体を開いている。左手で顔を隠してはいるが、指の間から鋭い視線が覗いている。

この女性は、誰なのだろう。単なるモデルなのか。それとも伯父の、恋人だったのだろうか。

書斎の中は、伯父の半生の歴史そのものだった。それ以外にも、様々なものが、所狭しと置かれていた。

例えば、釣り道具。ほとんどがテンカラの渓流竿か、アユの友釣りの竿、もしくは三番から五番のフライロッドだった。どれもかなり使い込まれている。

海外旅行の土産物なのだろうか。どこの国のものともわからない木彫や面、民芸品などもある。古伊万里《こいまり》の皿。九谷《くたに》の香炉。そうかと思えば部屋の隅に、付箋《ふせん》をはさんだ文芸誌などが整理もされずに山積みになっていたりもした。

そのひとつひとつが、伯父の人生にとって、何らかの意味を持っていた。少しずつ、それを繙《ひもと》いていかなくてはならない。

神山はデスクの上からダンヒルのパイプを手にし、ハーフ・アンド・ハーフの葉を詰め、マッチを擦《す》った。ブライヤーの中に、ゆっくりと火が回っていく。青白い煙が、大気の淀《よど》む空間に立ち昇った。

大丈夫だ。時間は、いくらでもある。

4

日が暮れるまでは、まだ間があった。山には黒い雲が掛かっているが、天気もしばらくは保ちそうだった。

神山は周辺を歩いてみることにした。家を出て、村道を北に向かう。道は間もなく舗装が途切れ、深い森へと入っていく。まだ七月も初旬だというのに、森の中は蟬の声にあふれていた。

この辺りは昔、分譲地だった。昭和四〇年代の末期、当時の首相田中角栄《たなかかくえい》の提唱した日本列島改造論の波に乗り、別荘地として開発された。投資目的で半分以上の区画が売れ、当時は数軒の別荘も建てられた。だが、存続はしなかった。第一次オイルショックの不景気で開発会社が倒産。その後は道や組合水道も整備されなくなり、現在に至っている。

二〇年前、神山はよくこの山を歩いた記憶がある。春には母と山菜採りに出掛け、秋にはキヨ婆の茸《きのこ》狩りに付き合った。伯父と共に釣り竿を担いで森を抜け、赤坂ダムで鯉《こい》を釣ったこともあった。釣った鯉は持ち帰り、桶《おけ》に入れ、井戸水を流して生かしておく。一週間ばかり泥を吐かせると、伯父がその鯉をアライに造り、食卓に並んだ。

あの頃は、まだ周囲の山は別荘地の面影を残していた。だが、自然は強《したた》かだ。この二〇年間で、同じ場所を歩いているとは思えないほど風景は変化していた。僅かばかりの建物は朽《く》ち果て、樹木が侵略し、すべてが森に呑み込まれようとしている。かつてはここが別荘地だったことも、人々の記憶から忘れ去られていく。

だが、道はまだかろうじて痕跡を留めていた。春には村人が山菜採りに入ったのか、下生えの中には軽自動車の轍《わだち》も残っていた。

神山は木洩《こも》れ日《び》の中に轍を辿った。汗を拭い、ペットボトルから水を飲んだ。もうそれほど距離はないはずだ。そう思った時、前面の森が開け、深い藍《あい》に沈んだ水辺の風景が広がった。

赤坂ダム――。

やはり、そうだ。伯父の家からダムまでは、国道を迂回することなく、いまも道が通じていたのだ……。

三カ月前、伯父はこの湖で自らの命を絶った。だが、やはり何かがおかしい。伯父は乗用車に乗り、村道を一度国道二八九号線まで降りている。そこから甲子温泉に向かって北上すると、国道沿いに赤坂ダムが見える小さな空地がある。

深夜だった。伯父はそこでダムに通じる道を左に折れ、そのまま車で水面に向かった。ブレーキも掛けずにダムに飛び込み、自らの命を絶った。弁護士の斉藤によると、白河西警察の調べではそうなっているという。

神山は考えた。もし自分が伯父だとしたら、どうしていただろう。車で国道を迂回すれば、赤坂ダムまで約二〇分の時間が掛かる。かなりの遠回りだ。だが、家から古い分譲地の中を抜ければ、歩いても一五分でダムに着くことができる。国道沿いから入るのと違い、人目につくこともない。

しかも伯父は、軽の四輪駆動車を持っていた。その車――古いパジェロ・ミニだった――は裏庭の物置の脇に駐《と》めてあった。神山はその車を確認したが、どこも壊れてはいなかった。ガソリンも入っていた。パジェロならば、分譲地の中の廃道も問題なく走ることができる。しかも、家からダムまで時間は五分も掛からない。どう考えても、乗用車を使って国道を迂回する理由が思い浮かばない。

神山は、湖のほとりまで下り、暗い水面を見つめた。

伯父は、合理的な人間だった。嗜好品や趣味には贅沢をするが、それ以外の無駄は徹底的に嫌う倹約家でもあった。白河の町との往復や、周辺の山歩きにも、常に最短コースを探究して悦に入っていた。その伯父が、意味もなく遠回りをすることは考えられなかった。

もうひとつ、神山は重要なことを見落としていたことに気が付いた。ここは、ダムだ。山に湧く清く澄んだ水を貯え、近隣の集落の大切な水源として利用されている。

伯父は著述家であり、思想家であり、また信念に裏付けられたナチュラリストでもあった。その伯父が水源となるダムに――いくら人生に絶望したとはいえ――無神経に車で飛び込んだりするものだろうか。

有り得ない。やはり、自殺ではない。

ならば、事故なのか。いや、それも違う。

伯父は、何らかの〝事件〟に巻き込まれたのではなかったのか――。

その時、神山は背後に気配を感じた。先程、家の中で感じた視線だ。誰かに、尾《つ》けられている……。

背後を、振り返った。深い森に囲まれていた。樹木の幹や梢《こずえ》が折り重なり、視界を遮っている。だが、目が馴れてくると、〝何か〟が見えた。

女、だ――。

遠い大樹の陰に女が隠れ、こちらを見ていた。髪の長い、若い女だった。

あの女だ。伯父の書斎に飾られていた、写真の女……。

女と目が合った。なぜか、女がかすかに笑ったような気がした。次の瞬間、女が森の中に走った。

「おい君、待て……」

神山は、後を追った。だが、距離がありすぎる。追いつけない……。

森に、霧が出はじめていた。女は白いスカートを翻《ひるがえ》し、まるで森の妖精のように霧の中に消えた。

追うのを諦《あきら》め、神山は森の中に立ち止まった。遠くから、雷鳴が聞こえてくる。見上げると、空は俄《にわか》に掻き曇り、大粒の雨が降りはじめた。

雨の中で、神山はしばらく女が走り去った森を見つめていた。

長く、熱《あつ》い夏になりそうな予感があった。

5

夕立は、すべてを洗い流すように走り過ぎていった。

雨が上がるのを待ち、神山健介は白河の街に向かった。七月のこの時季は、東北の山間部も陽が長い。午後六時を過ぎて、まるで思い出したかのように、山の風景も少しずつ黄昏《たそがれ》に染まりはじめている。

車は伯父が残した軽の四輪駆動車を使った。黒とシルバーのツートンのパジェロ・ミニ——平成八年式の古い車だ。オドメーターは、すでに一二万キロを過ぎていた。だがセルモーターを回すと、エンジンは主人の帰りを待ちわびていたシェパードのごとく忠実に目覚めた。

神山は、まずグローブボックスの中を確認した。車検証と、ウェスや革手袋などの小物が少し。地図帳が一冊。記録簿を開くと、白河市内の自動車工場の整備記録がびっしりと書き込まれていた。いかにも几帳面だった伯父らしい。

今年の三月に、車検を受けている。その時に、バッテリーやターボまでが新品に交換されていた。伯父は、この車をまだ長く乗るつもりだったようだ。その二カ月後に自殺することなど忘れていたかのように。

最初に、旧市街を回ってみた。この辺りの風景は、二〇年前とあまり変わっていない。古い商店街や、駅前のロータリー、神山が母とよく歩いた旧白河城の公園も、記憶のままだった。

駅前から国道二八九号線を東へと向かう。その先に、春の桜の名所として知られる南湖《なんこ》公園があったはずだ。だが、その途中で、思いがけない風景が目に入った。

この辺りは、延々と田園風景が続いていた記憶がある。だが、いまはその面影もない。この二〇年のうちに東北新幹線が通り、新白河の駅を中心に開発が進んでいた。駅の周辺にはビジネスホテルが建ち、国道の両側にはメガステージと呼ばれる巨大なショッピングモールが異彩を放っていた。

まるで、アメリカの地方都市のようだ。数千台の車を収容できるほどの広大な駐車場の周囲に、大手のスーパーや家電量販店、ホームセンター、ドラッグストア、大型書店、ユニクロなどのアパレルショップが建ち並んでいる。ここには、生活に必要なものすべてが揃っている。自分はいま、どこにいるのか。メガステージの中を車で走っていると、神山はそれすらもあやふやになった。

『日ノ本』という店はすぐに見つかった。ショッピングモールの外れ、大手チェーン店の居酒屋やスナックなどが並ぶ一角に、その店はあった。

意外、だった。伯父の達夫が通っていた店だ。神山は、もっと小ぢんまりとした小料理屋か居酒屋のような店を想像していた。だが目の前に『日ノ本』と看板を掲《かか》げる店は、和洋折衷の近代的な大きな建物だった。

神山は店の前の駐車場に車を駐め、しばらくその建物を眺めた。ポケットからライターを取り出し、看板に書かれている電話番号を確認する。やはり、この店だ……。

藍染《あいぞめ》の暖簾《のれん》を潜《くぐ》った。

店内は程良く広く、間接照明が落ち着いた陰と陽を演出していた。衝立《ついたて》で仕切られた小ぢんまりとしたテーブル席が並び、奥は座敷になっているようだった。落ち着いた雰囲気の店だ。だが、一人者だった伯父が、本当にこの店に通っていたのだろうか……。

「いらっしゃいませ。何人様ですか」

気がつくと、目の前に作務衣《さむえ》に前掛けを締めた小柄な中年の女が立っていた。この店の女将《おかみ》なのだろうか。

「一人ですが、よろしいですか」

神山が、いった。

「ええ、テーブル席でも、お座敷でも。でももしお一人でしたら、カウンターはいかがですか」

女がそういって、目尻の下がった愛敬《あいきよう》のある顔に笑みを浮かべた。けっして美人ではない。だが、どこか心地良い笑顔だった。白河に戻り、神山はこの日初めて、陸奥《みちのく》の温もりに触れたような気がした。

カウンターは、水槽と衝立に隠れるように小さく仕切られていた。この店の中で、そこだけが孤立した空間だった。厚く、黒く沈んだカウンター。正面に飾られた、けっしてその存在を主張することなく調和する伊万里《いまり》や萩《はぎ》、備前《びぜん》の焼き物。品書きには、山国にありながら、お造りや海鮮の珍味などの他に創作料理がそつなく並んでいる。

寛《くつろ》げる椅子に腰を下ろした時、神山はふと思った。それは、奇妙な直感だった。かつて伯父の達夫も、確かにこの席に座ったことがあると……。

「お飲み物は何にしますか」

カウンターの中から、女将が訊《き》いた。

「生ビールを……」

生湯葉《ゆば》の突出しを肴《さかな》に、霜の浮く冷えたグラスに口を付けた。ビールは冷たく、すべるように喉を通り、ささくれた心と全身を労《いたわ》るように沁《し》み渡った。

カウンターには、先客が二人いた。鼻の赤い無骨な体軀《たいく》をした男と、長身の眼鏡を掛けた男。どちらも店の常連なのだろう。カウンターを挟み、女将と親し気に話している。だが、地元の人間ではないようだった。鼻の赤い男には関西の、眼鏡を掛けた男には群馬南部の訛《なまり》がかすかに残っていた。

神山は、ラッキーストライクに火を付けた。冷たいビールを味わい、青白い煙を眺めながら、神山はそれとなく三人の会話に耳を傾けていた。

「お客さん、そのライター、どうしたんですか」

突然、女将が訊いた。その声で、神山は初めて自分がこの店のライターを玩《もてあそ》んでいたことに気が付いた。

「ああこれは……」

言葉に、窮した。

「そのライター、この店が開店した三年前に配ったものなんですよ。もう誰も持っていなかったのに。それにお客さん、この店も初めてですよね」

「ええ……」

他の二人の客も、興味深そうに神山の顔を覗《のぞ》き込む。

「地元の人じゃあないですよね」

なぜだかはわからない。この女将の言葉は、すっと心の隙間《すきま》に入ってくるような気がした。話さなくてもいいことまで、話したくなってくる。だが、いずれは確かめなくてはならないことでもあった。

「東京から来ました。今日、こちらに引っ越してきたんです」

「どちらの方に?」

「西郷村の、真芝です……」

〝真芝〟と聞いて、やはり反応があった。女将が、他の二人の客と顔を見合わせた。

神山が続けた。

「私の名は神山健介。東京で、興信所の調査員のようなことをやっていました。今回、少しばかり理由《わけ》がありまして……」

「神山さん……？」

女将も、他の客も意外な顔をしている。どうやら、〝神山〟という名前も知っているようだ。

「そうです。私の伯父……神山達夫というのですが……このライターは伯父の書斎に残っていたものなんです。伯父は、この店によく来ていたのではありませんか？」

「親方、ちょっと来て。神山さんの甥御《おいご》さんという人が来てるよ」

女将が、慌《あわ》てたように厨房《ちゅうぼう》に声を掛けた。しばらくすると、親方と呼ばれた割烹着《かっぽうぎ》を着た五〇代の半ばくらいの男が顔を出した。神山の顔を見て、軽く頭を下げた。どうやらこの男が、店の主人らしい。

特に案ずることもなく、その場の話は弾《はず》んだ。主人は久田一治《ひさだかずはる》。女将は久田久恵《ひさえ》。「久恵という名前なのに、わざわざ久田という家に嫁に行くことはなかったのに……」と、女将は屈託なく笑う。客は鼻の赤い男が三谷《みたに》、眼鏡の男が新井《あらい》という。どうやらここにいる全員が、伯父の達夫のことをよく知っていたらしい。

「達夫さんは、よくこの店に来ていたんですよ。週に一回は、いま神山さんがいるその席に座って……。ねえ」

女将がいうと、主人と二人の客が頷いた。

「伯父は、どんなでした。その……この店にいる時には」

「どうって、普通でしたよ。物静かで、穏やかな方でしたし。それに、こんなことといっていいのかわからないけど、お歳《とし》の割に女性におもてになったようだし……」

そうだろう。伯父は長身で、ダンディーだった。神山の知る限り、伯父には常に女性の影があった。

「亡くなったというのは、本当なんですか」

主人が、訊いた。

「ええ、四月二九日です。福島民報にも訃報が載ったはずなのですが、気が付きませんでしたか……」

どうやら、この店の人々は、伯父が死んだこともよくは知らなかったらしい。

「やっぱり四月二九日だったんだ……」

女将が、意外なことをいった。

「と、いうと……」

「連休の中日の日曜日ですよね。実はその翌日の三〇日、山菜を採りに行こうと話してたんですよ。ちょうど、楤《たら》の芽《め》や山胡桃《やまぐるみ》の芽の季節だったもので……」

女将の話は奇妙だった。伯父がこの店に最後に来たのは四月二七日、連休前の金曜日だった。その席で女将と三谷の三人で山菜の話で盛り上がり、三〇日の休日に山歩きをしてみようということになった。ところが当日の朝、この店の前で待ち合わせると、伯父は姿を現わさなかった。以来、まったく連絡が取れなくなったという。

「達夫さんが一番楽しみにしていたのに、おかしいと思ったんですよ……ねえ、三谷さん」

「ああ、そうや。約束を破るような人やなかったのに……」

三谷は剣菱《けんびし》を冷で飲みながら、まるで熊のようにおっとりと答えた。

「しかし……伯父さんはまた何で亡くなったんですか」

店の主人が神山に訊いた。

「自殺、でした。二九日の深夜に、車で赤坂ダムに入水したんです。少なくとも警察は、そういっています」

全員が、息を呑んだように顔を見合わせた。

「おかしい。それは絶対に有り得ないわ」

女将がいった。

「なぜですか？」

「だって私、二九日の夜に達夫さんに電話してるのよ。確か、一〇時頃だったと思う。その時に待ち合わせの時間と場所を決めたの。達夫さん、まったく普通だったし……」

神山は、また一本タバコに火を付けた。確かに、変だ。電話で山菜を採りに行く相談をし、その一時間か二時間後に自ら命を絶つ。通常の人間の心理では、普通は有り得ない行動だ。それに、責任感の強い伯父のことだ。行けなくなったのなら――その理由が自殺であれ――少なくとも断わりの電話の一本くらいは返すはずだ。

「お飲み物、どうしますか」

女将の声で、我に返った。いつの間にか、ビールのグラスが空になっていた。

「そうですね。何にしようかな……」

「もし焼酎でよければ、これがありますよ。達夫さんのですけども」

女将が、黒霧島のボトルをカウンターの上に置いた。まだ封を切って間もなかったのだろう。ボトルは上から指一本分も減っていない。

「ではそれを。ロックで。あと、鰹《かつお》の叩きをください」

神山は、黒霧島のロックに口を付けた。好きな銘柄のひとつだった。どうせ今夜は、代行で車を運んでもらうことになる。ならば、久々の白河の夜を酒に酔って過ごすのも悪くはない。

それにしても……。

この地には、どこに行っても、伯父の気配が残っている。

6

窓から流れ込む朝靄《あさもや》の冷気と、透き通るようなヒグラシの鳴き声で目を覚ました。

こんな朝があったことを、神山は長い間、忘れていた。この辺りでは、何年かに一度ヒグラシが大発生する年がある。今年が、そうなのだろう。二〇年前、神山が母と共にこの村を去った年も、ヒグラシの鳴く夏だった。

しばらくはベッドの温もりの中で微睡《まどろ》み、かすかな記憶を辿《たど》った。自分があの六畳の洋間にいること、そして隣に母の寝息が聞こえないことが不思議だった。

リーバイスのジーンズにTシャツを身に付け、キッチンに向かった。頭の芯に、昨夜の酒が残っていた。だがその気怠さが妙に心地良くて、あくびが止まらなかった。

買ったばかりのドリップの封を開け、コーヒーを淹《い》れた。カップを手に持ち、熱い湯気をすすりながらポーチに出た。いつの間にかヒグラシの鳴き声も止み、靄も晴れ、目映《まばゆ》い朝の木洩れ日が肌を焦がしはじめた。

伯父が愛用したロッキングチェアに身をゆだねながら、神山はこれからのことを思った。何かをしなければならないことはわかっていたが、何をすべきなのかがわからなかった。まあ、ゆっくりとやるさ。ここには、都会とは違う時計が時を刻んでいる。

フライドエッグとトーストの朝食を終えて、神山は物置の鍵を開けた。窓から差し込む朝日の中に、様々な庭仕事の道具が並んでいた。エンジン付の刈払機《かりはらい》、ハスクバーナのチェーン・ソー、薪《まき》を割るためのアクスが二本。すべて手入れが行き届き、混合ガソリンやオイルなどの備品も揃っていた。

午後には、東京から荷物が届くことになっていた。それまでに、庭の夏草だけでも刈ってしまおう。神山は、刈払機を手に取った。昔はよく、伯父に草刈りを命じられたものだ。約三〇〇坪の庭を刈ると、確か一回につき千円の小遣をもらえた。

扱い方は、体が覚えていた。タンクに混合ガソリンを入れ、スイッチをONに戻す。チョークを調整し、始動ロープを引いた。一度目で咳《せき》をするような反応があり、チョークを戻してもう一度引くと、森の中にかん高いツーサイクルのエンジン音が響き渡った。

オイルの焼ける匂いが、つんと鼻を突いた。人間は、不思議だ。ちょっとした手の感触や、音、もしくは匂いで、数十年の時を超えて過去に戻ることができる。もしそれが、自らが望むものではなかったとしても。

高速で回転する刃を、夏草の根元に当てる。左右にリズムを付けて振ると、草は軽い手応えと共に刻まれて飛び散り、青く苦《にが》いような死臭を放つ。地面には、家を失った虫が逃げまどう。まるで都会の生活を追われた人間のように。

三〇分もしないうちに、汗が噴《ふ》き出してきた。喉《のど》の渇《かわ》きに耐えられなくなり、神山は刈払機のエンジンを止めた。ポーチに立て掛け、脇にある井戸水の蛇口を捻《ひね》った。水はしばらくはパイプの中の銹《さび》で赤く濁っていたが、すぐに透明になった。手に受けて顔の汗を流し、口に含むと、甘く切ないような山の味が広がった。

その時、他のエンジンの音に気が付いた。車だ。顔を上げると、庭先に軽トラックが駐まっていた。運転席に、初老の男が一人座っている。前日、トラクターに乗っていたあの男だった。

男がエンジンを切り、軽トラックから降りた。神山に歩み寄り、その前に立った。やはり、見覚えがある。だが、誰だかは思い出せない。

「あんた、ここで何をしているんだね」

男が、愛想なくいった。どうやらあまり歓迎されていないらしい。

「見ればわかるだろう。草刈りだよ。おれの家なんでね」

神山がいった。

「あんたの家?」

「そうだ。おれは神山健介。神山達夫の甥だよ。この家を、伯父から引き継いだ」

「ああ、あんたか……」

男が、ふっと息を抜いたのがわかった。皮肉とも、安堵《あんど》ともつかない笑いが顔をかすめた。

「コーヒーでも、どうだい」

「いや、いい」男が、首を振った。「それよりあんた、どうするんだね。ここに引っ越してくるのか」

「そのつもりだ。まずいかな」

「いや、別に。あんたの家なんだろう。勝手にするさ……」

やはり、歓迎はされていない。

「ところで、あなたの名前をまだ聞いていない」

「谷津裕明《ひろあき》だよ。覚えてねえのかい」

その名前を聞いて、やっと思い出した。確か谷津の爺さんの息子、神山の遊び仲間だった谷津誠一郎の叔父だ。いかにも頑固そうな目つきに、谷津の爺さんの面影がある。

谷津はポケットからタバコを出し、火を付けた。爺さんと同じ、ショートピースだった。

「爺さんはどうしてる？」

神山が訊いた。

「爺さんて、親父かい。親父は死んだよ。もうとっくの昔……一五年も前だ。あんなに放《ほう》蕩《とう》すれば、長生きもしねえさ」

「キヨ婆は？」

「ああ、そうか。あんたら親子は、岡部《おかべ》の家のキヨさんの離れに世話になってたんだな。キヨさんも、その息子の清一《せいいち》も死んだ。いまは孫の代になっている。ところで、あんたのおっ母さんは元気にやってるのかい」

「いや、お袋も、死んだよ……」

「そうか。皆んな、死んじまったんだな……」

谷津が根元まで吸ったタバコを、長靴で地面に踏み消した。そのまま黙って立ち去ろうとする谷津に、神山は後ろから声を掛けた。

「誠一郎はどうしてる？　この村に、いるのか」

背中が強《こわ》ばり、谷津が足を止めた。

「あいつは、いねえよ。もうこの村には、戻れんだろう」

「どこに、いるんだ。会いたいんだ……」

谷津が、振り返った。

「知らねえよ。誠一郎のことは、この村の誰も知らねえんだ。むしろ、あんたのおっ母さんの智子さんが知ってんじゃねえかと思ってたけんどな。違うのかい」

「………」

谷津は、無言でトラックに乗った。エンジンを掛け、ギアを鳴らすと、牧草地を抜ける農道を走り去った。

7

午後、東京から荷物が届いた。家財道具——といってもワンルームのマンションひと部屋分のささやかな量の荷物だが——は、そのまま同じ広さの六畳間にすっぽりと納《おさ》まった。古いベッドは処分してきたので、むしろ余裕があるくらいだった。

本来の寝室は、まだ伯父がそこにいるようで使い辛《づら》かった。神山は、しばらくは客間を自分の部屋にするつもりだった。狭いが、その方が気楽だ。あとは電話会社を呼んでパソコンのジャックを引けば、最低限の生活は始められる。

自分の身の回りの荷物が揃うと、改めてこの西郷で暮らすという実感が湧いてきた。だが、そのためには、やらなくてはならないことが山ほどある。草刈りも、まだ庭の半分しか終わっていない。薪も夏のうちに割っておかないと、今年の冬に間に合わなくなるだろう。

そしてもうひとつ、警察だ——。

白河西署に顔を出すのは、正直なところ億劫《おっくう》だった。神山は、財布の中から斉藤弁護士の名刺を取り出した。裏に、伯父の自殺の捜査を担当した奥野という刑事の名前と、携帯の番号が書いてある。

斉藤は、田舎の警察なので、親身に相談に乗ってくれるだろうといっていた。だが神山は、いままで警察に係わって一度もいい思いをしたことがない。興信所の調査員をやっていた時も、むしろ警察にはこちらの動きを知られないように心掛けていた。

どうするか……。

だが、もし伯父の死について調べてみるつもりならば、いずれは警察が何を知っているかを把握しておかなくてはならない。それに伯父が亡くなった時に身に付けていた物や、乗っていた車も、いまはまだ警察に保管されている。

迷った末に、神山は携帯のナンバーを押した。何回かの、呼び出し音。間もなく電話がつながり、訛のある、おっとりとした声が聞こえた。

――はい……捜査課の奥野です――。

「すみません、神山と申しますが……」

――神山さん？――。

「ええ、四月に赤坂ダムで亡くなった、神山達夫の遺族です。郡山の斉藤弁護士の紹介で電話したんですが」

――ああ、はいはい。わかりますよ――。

本当に人のいい、話好きの刑事だった。さんざん悔《くや》みを並べた後に、神山の方から切り出すまでもなく、一度訪ねてくるようにと誘われた。遺品も預かっているし、いろいろと教えてあげることもあるから、と……。

翌朝、神山は白河西署に出向いた。奥野眞規は、電話の声そのままの人のよさそうな男だった。少し間延びした顔に、黒縁の丸い眼鏡。まだ四〇になるかならないかの歳頃だが、短く刈り込んだ髪にはすでに白いものが目立っていた。緊張感のない緩んだ腹は、とても刑事には見えなかった。

捜査課の応接室で待っていると、奥野は自分で缶コーヒーを二本持って入ってきた。

「この度は御愁傷様で……」

奥野はまるで自分に罪があるかのようにいうと、白髪まじりの頭を掻いた。

「いろいろと、お世話になりました」

「いや、職務だから。それで、御遺族というと……」

「甥です。達夫は、母方の伯父でした」

神山はそういって、斉藤弁護士から預かった遺産相続の書類のコピーと免許証を見せた。だが、奥野はそれを一瞥《いちべつ》しただけで、確認しようともしない。間抜けなのか、それとも人がよすぎるだけなのか。刑事としては珍しく、人を疑うということを知らないようだ。

「大変ですな。御親族があのような亡くなられ方をすると……」

「いえ、伯父とはもう何年も会っていませんでしたから。それで、伯父は、本当に自殺だったんでしょうか」

「ええ……まあ遺書はなかったんですが、格段の事件性はなかったもんですからね……」

部屋に灰皿は置いていない。だが奥野は窓を開け、自分の缶コーヒーを飲み干すと、ポケットからキャビンマイルドを取り出して火を付けた。灰を空き缶に落とし、ゆっくりと話しはじめた。

奥野の話は、どことなく不自然だった。最初に通報があったのは四月二九日の午後一一時三五分。女性の声の匿名《とくめい》の電話で、いましがた国道二八九号線を走っていた時に、赤坂ダムに車が飛び込むのが見えたという。

当日、宿直だった奥野が同僚と共に急行した。現場到着は翌三〇日の午前〇時八分。国道から水辺に下りていき、ダムに沈む国産の普通乗用車一台を確認した。その後、署に応援を頼み、地元消防署のレスキュー隊なども急行。同日二時頃に乗用車を引き上げ、運転席にいた神山達夫を発見。死亡を確認した。

「死因は水死……だったんですよね」

神山が訊いた。

「ええ、そうです。一応、肺の中の水を鑑識に回しましたが、ダムの水と一致してますしね。何も、不審なところはなかったですな」

奥野が、〝不審な〟という言葉を強調するようにいった。

「通報は、匿名でしたね」

「そうです。まあこのような事件には誰も係わりたがらんですから、仕方ないです。匿名というのも、よくあることですから……」

「調べてはみた？」

「ええ、一一〇番通報があった電話回線を調べると、電話はダムの上にある甲子温泉の電話ボックスからでした。当日は連休だったもんであの辺りには宿泊客も多かったし、それ以上は……」

なるほど。そういうことか。だが深夜一一時半過ぎに、温泉宿の宿泊客があんなに暗い山道を車で上がっていくだろうか。

「何か引っ掛かるんですよ。伯父は、私の知る限りでは自殺するような人間ではなかった……」

「そうですか……。しかし、それは私どもには何とも……」そういって、奥野が時計を見た。

「どうでしょう。いまから私が御案内しますので、一度、現場を見てみませんか。そうすれば、納得できるのではないですかね」

本当に、人のいい刑事だ。

途中で線香と花を買い、奥野の運転する警察の車で赤坂ダムに向かった。よほど話好きなのだろう。ステアリングを握りながらも奥野は地元の美味《うま》い店や、安心して飲めるスナックやバーについてまるでガイドのように話し続けた。甲子峠に登る国道はやがて葛折《つづらお》りの山道になり、間もなく左手の森の中に蒼《あお》い水辺が見えてきた。

廃道に乗り入れ、奥野が車を止めた。

「ここからは歩きましょう。先日の雨で下がぬかるんでますから、車が埋まっちゃうといけない」

神山は車を降り、ダムを見下ろした。ダムというより、正確には貯水池というべきだろう。確かに、国道からは水辺が見える。だが、走っている車から、廃道の先が見渡せるのは一瞬だけだ。その一瞬の間に、廃道から車がダムに落ちるところを、目撃者は人間離れした動体視力で——しかも深夜に——目撃したことになる。

廃道を、奥野について下った。

「この辺りには、タイヤの跡も残っていました。ゆっくり、下りていったような感じでしたけどね……」

国道から水辺までは、百メートル近くの距離があった。途中で、何度か道が曲がっている。ドライバーの意志が介在しなければ、車は水に落ちない。つまり、事故の可能性は有り得ない。

「どの辺りですか」

神山が訊いた。

「道の正面、その辺りですよ……」

岸は、急な角度の斜面になっていた。神山は水辺の夏草の上に花を置き、線香に火を付け、静かに手を合わせた。

「どんな様子だったんでしょう。車は、深く沈んでいたんですか」

「いや、それほどでも。後部のトランクが、水面から出ていましたから。それですぐに見つかったんです」

トランクが水面から出ていた？　よほどゆっくりした速度で水に向かわなければ、そうはならない。つまり伯父は——万が一、自殺だったとしても——直前まで死を迷っていたことになる。

「外傷はあったんでしょうか。つまり、伯父の体に」

「いえ、それほどでも。両腕にかすかに痣《あざ》のようなものがありましたが、これはまあ水に落ちる時にでもステアリングにぶつけたんでしょう」

「痣……ですか？」

「そうです。しかし、不審な点はありませんよ」

奥野はまた、不審な点はないということを強調した。だが、おかしい。痣は、基本的に生体反応だ。打撲を受けた直後に水死した人間には、痣は残らない。

対岸を見た。西郷の村に戻った日に、白いスカートを穿《は》いた女に出会った森が見えた。入り組んだ岸に沿って歩いたとしても、ここから一キロもないだろう。なぜ、この場所だったのか。この湖は、何かが変だ。

だが、ひとつわかったことがある。この廃道は、途中からゆるいスロープで水辺へと、しかも直角に下っている。車のオートマチック・ミッションをドライブに入れ、パーキング・ブレーキを解除すれば、エンジンはアイドリングでも車は自然に水に滑り落ちていく。

もし何者かが伯父を殺害し、それを自殺に見せかけようとしたら……。

これほど都合のいい場所はない。

「どうです。満足しましたか」

「ええ、すっきりしました」

「では、署の方に戻りますか」

神山は小さく頷き、廃道の入口へと歩きはじめた。

署に戻ると、証拠保管室の前で待たされた。しばらくすると、奥野がダンボール一箱の荷物を抱え、部屋から出てきた。

「これが車の中にあったものです。すべて揃っていると思います」

箱を開けると、中から水藻の腐ったような臭いが立ち昇った。大したものは入っていない。雑巾《ぞうきん》のようなツイードのジャケット。壊れた古いラジオ。使い物にならなくなったカセットテープが数本。週刊誌、懐中電灯、釣り道具……。

当日、伯父が身に付けていたものはビニール袋に分けられていた。水没した携帯電話、黒い革の財布、鍵の束、それにハンカチが一枚と、伯父が着ていた衣類。だが不思議なことに靴下はなく、サンダルが一足残っているだけだった。

財布を開けてみた。現金が二万円と少々。その他はクレジットカードが一枚と、病院の診察券、健康保険証、数枚のポイントカード。不審なものは何もない。鍵の束には家と物置の鍵。二種類の車の鍵。さらにもう一本、古い真鍮《しんちゅう》製の鍵が付いていた。

何の鍵だろう……。

見たところ、日本製ではないようだった。イギリス製のアンティークの家具か、デスクの引き出しの鍵かもしれない。家に戻り、合わせてみればわかるだろう。

「車は市内の佐藤自動車という工場で保管してもらっています。あとは神山さんの方で引き取るなり、処分するなりお願いします。それで、この書類にサインをお願いしたいんですが……」

奥野がそういって、証拠品受領書を差し出した。

「伯父の乗っていた車……車種は何でしたか？」

書類にサインをしながら、訊いた。

「確か……トヨタのカムリじゃなかったですかね。古い車ですよ。もう、使い物にはならないでしょうが……」

台車を借り、荷物を駐車場に運んだ。BMWのトランクを開け、ダンボールの箱を中に入れた。神山は、暑い陽射しを受けながら、しばらくその光景を眺めていた。伯父の人生が、こんなに小さな箱の中に納まってしまったことが悲しかった。

「おい、神山じゃないか」

その声に、我に返った。振り向くと男が一人、そこに立っていた。

「君は……」

「やっぱり神山だ。神山健介だろう。おれだよ。わからないのか」

「わかるさ。柘植……柘植克也だろう。いや、懐かしいな」

二人は歩み寄り、どちらからともなく手を握り合った。

8

時間はゆっくりと、だが確実に過ぎていく。

西郷の村に戻り、いつの間にか一週間が経った。日中は、天気が良ければ草刈りや薪割り、家の修理などの庭仕事をして汗を流す。夕刻になると町に下り、スーパーでその日の夕食を買ってくるか、気が向けば『日ノ本』のカウンターに座り酒を飲んだ。この店はなぜか居心地がよく、白河で唯一の神山の安らぎの場所となった。

黄昏時には、何度か山道を歩き、赤坂ダムまで出掛けてみた。途中に小さな流れがあり、夕刻になると露の降りはじめた岸辺の草の陰で蛍が明かりを灯《とも》しながら舞っていた。別に、この散歩コースを気に入ったわけではない。もしかしたら、西郷に戻った日に見たあの若い女に、また出会えるかもしれないというほのかな期待があったからだった。あの時、暗い森の中で翻《ひるがえ》った白いスカートがまだ瞼の裏に焼きついていた。だが女はあれ以来、一度も現われていない。

伯父の死に関する調査は、まったく進展していなかった。白河西署に行った日、神山はその足で佐藤自動車に出掛け、伯父が乗っていた車を確認した。水の腐臭の漂う、ただの鉄屑だった。隅々まで入念に調べてみたが、何も出てこなかった。神山は工場に廃車手続きと車の処分を頼み、その場を後にした。

気になるのは、鍵の束の中に見つかった謎の鍵だった。古い物だ。ルーペで見てみると、『シュミット（Schmitt）』という社名らしき文字と、〝フランクフルト〟という地名が刻印されていた。おそらく、ドイツ製だ。だが伯父の家の中にある家具は、ほとんどがイギリス製のアンティークだ。鍵に合うドイツ製の家具は、ひとつも存在しない。

唯一の収穫は、あの日、白河西署で昔の遊び仲間の柘植克也に再会したことだろう。克也は、二〇年の間に変貌していた。かつてはむしろ内向的で、華奢《きゃしゃ》な印象さえある秀才タイプの少年だったのだが、いまは歳相応以上の逞《たくま》しさを感じさせた。それもそのはずだ。神山と別れた後、克也は東京の日大に進学。卒業後に福島県警に就職した。しばらくは喜多方《きたかた》署に勤務していたが、五年前に郷里の白河西署の風紀課に転属になったという。

克也は、神山の伯父の達夫が亡くなったことを知っていた。心から、哀悼の意を表してくれた。だが、神山が伯父の家を引き継ぎ、この地に戻ってきたことを知ると、歓迎の意と同時に驚きを隠さなかった。

克也は、困ったことがあれば何でも相談に乗るという。その裏には、警察官として、伯父の死に関してもという意味が含まれているような気がした。

近いうちに、飲もう――。

連絡先を交換し、その日は慌ただしく別れた。克也の住所は西郷ではなく、新白河の駅に近いマンションになっていた。いずれ、昔話を肴に酒を酌《く》み交す日が楽しみだ。

時が経つにつれて、神山は自分の心の中に、もうひとつの不安が芽生えはじめたことに気がついた。最も単純な悩みだ。これから先、誰も身寄りのないこの白河で、自分は何を糧《かて》に生活していけばいいのか……。

いまはまだ、伯父の遺してくれたささやかな財産がある。自分の預金も残っている。だが普通に暮らせば、いくら田舎でも一年。どんなに切り詰めても二年生活するのが限度だろう。

克也と酒を飲んだ時にでも、就職先を世話してもらおうか。そんなことも頭に浮かんだ。だが、その考えは、すぐに消えた。二〇年振りに再会した旧友に頼り、弱味を見せたくはなかった。

考えた末に、神山はひとつの方法論を思いついた。長年、勤めてきた興信所だ。調べてみると、白河市内には大手の興信所がまだまったく入っていない。それならば、正式な職が見つかるまでとりあえず看板を掲げてみるか。そうすれば、以前勤務していた興信所からも、下請けとして仕事が入るかもしれない。

社名は――正式な会社ではないが――田舎の人間にもわかりやすいように『神山探偵事務所』とした。日本は、便利な国だ。私立探偵に、免許はいらない。宣伝はインターネットの配線工事が終わるのを待ち、ホームページを開設した。基本的にはそれだけだ。あとは気休めに、パソコンとプリンターを使ってパンフレットを作った。そのようなものを置いてくれる店といっても、思いつくのは『日ノ本』くらいのものだが。

看板は白河のホームセンターで2×《ツーバイ》材を買ってきて、それにペンキで文字を書いた。素人にしては、なかなかの出来だった。ポーチの柱に釘で看板を打ちつけると、軽トラックに乗った谷津裕明が胡散臭《うさんくさ》そうに眺めながら、ゆっくりと家の前を通り過ぎていった。

事務所は、家のリビングを使うことにした。重厚な革の応接セットに、イギリス製のアンティークの家具。さらに調度品としても申し分のない薪ストーブまで並んでいる。およそ〝事務所〟という雰囲気ではないが、演出は完璧だ。見たわけではないが、もしシャーロック・ホームズが田舎に暮らすとすれば、このような部屋が似合うような気もする。

あとは、待つだけだ。過大な期待さえしなければ、私立探偵ほど気楽な商売も他にない。

だが、『日ノ本』にパンフレットを置いた次の日、早くも最初の客が火の中に飛び込んできた。しかも神山の携帯にではなく、伯父の家の電話に、だ。パンフレットには、携帯の番号しか入れていないはずなのだが。

――あなた、神山さん？　探偵さんでしょう――。

受話器を取ると、ハスキーな女の声がそういった。

「そうです。あなたは？」

――『日ノ本』の女将さんから聞いたの。仕事を頼みたいのよ――。

「事務所の場所はわかりますか。うちは……」

――知ってる。西郷の、真芝でしょう。作家の神山達夫さんの家。だからあなたに仕事を頼むのよ。いまから、そこに行くわ――。

一方的に、電話が切れた。

三〇分もしないうちに、庭に車が入ってきた。古い黄色のマスタングのコンバーチブルだった。ドアが開き、MACのキャップを被《かぶ》った女が降り立った。V字に胸が大きく開いたTシャツ。穴の開いたリーバイスのジーンズ。長い髪を、無造作に後ろで束ねている。化粧っ気のない顔には不良じみた幼さを残しているが、歳は三〇代の半ばといったところだろうか。

女はポーチに立つ神山を一瞥すると、勝手にリビングに上がり、ソファーに座ってマルボロのメンソールに火を付けた。どうやらこの家に入るのも、初めてではないらしい。

「神山です……」

プリンターで刷ったばかりの名刺を、神山はテーブルの上に置いた。

「私は池野弘子《いけのひろこ》。『日ノ本』の女将さんのいったとおりだわ。あんた、いい男だね。それに色気がある」

煙を吐き出し、女が上目遣いに笑った。

「それで、用件は?」

「あんた、この村の人間なら谷津誠一郎って知ってる?」

「ええ、まあ……」

知っている。谷津誠一郎、柘植克也、そして神山健介――。二〇年前、三人はこの村に住み、同じ高校に通っていた仲間だった。

「料金は？」

女が訊いた。

「一日三万円、プラス必要経費」

田舎料金だ。安くいったつもりだった。

「無理ね。いまの私は、全部で一〇万しか出せない。それでやってよ」

はっきりした女だ。

「仕事の内容によりけりだな。それで、谷津誠一郎をどうすればいいんだ」

「探してほしいのよ。私の前に連れてきて」

「なぜだ。理由は？」

窓から、夏の風が蟬の声を運んできた。

「谷津が、私の妹を殺したからよ」

女が、かすかに震える声でいった。

9

神山は熱い紅茶を淹れた。

外では蟬が鳴き続けている。だが真夏の気候の中で、池野弘子と名乗る女だけが、なぜか凍《こご》えているように見えたからだ。弘子はマイセンのティーカップを両手で包み込むようにしながら、しばらく立ち昇る湯気を見つめていた。

「話を、聞こうか」

神山がいった。

「だからいったでしょう。妹が、谷津誠一郎に殺されたのよ……」

そういって、弘子がゆっくりと紅茶を口に含んだ。

「それだけでは、わからない。知っていることをすべて話してくれないか。仕事を引き受けるかどうかは、それからだ」

「妹は、けっしてまともな人間じゃあなかったわ……」弘子は紅茶を口に含み、続けた。

「でも、あんなにひどい殺され方をする理由はなかった……」

いつの間にか、女の目に大粒の涙が浮かんでいた。

事件が起きたのは、六年前の冬だった。池野弘子と直美《なおみ》の姉妹は、福島県の会津若松《あいづわかまつ》市の生まれだった。実家は、市内で古い小さな酒屋を営んでいた。だが妹の直美は、一〇代の時に東京に家出。キャバクラなどの風俗で働いていたが、男と問題を起こし、当時は県内の郡山に戻ってきていた。

「なぜ、郡山に？」

神山が訊いた。

「その頃、私が郡山に住んでいたから。そのアパートに、ころがり込んできたのよ。妹はまだ、二二歳だった……」

弘子と直美は、六歳も歳が離れていた。当時、弘子は郡山市内の運送会社に、トラックの運転手として勤めていた。だが生活に余裕があるわけでもなく、妹の面倒まで見ることはできない。間もなく、直美は郡山市内の『人魚姫』というスナックに職を見つけてきた。

「妹は、昔から男運がなかったのよ。高校時代には地元の悪い仲間につかまって、さんざん遊ばれて捨てられた。東京ではヤクザにシャブ漬けにされて……。しかも、必ず暴力沙汰が絡むの。そういう女って、いるでしょう……」

弘子がタバコに火を付けて溜息をついた。

「谷津とは、どこで?」

神山が訊いた。

「しばらくは、おとなしくしてたのよ。薬も抜けたようだし。でも妹は、男がいなくちゃいられない女だったの。谷津は『人魚姫』の客だったのよ……」

直美が「彼氏ができた」といいだしたのは、『人魚姫』に勤めはじめてから半年ほど過ぎた頃だった。一〇歳ほど歳上だが、「今度はやさしくて真面目な人……」だといっていた。それが谷津誠一郎だった。

　直美は、ことあるごとに谷津について弘子に話した。夢中だった。男ができると、直美はいつも他のことが見えなくなる。

「谷津について、妹さんはどんなことを話した？」

　神山は、池野弘子の話を聞きながらメモを取った。

「すべてよ。歳は当時三二歳。長身で、イケ面。白河の西郷村、真芝の出身。不動産関係の仕事をしていて、週に一回は郡山に立ち寄る。店に来るのは大抵は土曜日で、週末はほとんど妹は部屋に戻ってこなかったわ。もう子供じゃないし、私は何もいわなかったけど……」

「君は、谷津に会ったことはあるのか」

「いいえ、一度も。妹は結婚したがってたし、そのうちに紹介するとはいっていたけど……」

　神山は、学生時代の谷津誠一郎を思い起こした。いっしょに同じ高校に通い、遊び、親に隠れてタバコや酒を悪戯《いたずら》した。だが、基本的には真面目で、男気のある正義感の強い少年だったという印象がある。

　一度、神山は釣りをしていて川に落ち、溺れかけたことがあった。その時、身を挺して神山の命を救ってくれたのが谷津誠一郎だった。神山を岸に引き上げ、全身から水を滴《したた》らせていた誠一郎の笑顔が、いまも頭にこびりついている。

弘子のいう妹の恋人は、年齢、容姿、住んでいた場所に至るまで谷津誠一郎に一致する。だが、神山の知る誠一郎とは、その実像において懸け離れているような違和感が存在した。そして誠一郎の叔父の谷津裕明がいった、「……もうこの村には、戻れんだろう……」という一言も。いったいこの二〇年の間に、あの谷津誠一郎に何があったのか……。

「それで、その谷津誠一郎が、妹の直美さんを殺した。そういうことなんだね？」

「そうよ……」

事件のあった週末も、直美は谷津誠一郎と会えることを楽しみにしていた。直美は、弘子に谷津誠一郎からのメールを見せた。「君のことを愛している。今夜は君を離さない。明日は二人で山の中の温泉にでも行こう……」そんな歯の浮くような言葉が並んでいた。

思ったとおり、その夜は店が引けた後も直美は戻らなかった。だが、翌日の日曜の夜も。そして月曜日の朝、直美は猪苗代湖《いなわしろ》の南からおよそ一〇キロの馬入峠《ばにゅう》に近い山中で焼死体となって発見された。

「私が身元を確認したの。写真と、遺品で。妹の顔は、直接見ない方がいいと警察にいわれたわ。まるで、黒く塗られた粘土細工みたいだった。直美は、美人だったのに。あの子は、生きたまま灯油を掛けられて焼かれたのよ……」

弘子の目から、溢れるように大粒の涙がこぼれ落ちた。だが、神山は冷静に訊いた。

「谷津は、なぜ妹さんを殺したんだ。思い当たることは?」

「妹は、あの男と結婚したがっていた。きっと、他にも女がいたのよ。それで、じゃまになったんでしょう。それしか考えられないわ……」

弘子が、涙を拭《ぬぐ》いながらいった。

「警察には?」

「もちろんいったわ。でも、谷津が妹に教えたこの真芝の住所には、もうあいつは住んでいなかった。生家が残っていただけよ」

「携帯に、着信記録が残っていたはずだ」

「妹の携帯は、無くなっていた。警察は送受信の記録を調べたといっていたけど、相手はプリペイド式の携帯だったの。もちろん名義は別人……」

「もし妹さんの遺体が馬入峠で発見されたなら、車が使われたはずだ。その車は?」

「もちろん警察は調べたわ。でも、谷津は車を持っていなかった。郡山には、いつも電車で来ていたの。妹が古いワゴンRを持っていて、二人が出掛ける時はいつもその車を使っていた。だけど、奇妙なのよ……」

弘子が、何かを思い出したように首を傾げた。

「なぜだ」

「現場には雪が積もっていて、そこには確かに妹の車の轍《わだち》が残っていた。だけど、それからしばらくは妹の車は発見されなかったの。見つかったのは、一週間後。妹の車は、馬入峠から県道を五キロ以上も下った羽鳥湖《はとり》の脇の林道に乗り捨てられていたのよ……」

確かに、奇妙な話だ。羽鳥湖は須賀川《すかがわ》市から会津の下郷《しもごう》町に抜ける、国道一一八号線の途中にある山間のダム湖だ。そこに車を乗り捨てたとしても、雪の降る季節に、まさか歩いて町までは下れない。

谷津は自分の生家の住所を直美に教え、現住所を明かしてはいない。他人名義のプリペイド式の携帯まで用意していた。事件が計画的なものであったかどうかは別として、自分の素姓を知られたくないという意思が働いていたことは明白だ。その谷津が、深夜に——おそらくそうだろう——車を乗り捨てて雪道を歩くなどという目立つことをするわけがない。まして、ヒッチハイクでは顔を知られる危険性も増す。

「他に、話すことは？」

神山はそういってラッキーストライクに火を付けた。

「これですべて。どう、引き受けてくれるの？」

「まだいくつか聞いておきたいことがある。君は、この家に来るのは初めてじゃないはずだ。伯父の神山達夫も知っていた。そうなんだろう」

弘子は、小さく頷《うなず》いた。

「知っていたわ。この家も、初めてじゃない。別に、隠すつもりじゃなかったの……」

「説明してくれ」

弘子は、大きく溜息《ためいき》をついた。

「警察は、何もしてくれなかったわ。谷津の生家から高校時代の顔写真を探してきて、『人魚姫』の女の子たちに見せた。ママの明美《あけみ》さんていう人が谷津のことを覚えていて、本人だと確認したらしいけど、それだけ……」

「ちょっと待ってくれ。写真で谷津の顔を確認したのか」

「そうよ」

「しかし、なぜ高校時代の写真なんだ」

「谷津は、二〇年前にこの村から姿を消しているのよ。現住所は真芝の実家に残っているけど、行方不明扱いになってるわ」

知らなかった。二〇年前といえば、神山がこの村を去った頃と同時期だ。谷津の叔父の裕明の言葉が耳に蘇《よみがえ》る。——あんたのおっ母さんの智子さんが知ってんじゃねえかと思ってたけんどな——。

「つまり、谷津誠一郎はいまも逃げ回っている……」

「そうよ。この日本のどこかに。でも、警察にまかしておいたら埒《らち》が明かないわ。状況証拠は揃っているけど、全国に指名手配するには決め手に欠ける。単なる重要参考人にすぎないというのよ」

「しかし、顔写真で本人だと確認されたんじゃないのか」

「そう、一応はね。でもママの明美さんは写真を谷津だといったけど、他の女の子が似てるけど違うようだと証言した。だから決め手にならない。それが警察のいい分……」

どうも、おかしい。警察の対応が甘すぎる。

「それで自分で調べる気になったのか」

「そう。このままだと、時効になっちゃうと思ったのよ。それで私は二年前に、郡山の生活を整理して白河に出てきた。谷津の足跡を辿るには、ここを出発点にするしかなかったのよ。いまは白河市内に小さなマンションを借りて、『リュージュ』というスナックにいるわ。真芝にきてみて、谷津のことを聞いて歩いた時に、初めて知り合ったのがあなたの伯父さん。神山達夫さんだったのよ……」

なるほど。そういうことか。少しずつ、事情がのみ込めてきた。

「伯父に、事件のことは？」

「すべて話したわ。その上で、相談に乗ってくれた。達夫さんは事件の新聞なんかの切り抜きまで集めて、谷津のことを調べてくれていたのよ……」

伯父が、谷津誠一郎のことを調べていた。そういえば、思い当たることがある。伯父の書斎には、何らかの新聞記事を切り抜いたスクラップブックのようなものが残っていた――。

「ちょっと来てくれないか」

「どうしたの？」

神山がソファーから立つと、弘子が後からついてきた。伯父の書斎に入る。デスクの一番下の引き出しを開け、中から二冊のスクラップブックを取り出した。

「これだ……」

スクラップブックを開く。やはり、思ったとおりだ。中には図書館か何かでコピーしたのだろう、六年前に馬入峠で起きた池野直美殺害——死体遺棄事件の記事が、地方紙と全国紙を取りまぜてびっしりとスクラップされていた。

「これよ。間違いないわ」

スクラップブックを開き、弘子がいった。

「こっちは何なんだ……」

もう一冊のスクラップブックを開いた。まったく別の事件に関する記事のコピーが、スクラップされている。一四年前に白河市内で起きた、女子中学生殺害死体遺棄事件——。

「これは、知らない。私も初めて見るわ」

弘子が、スクラップブックを覗《のぞ》き込みながらいった。

だが、ひとつ引っ掛かることがある。伯父は、池野直美殺害について調べていた。いいかえれば、谷津誠一郎の行方について。そのことと今回の伯父の死とは、何らかの関係があるのだろうか……。

考え込む神山の心中を察するように、弘子がいった。

「達夫さん、自殺したって本当なの？」

「なぜそれを？」

「聞いたのよ。『日ノ本』の女将さんから。でも、それは有り得ないわ」

「どうして、そう思う」

「伯父さんが亡くなる三日くらい前に、電話をもらったの。もうすぐ、事件の謎が解けるって。そうしたら私にすべて話してくれるって、そういってたわ」

神山は、弘子の顔を見つめた。

「謎が解ける……。伯父は、そういったのか？」

「そうよ。それがどうかしたの？」

弘子はそういうとデスクの引き出しを開け、中からライターを取り出した。タバコに火を付け、大きく吸い込んだ。

「なぜそこにライターがあることを知ってるんだ」

神山が訊いた。

「もう、わかってるんでしょう。私はこの家に来るのは初めてじゃない。この書斎に入るのも。そして、達夫さんの寝室にも……」

そういって弘子は、壁に掛かっているヌード写真を見た。神山が真芝に戻ったあの日、赤坂ダムの森で出会った女の写真だ。

「あの女が、私たちの間に割り込んでくるまではね」

タバコを灰皿でもみ消し、弘子が書斎から出ていった。

10

今年の夏は、どうも空梅雨《からつゆ》らしい。まとまった雨が降ることなく、暑い日が続いている。

神山健介は、ほとんどの時間を家の中で過ごした。早朝に蟬の声で目を覚まし、午前中は草刈りや薪割り、デッキの修理などの庭仕事に追われ、午後は考え事や本を読んで過ごす。

何も変化はない。東京にいる時にはこのような生活に憧《あこが》れていたのだが、いざ現実となってみると考えていた以上に退屈だった。だが、田舎暮らしとは元来、退屈を楽しむことを目的とするものなのかもしれない。

池野弘子という女が訪ねてきてから、伯父の達夫の死はさらに謎が深まっていった。神山は結局、弘子の仕事の依頼を引き受けることにした。考えてみれば割の合わない仕事だ。だが二〇年前の谷津誠一郎の失踪と弘子の妹の死が、伯父の死に関連している可能性は捨てきれない。

弘子は伯父の達夫について、様々なことを知っていた。少なくともこの二年間の伯父に関しては、甥である神山以上に。弘子は、伯父の〝女〟だったという。そして写真の、若い女も。だが弘子は、写真の女の素姓までは知らなかった。

伯父の書斎の壁の前に立ち、神山は幾度となく三枚の写真を眺めた。母の智子の写真と、二枚の謎の女の写真。弘子はいっていた。この写真を見るのは、初めてだと。以前――弘子が最後にこの書斎に入った昨年の秋頃――には壁にはまったく違う三枚の風景写真が飾られていたという。つまり、伯父は、自らの死までの半年間に、写真をすべて掛け換えたということになる。

なぜなのか。単なる伯父の気紛れなのか。もしくは、新たな三枚の写真に何らかの意味があるのだろうか。わからない……。

神山は、母の写真を見つめた。妖艶な、母の姿態。何度見ても、この写真を感覚的に受け入れることはできない。思わず、目を逸《そ》らしたくなる。

そして〝鍵〟だ。

真鍮の、古いドイツ製の鍵。いまのところこの鍵に合うドアも、家具も、何も見つかっていない。伯父は、「書斎の中のすべての品を、神山健介に譲るものとする――」と遺書に書き記している。鍵の秘密も、この書斎の中にあるような気がするのだが。

神山は、書斎の隅々までを調べた。本や、道具、伯父が日常的に使っていた様々な身の回りの品が整然と納められている。だがある日、何気なく書斎の中を眺めているうちに、神山は唐突に違和感を覚えた。

最初は、些細《ささい》なことだった。本棚に並ぶ、全一二巻のシェイクスピアの原書。その背表紙に並ぶローマ数字だ。本来はⅣ、Ⅴ、Ⅵ、Ⅶ、Ⅷ（4、5、6、7、8）と並ぶ部分が、Ⅶ、Ⅴ、Ⅳ、Ⅷ、Ⅵ（7、5、4、8、6）と順番が狂っていた。

おかしい。几帳面《きちょうめん》な伯父の性格からして、本の順番を狂ったままにしておくとは考えられなかった。実際に、その他の全集や百科事典は、すべて左から順に並んでいる。ましてローマ数字を間違えるなどということも。

神山は本の順番を入れ換えるために、一冊を抜き出した。だが、そこで思い止《とど》まり、本を元に戻した。もしかしたら、何か意味があるのかもしれない。

この書斎は、やはり奇妙だ。あらためてそのような目で注意深く観察すると、それまでは気が付かなかったことが見えてきた。

例えば、古い英国製のキャビネットの上に置かれたベートーベンのブロンズ像。例えば、書棚の上に積まれた本。デスクの上の原稿用紙の束や、辞書、灰皿など——。

この部屋は、もう何カ月もの間、掃除されていない。少なくとも伯父が亡くなった四月の二九日から、三ヵ月近くの間は。部屋には、全体にうっすらと埃《ほこり》が降りている。だがその埃の跡と、物の位置が微妙にずれている箇所があった。

神山は、記憶を辿った。この家に来てから二週間の間に、書斎の何に手を触れ、何を動かしたのか。デスクの上の物には、何度か手を触れた覚えがある。キャビネットの上のブロンズ像にも。だが、書棚に積まれた本には一度も手を触れた記憶がなかった。

この部屋には、誰かが入っている……。

神山は、手の中にある真鍮の鍵を見た。古い、ドイツ製の鍵だ。もしかしたらこの鍵は、何らかの——手提げ金庫のような——金庫の鍵であったのかもしれない。だとすればその金庫は、何者かによってこの部屋から持ち去られてしまった可能性もある。

その時、携帯が鳴った。出ると、懐かしい声が聞こえてきた。

——おう、健介か。おれだ。急に時間が空いたんだが、今夜、街で一杯どうだ——。

電話は、柘植克也からだった。

11

『日ノ本』に行くと、柘植は先に来て待っていた。いつものカウンターではなく、店の奥にある小ぢんまりとした和室を取ってあった。旧友との二〇年振りの再会は、だが込み入った話になると察しているかのようだった。

「本当に、久し振りだ。健介、お前は変わらないよ」

神山が座敷に胡坐《あぐら》をかくと、柘植が少し照れたようにそういった。

「克也、お前も変わらない。少し腹が出た以外はな」

二人は屈託なく笑い、改めて手を握り合った。

最初は生ビールのジョッキを合わせて再会を祝った。間もなく、柘植が注文していた刺身盛りが運ばれてきた。男が二人で箸《はし》を運ぶには、もったいないほどの豪華な料理だった。

「男同士で二〇年振りに酒を飲むんだ。このくらいの贅沢《ぜいたく》は許されるだろう」

柘植が、笑いながらいった。

「そうだな。ガキの頃みたいに、サバ缶と畑のキュウリで酒を飲む歳でもない」

そういって神山は、刺身盛りに手を伸ばした。厚く切ったカンパチの刺身を、頰張る。山国で味わう魚とは思えないほど、新鮮な味が口の中に広がった。

「ところで、お袋さんは？　元気なのか」

柘植が訊いた。

「いや、死んだよ。もう一〇年になる……」

神山がいうと、柘植は一瞬、顔を曇らせた。

「知らなかった……」

柘植が知るあの頃の母は、まだ若く、美しかった。この田舎でも時には少女のように振る舞い、村の周囲の男たちを翻弄《ほんろう》した。その母の智子に柘植が陰ながら憧れを抱いていたことを、神山は薄々勘付いていた時期もあった。

「お前のところは、どうなんだ。親父さんとお母さんは……」

「まあ、何とかな。だけど、もう歳だ。五年前におれが白河西署に転属になった時に、親父達も真芝の畑と家を売って市内に移ってきた。健介に会ったといったら、お袋は驚いてたよ」

懐かしい顔が、頭に浮かぶ。克也の母親は、料理が得意だった。神山はよく家に上がり込んでは飯を食い、家族同然に扱ってもらった思い出がある。

それからしばらくは、昔話に花が咲いた。同級生の薫《かおる》という女の子——クラス一の美人で男連中の憧れだった——は、一度結婚して子供ができたが、いまは離婚して近くのスナックで働いている。秀才で常に成績がトップだった角田達《つのださとる》は、市役所に勤めている。すでに三人の子持ちだ。昆虫採集が趣味だった福富宏司《ふくとみひろし》は、まだ独身で蝶々を追い回している。そんな他愛もない話題だった。だが、まるでお互いに避けるように、谷津誠一郎については触れなかった。

しばらくして、酒がビールから焼酎に変わった。残り少ない神山の黒霧島のボトルに、もう一本、赤霧島を追加した。

柘植が、自分のグラスに焼酎のロックを作りながら訊いた。

「そういえば健介、お前、達夫伯父さんのこと調べてるんだってな」

情報が早い。だが、田舎とはそういうものなのだろう。

「誰に聞いたんだ」

「捜査課の奥野だよ。この前、署で会った時、奥野の所を訪ねたんだろう」

あの人の良さそうな、だがどこか間の抜けた奥野という刑事の顔を思い出した。

「奥野刑事は、何かいってたか」

神山が訊いた。

「ああ……。健介が伯父さんの死を自殺ではないと疑っているらしい。そういっていた」

「克也、お前はどう思う。達夫伯父のことはよく知っているだろう。あの人が、自殺する人間だと思うか」

神山の問いに、柘植は首を傾げた。

「どうなんだろうな。おれは白河に住んでいるが、お前が東京に行っちまってからもう二〇年近く伯父さんとは顔を合わせていなかったんだ。村にも、ほとんど行っていない。伯父さんが、自殺するような人間だったかどうかについては、まったくわからない。それに、おれは捜査課の人間じゃない。いまは風紀なんだ。こっちまでは、捜査の情報も回ってはこない。もし捜査課の奥野が自殺だというなら、そうなんだろう……」

期待外れの答えだった。だが、警察官である柘植が同僚を庇《かば》うのは、むしろ当然だ。

神山は、迷った。西郷に戻ってきて、これまで調べたこと。そして伯父の死の周辺に起きていた様々な奇妙な出来事を、柘植克也に話すべきかどうかを。

柘植は、刑事だ。だが、二〇年前にはいっしょに悪さをして遊んだ仲間でもある。もし克也を信用しなければ、この白河には何も信ずるものがない……。

「実は事件の前後に、伯父の周辺にいろいろと奇妙なことが起きてるんだ」

神山はあえて〝事件〟という言葉を使った。

「ほう……例えば？」

「例えばこの『日ノ本』の女将だ。彼女は伯父が亡くなった翌日、山に山菜を採りにいく約束をしていた。死の二時間前にも、伯父と電話で話したそうだ……」

柘植は、神山の言葉を手で制した。

「お前のいいたいことはわかる。しかし、自殺がすべて計画的なものとは限らないんだ。むしろ、衝動的な場合の方が多い」

衝動的な、自殺。確かに、有り得ないことではない。だが、伯父は死の前に、少なくとも二〇分間は暗い夜道を車で走っている。その上で、ダムに飛び込んだ。冷静に考えなおす時間はいくらでもあったはずだ。それが、衝動的な自殺といえるのだろうか。

「それからもうひとつ」神山はいった。「伯父の書斎を覚えているか。あの部屋に、誰かが侵入した形跡がある」

「それが事実だとしたら、穏やかじゃないな。確かなのか？」

柘植が、そういって眉《まゆ》を顰《ひそ》めた。

三人は、いつも対照的だった。明るく、だがどこか粗暴なところもある谷津誠一郎。どちらかといえば、のんびりとした性格の神山健介。そして柘植克也は、常に冷静に、物事の推移を鋭い視線で見つめる癖があった。あの目だ。

「確かだ。誰か入っている。間違いない」

「伯父さんの弁護士か、うちの捜査課の奴じゃないのか」

「違う。ここに来る前に、弁護士と奥野刑事に電話で確認した。二人共、あの部屋には入っていない」

柘植は、神山の言葉を聞きながら無言で頷いた。神山が続けた。

「もうひとつある。あの村に戻ってから、おれは誰かに見張られているらしい」

「ほう……」柘植が、ロックグラスから焼酎を口に含んだ。「誰にだい」

「一人は女だ。髪の長い、若い女……」

「ああ、あいつか」

柘植の口元が、意味ありげに笑いを浮かべた。

「知ってるのか」

「知ってるさ。健介お前、覚えてないのか。それは……たぶん真由子だよ……」

そういわれて、思い出した。村には一人、美しい少女がいた。確か当時は、七歳か八歳だった。柘植克也と谷津誠一郎の姪《めい》、谷津真由子。病弱で、ほとんど家に引き籠っていたが、何度か村で見かけた記憶はある。

「しかし、なぜ真由子がおれを?」

「気にするな。あの子は、ちょっと頭がおかしいのさ。あまり相手にしない方がいい」

いわれてみれば、思い当たる節はある。もしあの子が真由子だとすれば、歳は二七か八のはずだ。その真由子が、池野弘子の言葉を信じるならば、伯父の達夫と男と女の関係にあった。二人の年齢差は、三〇以上だ。しかも、真由子は伯父にあのような写真を撮らせている。二人の間に何があったのかはわからないが、どう考えても異常だ。

「もう一人は、谷津裕明だ。知ってるだろう」

神山は、あえて〝谷津〟の名字を口に出した。

「……まあな……」

やはり、思ったとおりだ。明らかに柘植は、〝谷津〟の一言に嫌悪感を表わした。

「あの男は、一度おれを訪ねてきた。どうも、あまり歓迎はされていないようだ。しかもそれから何度も、軽トラックでうちの前を通っていく。スピードをゆるめて、まるで見張るようにだ」

神山がいうと、柘植は腕を組み、頷いた。

「なるほど。あの男か。しかしその前に、お前に話しておかなくちゃならないことがある」

「何だ？」

「もうお互いに、無駄な気遣いはよそう。誠一郎……谷津誠一郎のことだよ……」

そういって柘植は、大きな溜息をついた。

「おれも、気になっていた。どこであいつのことを切り出そうかと……」

「わかるよ。その気持。それで、誠一郎のことをどこまで知ってるんだ」

神山は焼酎を呷《あお》り、ラッキー・ストライクに火を付けた。

「二〇年前、おそらくおれが西郷を去った直後に、誠一郎も村から姿を消したこと。何か、あの村に戻れない理由があること。おれが知っているのは、その程度だ」

池野弘子の妹の件は、柘植には伏せておくことにした。私立探偵を名乗る以上、依頼人に対する守秘義務がある。

「真由子だよ……」そういって、柘植は顔を曇らせた。「あいつは……誠一郎は、まだ八歳だった自分の姪の真由子に、手を付けた……」

「何だって？」

「たまたま、おれがその現場に居合わせたんだ」

柘植は苦悶《くもん》を浮かべながら、言葉を続けた。

二〇年前、神山があの村を離れ、何日か後の出来事だった。その日、柘植は母親の軽自動車を借り、雪割橋《ゆきわり》の奥の山に地竹を採りに出かけた。途中、牧草地の近くを通りがかった時だった。木立に囲まれた農道の脇に、誠一郎のバイクが置いてあるのが目に入った。

どうしたんだろう……。

誠一郎も、地竹を採りに来ているのかもしれない。最初は、そう思った。柘植は誠一郎のバイクの後ろに車を停め、牧草地を横切り、奥の森に入っていった。

蝉の鳴き声にまざり、異様な声を聞いた。子供の泣く声だった。柘植は、足を早めた。

そこに、誠一郎と真由子がいた……。

「そういうことだ。思い出したくもない……」

「それで、お前はどうしたんだ」

「止めたさ。当たり前だろう。しかし誠一郎はナイフを抜き、おれに突きかかってきた」

そういって柘植は、カーゴパンツの右足を太腿の部分までめくった。「これが、その時の傷だ」

「誠一郎は、それで村を去ったのか……」

叔父の谷津裕明はいっていた。「あいつは……もうこの村には戻れんだろう」と——。

「おれの車のキーを奪い、誠一郎はその車で逃げた。途中の村で、老人を一人、引っ掛けてな。慌《あわ》ててたんだろう。そのまま、奴は車ごと姿を消した。真由子がおかしくなっちまったのも、それからだよ……」

嫌な話だ。誠一郎は、確かに粗暴なところはあった。だが、まさかそのようなことをするとは。あの懐かしい笑顔と柘植の話は、どうしても神山の脳裏で重ならない。

「誠一郎は、それから村には戻っていないのか？」

柘植は、いいにくそうに答えた。

「戻ってきたことはある……」

「それは、一四年前じゃないのか」

驚いたように、柘植が神山の顔を見た。

「どうしてそれを？」

神山は、説明した。伯父の書斎に、一四年前の事件のスクラップブックが残されていたことを。一九九三年の八月。白河の阿武隈川の河川敷《かせんしき》で、小峰鈴子《こみねすずこ》という一四歳の少女の変死体が発見された。着衣に乱れがあり、暴行された跡があった。だが、犯人はまだ特定されていない。

「達夫伯父さんは、誠一郎のことを調べていたのか」

「どうやらそうらしい……」

「お前がそこまで知っているなら、隠してもおけないな。あの夏、おれは休暇で喜多方から白河に戻ってきていた。そこに、誠一郎から連絡があった。自分もいま、白河にいる。金を借してほしいといってきた」

「それで、借したのか？」

「ああ、一〇万ほどな」

「なぜだ？」

「仕方ないだろう。奴は……あんな奴でも親友だったんだ。健介だって、そうしたはずだ」

そうかもしれない。誠一郎に頼られたら、断われなかっただろう。

「あの事件は、誠一郎がやったのか？」

「わからん。違うと、おれは信じたい。しかし、おれが誠一郎に会った二日後に、あの事件が起きた。おれは、警察官なんだ。いくら誠一郎のことでも、それ以上はいえん」

柘植はグラスを焼酎で満たし、それを一気に喉に流し込んだ。

「誠一郎は、いまどこにいるんだ」

神山が訊いた。

「知らんよ。もし知っていたら、おれが奴を放ってはおかない」

「もうひとつ、訊きたいことがある」

「なんだ?」

「谷津裕明が、奇妙なことをいっていたんだ。誠一郎の居場所は、おれのお袋の方が知っているんじゃないかと。お前、心当たりはないか」

一瞬、柘植は驚いたような顔をした。そして、首を横に振った。

「おれにも、わからん。いったい、どういう意味なんだか……」

二〇年振りの親友との再会は、ある意味で和《なご》やかだった。二人で焼酎のボトルを二本近く空け、柘植は歩いてマンションに戻り、神山はいつものように代行を呼んだ。

昔馴染《なじ》みはいいものだ。たかが酒で、良くも悪くも……。

二〇年の時空を超えて、過去に戻ることができる。

12

週が明けて、神山は郡山に向かった。車で国道四号線を北上し、およそ一時間の道のりだ。

ＢＭＷのグローブボックスの中には、谷津誠一郎の写真が入っている。高校三年の春、始業式の日に、神山と柘植の三人で記念に撮ったものだ。その写真をスキャナーでパソコンに取り込み、誠一郎の部分だけをキャビネ判に引き伸ばしてある。写真の中の誠一郎は、不良気取りで学生服の詰襟を開き、ピースサインを出して笑っていた。首に、修学旅行の時に東京のアメ横で買った、米軍の認識標のレプリカが光っている。

池野直美が勤めていた『人魚姫』というスナックには、神山が訪ねることを姉の弘子から連絡が入っていた。店は、郡山駅西口の繁華街の中にあった。思っていたよりも、大きな店だ。開店前の六時に店に入ると、客のいないボックス席に何人かの店の女が座り、コンビニの弁当やサンドイッチを食べていた。

ママの明美は三〇代の後半だと聞いていたが、歳よりも若く見えた。グラマーで、人の良さそうな女だった。神山を見ると最初は怪訝《けげん》な顔をしたが、池野弘子の名を出すと素朴な笑みを浮かべた。

「うん……聞いてるよ」

明美は、少し訛《なまり》のある声でそういった。

神山は、谷津誠一郎の写真を見せた。明美は、目があまりよくないようだ。ハンドバッグから眼鏡を取り出して掛け、真剣な表情で写真に見入っている。

「谷津誠一郎の高校時代の写真だ。この店に来ていた男に間違いないかな」

神山が訊くと、明美が大きく頷いた。

「この店に来た時とはだいぶ歳が違うし、六年前はもっと暗い目をしてたけど……私は同じ人だと思う」

「確かに？」

「多分……」そういって明美は、他の女を呼んだ。「由美《ゆみ》ちゃん、ちょっと来て」

由美と呼ばれた女が慌てて走ってきて、神山の前で頭を下げた。

「由美ですけど……」

「この娘《こ》も、六年前からこの店にいるんです。もう私と二人しか残っていないけど」明美がいった。「ねえ由美ちゃん。あんたもちょっとこの写真を見てよ。これ、谷津だと思う？」

明美が写真を手渡した。由美が見る。そして、いった。

「似てるわ。最初に刑事さんに見せられた写真は違うと思ったんだけど、この写真は似てる。でも……」

「でも？」

「ほら、この前の写真、あったじゃない。私、あれが一番谷津に似てると思うの。もっと、暗い雰囲気だったし……」

そういって、由美が明美を見た。

「ああ、あの写真ね。確かにあの写真は、この店に来てた頃の谷津にそっくりだったよね」

明美も、そういって頷いた。

「それは、どんな写真？」

神山が訊いた。

「やっぱり高校生くらいだと思う。学生服を着てたし」

「誰にその写真を見せられたんだ。警察？」

明美と由美が、首を振った。

「違うわ。男の人が来たのよ。今年になってから……よね」

「そう。多分、三月か四月頃よ。突然訪ねてきて、ね」

二人がそういって顔を見合わせた。

「それは、どんな人だった？」

「けっこう歳のいってる人よ。若く見えたけど、六〇は過ぎてたと思う。そうだ。その人も確か、神山さんていったわ……」

伯父だ。神山達夫に間違いない――。

「その人は、どんなことをいっていた？」

「やっぱり、直美ちゃんのことを訊きにきたのよ。彼女と、谷津とのこと。二人はどんな関係だったかとか。谷津はどんな男だったかとか」

「うん、そうそう」

「それで、君たちは何と答えたんだ。谷津について……」

「大したことはいってないと思う。大人しくて、いい人に見えたとか。身長は何センチくらいだったとか。あとは右利きか左利きか覚えてないかとか訊かれたと思う……」

記憶が、蘇ってくる。確かに誠一郎は、左利きだった。

「それで、写真を見せられた。そうだね」

「うん」頷いて、明美がもう一度、写真を見た。「この写真とよく似てたけど、ちょっと角度が違うみたい……」

「そう、ちょっと違うのよね。でも、同じ人よ」

由美がいった。

神山は、明美から写真を受け取った。この写真を撮ったのは、母の智子だ。だが、カメラは伯父のものを使ったはずだ。神山の手元にあるのはこの一枚だが、伯父はまだ他に谷津誠一郎の写真を持っていたのかもしれない。そういえば書斎のキャビネットの中に、古いネガが仕舞ってあった。

「他には何か覚えてないかな。谷津のことなら何でもいいんだが……」

「割とスポーツマンタイプ」

「そうそう。色が浅黒くて、髪が短くて、ちょっとイケメン」

「直美に入れ込んじゃって、毎週土曜日に来てたんだよね」

「優しそうだったし、あんな事件を起こすようには見えなかったけど……」

二人はそういって、屈託なく笑った。

七時を過ぎて、神山は店を出た。外にはまだ、黄昏《たそがれ》が残っていた。

携帯を開き、池野弘子に電話を入れた。だが数回呼び出し音が鳴った後、留守番電話に切り換わった。神山は、コメントを残さずに携帯を閉じた。弘子ももう、店に出ている時間だ。

車に戻り、白河に向かった。ステアリングを握りながら、神山は様々なことに思いを巡らせた。

伯父が、郡山の『人魚姫』を訪ねていた。谷津誠一郎の写真を持って。しかもそれは、今年の三月か四月。伯父が死ぬ直前に。

さらに伯父は、死の直前に池野弘子に電話している。そして、「もうすぐ事件の謎が解ける――」といった……。

わからない。いったい伯父に、何があったのか。何を摑んだのか。今日の『人魚姫』の二人の女の会話の中に、その秘密が隠されているとも思えないのだが……。

だが、ひとつ確かなことはある。神山もまた、伯父の達夫と同じ道を歩きはじめたということだ。

第二章　獣道

1

窓から射し込む光の中に、タバコの煙が揺らいでいる。

東京からの荷物をやっと整理し、神山健介はこの日、初めて自分のブルースのCDを聴いた。古いジャクソン・ブラウンのアルバム、そしてエリック・クラプトンの『ハロー・オールド・フレンド』。いまの神山には皮肉な曲だ。だが曲を換えても、伯父の書斎は何も語りかけてはくれない。

昨夜から、神山は写真を探していた。伯父が亡くなる直前に、郡山のスナック『人魚姫』でママの明美と由美という女に見せた写真。その谷津誠一郎の高校時代の写真が、この書斎のどこかにあるはずなのだ。だがデスクの引き出しやキャビネットの中、書棚にある本やファイルの間。考えられる所はすべて見たが、それらしき写真もネガも見つからなかった。

神山は念のためにリビングや寝室も調べてみた。ソファーやベッドのマットの下。クローゼットの中。靴箱やすべての上着のポケットの中までも。やはり、写真はない。伯父がどこかに隠したのか。それとも、何者かがこの家から持ち去ったのか……。

そのかわりに、伯父の名刺入れの中から奇妙な写真が見つかった。長いおさげの髪の、若い女の写真だ。最初、神山はその写真を見てもしばらくは誰だかわからなかった。だが、上目遣いにレンズを見つめる切れ長の大きな目に、確かに見憶えがあった。

母の、智子だった。二〇歳くらいか。それとも、もっと若いかもしれない。ひび割れ、すり切れたモノクロームの写真の中で、母ははにかむような笑みを口元に浮かべていた。

伯父はなぜ、この写真を持ち歩いていたのだろう。自分の、腹違いの妹の写真を……。

神山は、二〇年前のことを思い出していた。東京からこの村に移り住んでから、神山の母子はしばらくの間、伯父の家で暮らしていた。その後、キヨ婆の家に間借りしてからも、夕食はほとんど伯父といっしょだった。夕食が終わると、神山はいつも一人で間借りしていた部屋に戻った。母は、伯父の家に残った。そして朝、神山が高校に行くために起きる頃になると、母が畑の中を歩いて帰ってくる。そして必ず、「また達夫さんと朝まで飲んじゃった」と言い訳をした。

窓の外に視線を向けた。道に、またあの軽トラックが駐まっていた。あの男——谷津誠一郎の叔父の裕明だ。神山が窓辺に立つと、軽トラックは静かに走り去った。あの男は、母の何を知っているのか……。

午後になって、池野弘子から連絡があった。携帯を開くと、眠そうでハスキーな声が聞こえてきた。

——私……。昨日はごめんなさい。店が忙しくて電話できなかったの。それで、何かわかった？――。

「昨夜、郡山に行ってきた。『人魚姫』の明美と由美に会ってきたよ」

――それで？――。

「谷津誠一郎の写真を見せて確認した。しかし……」

――あなた、谷津の写真を持ってるの？　見たいわ。下着だけ着たら、すぐに行くわ――。

三〇分もたたないうちに、V8のエンジン音を轟《とどろ》かして黄色のマスタングが庭に入ってきた。下着だけ……といいながら、弘子はちゃんと服を着ていた。尻の割れ目が見えそうなローライズのジーンズに、最小限の生地が体の一部を隠すタンクトップ。下着とあまり変わらない。MACのキャップは被《かぶ》っていたが、化粧とブラジャーは忘れたらしい。

ドアを開け、弘子を迎え入れた。胸の谷間を見下ろした瞬間に、神山は思わず口笛を鳴らした。弘子が見上げ、神山と目が合うと、かすかに笑った。この女は、自分の体の魅《み》せ方を知っている。

「それで……写真はどれ」

ソファーに座り、弘子がいった。

「これだ」

神山は、谷津誠一郎の写真を渡した。弘子はマルボロのメンソールに火を付け、喰い入るように写真を見つめた。

「この写真は、前にも見たことがあるわ。達夫さんが持っていたのと、たぶん同じ写真よ。学生服を着た男の子が三人写ってたわ。その中の一人は、あなた……」

弘子が、写真を神山に返した。間違いない。谷津の写真は、神山と柘植克也の三人で撮ったものから引き伸ばしたものだ。

「君は『人魚姫』には行ったことがあるのか」

神山が訊いた。

「あるわ。ママの明美さんにも、由美という女の子にも会ったことはある。いろいろと、谷津については聞いたわ。あまり参考にはならなかったけど。あの二人、何かいってた？」

「この写真を見せて、谷津かどうか確認してもらった。ほぼ間違いないそうだ。しかし……」

「しかし？」

「伯父も『人魚姫』に行ったらしい。今年の三月か四月頃だ。何か聞いてないか？」

弘子がタバコを揉《も》み消し、いった。

「知ってるわ。四月の二〇日過ぎのはずよ」

「なぜ日にちまで覚えてるんだ」

神山が訊いた。

「前にいったでしょう。達夫さんが亡くなる三日くらい前に、電話をくれたって。もうすぐ、事件の謎が解ける。そういっていたって。達夫さんが郡山から帰ってきて、すぐに電話があったのよ。だから覚えてるの……」

奇妙だ。伯父は郡山で、何かを摑《つか》んだのか。だが、伯父は写真で谷津誠一郎を確認した以外は、あの二人から大したことは聞き出していない。谷津が池野直美を殺した犯人であることは、郡山に行く前からわかりきっていたはずだ。

「わからないな。伯父が『人魚姫』で何に気付いたのか。明美も由美も、谷津についてはほとんど何も知らないんだ」

「もしかしたら、『人魚姫』じゃないのかもしれないわ」弘子がそういって、首を傾けた。肩を抱いた両腕の間から、大きな胸がこぼれ落ちそうだ。「あの時、達夫さんは会津の方に一泊していろんな所に行ったはずよ。一人で、谷津の足跡を辿ってみるって」

「谷津の足跡？　いったい……」

「ひとつは妹が殺された馬入峠。私に、詳く場所を訊いていたから。あとは妹の車が発見された羽鳥湖の辺り。他はわからない……」

谷津の足跡を辿る……。

いったい、どういう意味なのか。馬入峠や羽鳥湖を見れば、何かがわかるということなのか。そしてなぜ会津の方に一泊したのかもわからない。会津は馬入峠をはさみ、『人魚姫』のある郡山とはまったくの逆方向だ。

「ちょっと待ってくれ。地図を持ってくる」

神山はソファーから立ち、外に出た。確か、パジェロ・ミニの中で地図を見た覚えがある。やはり、あった。コンビニならどこででも手に入る地図帳だ。

福島県南部のページを開く。思ったとおりだ。白河の西郷村を起点に羽鳥湖、馬入峠、会津、喜多方。さらに磐越《ばんえつ》自動車道で猪苗代湖の北を抜け、郡山、四号線を下り白河まで。おそらく伯父が四月に回ったのであろうコースが、ピンクのマーカーペンではっきりと書き込まれていた。

だが、なぜ喜多方なのか。それがわからない……。

家に戻り、弘子の前に地図帳を広げた。

「どうやら、君のいうとおりだ。伯父の走ったコースがわかったよ」

「達夫さん、こんな山の中を走ったんだ……」

弘子が、驚いたようにいった。

確かに、そうだ。伯父が走ったコースは、普通ならば車では通らないような山道だった。例えば伯父は、西郷から羽鳥湖まで、雪割橋を渡り布引《ぬのびき》模範牧場、羽鳥湖高原の別荘地を抜ける林道を使っている。確かに近道だが、実際には地元の人間も走らないような荒れた道だ。伯父が四月になるのを待ったのは、おそらく道が雪に閉ざされていたからだろう。

だが、理由はわかる。この道は二〇年前、谷津誠一郎が姪の真由子に暴行し、逃げた経路だ。

神山は、地図を眺めているうちにさらに興味深いことに気が付いた。西郷、羽鳥湖、馬入峠、会津を辿っていくと、山の中を通り、ほぼ南北の直線上に谷津の〝足跡〟が喜多方まで続いていることになる。まるで、獣道のように。

おそらく、偶然だろう。だが、あまりにも暗示的だ。

「なぜ伯父は、会津や喜多方に行ったんだろう……」

神山は、一人言のように呟いた。

「私たち姉妹が会津若松の生まれだから。達夫さんが私の実家に寄ったとは聞いてないけど、たぶんそうだと思う。でも、喜多方はわからないわ。そんなこと聞いたこともないし……」

「一度、行ってみるしかなさそうだな。このコースを回れば、何かがわかるかもしれない」

「いつ行くの」

「早い方がいい。明日から一泊で行ってみる。妹さんの遺体と車が発見された場所、できるだけ詳しく教えてくれ」

「それなら私も行くわ」弘子がいった。「明日は日曜だから店は休みだし、明後日も帰りが遅くなるようなら誰かとシフトを代わってもらえばいい」

「大丈夫なのか」

「平気よ。馬入峠の場所なんか、口じゃ説明できないわ。それに、私がいた方が何かと都合がいいでしょう……」

弘子が、意味深な笑いを浮かべた。

2

いつの間にか、早朝のヒグラシの声を聞かなくなった。梅雨だというのに、ほとんど雨も降らない。その梅雨も、おそらく来週には明けるだろう。

店が引けるのが遅かったのか、弘子は陽が高くなってからやってきた。ペットボトルから、しきりにミネラルウォーターを飲んでいる。どうやら酒もまだ残っているらしい。

車はパジェロを使うことにした。小さな車での長旅は先が思いやられるが、なるべく伯父の達夫と同じ視線からすべてを見てみたかった。ＢＭＷやマスタングでは、荒れた林道を走ることはできない。

弘子は車が走りだすと、まずリクライニングを倒し、頭の後ろで腕を組んでタンクトップの胸を反らした。胸元で、ホワイト・バッファローの大きなペンダントが光っている。目が合うと神山の視線を楽しむかのように、ふと悪戯《いたずら》っぽい笑みを洩らした。

神山は、パジェロのアクセルを踏み込んだ。国道二八九号線の勾配に負けまいとするかのように、パジェロはターボを唸《うな》らせてタコメーターの針を跳ね上げる。すでに一二万キロ以上を走破したポンコツだが、伯父が大切にしていたのだろう。律儀《りちぎ》なほどに元気だ。

「小さな車ね」

弘子がいった。

「小さいけど、田舎で暮らすには便利だ。なぜ、あんな大きな車に乗ってるんだ」

神山が訊いた。

「別に、好きであんなのに乗ってるんじゃないわ……」弘子はそこまでいうと、一度言葉を切った。水を口に含む。しばらく黙っていたが、やがておもむろに続けた。「私、結婚してたことがあるのよ……」

「まあ、いろいろあるさ。おれも一度くらいは、結婚したことがある」

「あのマスタングは、前の亭主が買ったのよ。私と同じトラックの運転手で、車と女以外に興味がないような男だった。妹のことがあったりして、二年前に別れたの。その頃、旦那にも他に女がいたしね。それであの車を、慰謝料がわりにもらったのよ……」

田舎には、よくある話だ。

雪割橋の標識が見えたところで、神山は国道を逸《そ》れて右に曲がった。しばらく農道を走り、さらに右に曲がる。車一台が通るのがやっとの狭い橋を渡り、売店の前の駐車場に車を駐めた。

車を降り、橋に戻った。日曜ということもあり、観光客の姿もある。橋の中央に立ち、阿武隈川を見下ろした。ここから眺める雪割峡は絶景だ。水面から橋までは、一〇〇メートル近くはあるだろうか。見ているだけで、峡谷に吸い込まれてしまいそうな錯覚を覚える。谷を囲む岩肌は、夏のいまは深い緑に包まれている。だが秋になれば紅葉が岩壁を彩《いろど》り、冬には雪が割れたように深い峡谷全体を白く染める。雪割峡の所以《ゆえん》だ。

「なぜここに寄ったの？」

神山の後ろで、弘子が訊いた。

「自殺の名所だ」神山がいった。「伯父は、死ぬ数日前にここに来ている」

「自殺ならば、この橋を選ぶはずだ。そう考えてるのね」

「別に、そうじゃない……」

だが、確かに神山はそう考えていた。伯父はよくいっていた。人間は、いずれ死ぬ。死ぬならば一瞬で、楽な方がいいと。

「いったでしょう。あの人は、自殺するような人じゃない。くだらないわ。行きましょう」

車に戻り、さらに奥まで進んだ。雪割橋から先は、観光客も入らない。やがて道は小さな集落を抜け、そこで舗装が途切れる。荒れたダートの細い道が、曲がりくねりながら広大な牧草地の中へと分け入っていく。

左手のなだらかな牧草地の先に、遠く西郷の村が見渡せた。右手にはやはり山に向かって牧草地が広がり、その先に深い森が続いている。おそらく、このあたりだ。二〇年前に、谷津誠一郎がまだ幼い真由子を連れ出し、襲ったのは。それがすべての悲劇の発端だった。

神山は、ゆっくりと車を進めた。深い轍《わだち》や大きな穴にステアリングを取られ、パジェロの小さな車体が大きく揺れた。

「何を考えてるの」

弘子が訊いた。

「別に、たいしたことじゃない。谷津のことさ」

「それにしても達夫さんは、なぜこんなにひどい道を通ったのかしら。西郷から羽鳥湖に出るなら、一度国道四号線まで下った方が楽なのに……」

「そうか。君にはまだ話してなかったな。谷津と真由子のことを……」

神山は、柘植克也から聞いたことを弘子に話した。高校最後の夏、谷津誠一郎が姪の真由子に何をしたのか。その後、谷津は親友だった柘植の軽自動車を奪い、この道を走って羽鳥湖方面へと逃走した。以来二〇年、谷津の行方は誰も知らない。

「この道を走ったことは確かなの？」

「確かだ。谷津は逃げる時に、この先の山で地竹を採りに来ていた地元の老人を引っ掛けている。その先は、羽鳥湖にしか抜けられない」

「羽鳥湖……か。妹のワゴンRが発見されたのも、羽鳥湖だったわ。羽鳥湖に何かあるのかもしれないわね」

「その可能性はあるな」

「ところでその真由子っていう子、その後どうなったの。まさかその子……」

「そうだ。そのまさかだよ。伯父の書斎の写真に写っていた髪の長い女だ」

「そうだったの。どこか陰《かげ》があると思ったわ。達夫さんは、そのことを知っていたのかしら」

「知っていただろうな。伯父は、あの村に住んでいたんだから……」

そうだ。伯父が谷津と真由子のことを知らなかったわけがない。その伯父と真由子が愛人関係にあった。いや、それはまだ推察の域を出ない。弘子がそう信じているだけだ。いずれにしても伯父は、なぜ真由子に近付いたのか。もしかしたら伯父は、真由子から何かを訊き出そうとしていたのではなかったのか……。

「あの真由子っていう子、ちょっと変わってたわ。若くて、きれいなのに、あの子の方から達夫さんに近付いたのよ」

神山の心の内を察したかのように、弘子がいった。

「どういうことなんだ」

「私と達夫さんがいっしょにいると、いつも遠くから見ていたのよ。庭の先から。それとも、森の中から。物陰に隠れるようにしてね。私と達夫さんがベッドにいるところを、窓から覗かれたこともあったわ」

弘子がそういって、神山を見た。神山の反応を、楽しむかのように。

「おれも真由子に見られたことがある。あの家に戻ってきた日だ。森の中から、こちらの様子を窺《うかが》っていた。赤坂ダムを歩いていた時も、あの子はおれのことを尾《つ》けてきたんだ。追ってみたんだが、逃げられた……」

弘子がおかしそうに笑った。

「でもあの子、いまは彼氏がいるわよ。この前、見たもの」

「どこでだ?」

「先々週の日曜日に、店の女の子たちと那須《なす》に遊びにいったのよ。バリ島のお土産なんかを売っているテーマパークみたいなのがあって、そこで見かけたわ」

那須は西郷から甲子《かっし》温泉に登り、那須甲子有料道路に入れば目と鼻の先だ。

「どんなだった」

「彼女、いい車を運転してたわよ。フォルクスワーゲンのゴルフの新車。助手席に男が乗っていて、私たちが車に戻ろうとした時にちょうど降りてきたの。私には、気が付いたみたいね。ちらりと見たけど、そのまま男と腕を組んで行っちゃったわ」

なんとなく、違和感があった。柘植はいっていた。谷津との一件があってから、真由子は頭がおかしくなった、と。その真由子と、自分で新車を運転して男とデートする真由子とは、どうしてもイメージが重ならない。

やがて牧草地帯は終わり、道は鬱葱《うっそう》とした森の中に入っていく。頭上を覆《おお》うように樹木の梢《こずえ》が重なり、かすかな木洩れ日以外は光も差し込まない。

道はさらに荒れはじめた。いたる所が水の流れで抉《えぐ》れ、ぬかるみ、岩盤が露出している。神山は、パジェロのトランスファーを4WDにシフトした。ステアリングを握る手に、冷汗が滲《にじ》む。道幅は、軽自動車がやっと通れるほどの広さしかない。森の中を複雑に曲がりくねり、急な角度でアップダウンを繰り返す。時にはガードレールのない路肩が、深い渓《たに》に呑み込む罠《わな》のように口を開けていた。

この道は、本当に抜けているのだろうか。ふと、不安が頭をかすめた。だが二〇年前、谷津はこの道を一人で走ったのだ。恐怖と不安に駆られながら。

森の中で、蜩がけたたましく鳴き続けていた。谷津も、この声を聞いたのだろうか。

唐突に、風景が開けた。森の上に空が広がり、道は整備された舗装路に変わった。神山は、忘れていたように大きく息を吐いた。

「抜けたわね……」

弘子が、小さな声でいった。

3

羽鳥湖は、福島県岩瀬《いわせ》郡天栄《てんえい》村に位置する人工のダム湖である。昭和二五年、当時の吉《よし》田茂《だしげる》内閣が建設を決定。阿賀野《あがの》川水系鶴沼《つるぬま》川を塞《せ》き止めて昭和三一年三月に完成した。その水域面積は、二〇一ヘクタールにも及ぶ。

目的は矢吹《やぶき》ヶ原《はら》一帯の灌漑《かんがい》用水だった。だがなぜ戦後の全国的な電力不足の折に、一一億円もの巨費を投じてこのようなダムを作らなくてはならなかったのか。普通ならば、水力発電のためのダムを作るはずだ。その裏にどのような金の流れがあったのかは、歴史の闇だ。

県道三七号線は羽鳥湖の西岸に沿い、ダムの塞堤《そくてい》で一一八号線に突き当たる。神山は湖の右手に広がる蒼《あお》い水面を眺めながら、ゆっくりと車を走らせた。間もなく森の中に広大な駐車場を見つけ、車をそこに入れた。

「少し、歩いてみよう」

車は、他に一台も駐まっていない。神山は弘子と遊歩道を歩き、砂泥の浜に降りた。複雑に地形の入り組む湖だった。浜に足を取られながら、水辺に沿って歩いた。対岸を見ると、蒼く沈むような水面と岸辺の森との間に、白い砂泥の浜がベルト状に連なっていた。ダムは、渇《かわ》いていた。この夏は、まだまとまった雨が一度も降っていない。羽鳥湖の貯水量は二七万立方キロメートルといわれるが、いまはその半分程しか水は残っていないだろう。

神山は立ち止まり、対岸を指した。

「この風景……見たことあると思わないか」

弘子が、その言葉に頷いた。

「わかるわ。あの写真の風景ね」

そうだ。真由子が湖をバックに裸で立つ、伯父の書斎に掛けられていた写真。やはりあの写真は、羽鳥湖の、この浜で撮られたものだ。だが、二人はいつここに来たのか……。

「君は、いつ頃まで伯父と付き合っていたんだ」

「去年の暮れ頃までよ。その頃、あの真由子という子が割り込んできた……」

「するとあの書斎にあった写真は、去年の暮れ以降、今年の四月末頃までに撮られたことになる。しかし、あの風景に雪はなかった……」

弘子がマルボロに火を付け、深く吸った。

「何をいいたいのか、わかるわ。四月に達夫さんがこのコースを回った時、真由子もいっしょだったっていいたいんでしょう」

「そうだ。しかし、この辺りの四月はまだ寒い……」

「平気よ。〝男〟にいわれれば、私だって裸になるわ。行きましょう」

弘子はタバコを投げ捨てると、駐車場に向かって歩きだした。神山は、その後を追った。

「ところで、妹さんの車はどこで発見されたんだ」

「対岸よ。向こうにも道があるの。車で、湖面まで降りられるのよ……」

羽鳥湖の東岸にも、地図にない道が続いていた。舗装はされているが、忘れ去られたように荒れた道だ。ひび割れた路面から夏草が生え、小さな白い花が咲いていた。

しばらく進むと、森の中に消えていくような細い分かれ道があった。

「その道よ。左に曲がって」

ステアリングを切った。まるで、湖に落ちていくような急な坂だ。ほぼ直線に下っていくと、正面に羽鳥湖の水面が見えた。

「ここか」

車を止め、神山がいった。

「そうよ。降りましょう」

二人で、湖岸に立った。深い森が、水辺まで迫っている。道の先は急に落ち込むように、ダムの深い水の中に消えていた。

どこかで見たことがある。そう思った。ここは、伯父の遺体が発見された赤坂ダムの現場に似ている。もしオートマチック・ミッションをDレンジに入れ、ドライバーが飛び降りれば、車は慣性でダムに落ちていく。

「妹さんの車は、オートマチックだった？」

「そうよ」

「それに車が発見された時は、ここに雪が積もっていた」

「そうよ。でも、どうして？」

「犯人……谷津誠一郎は、ここに車を乗り捨てたわけじゃない。湖に沈めようとしたんだ。しかし、雪が積もっていて、車が途中で止まってしまった。そんなところだろう」

「なるほどね。あんた、頭いいね」

だが、何のために。その時、神山は、奇妙なことに気が付いた。自分は、伯父が〝殺された〟と仮定し、その手口を推理してあてはめただけだ。ということは、つまり……。

「次に行こう。馬入峠だ」

「ここからすぐよ」

バックで道に戻り、神山は車を走らせた。改めて、疑問を思い浮かべた。谷津は、ここからどうやって人里に戻ったのか。歩いて行ける人家は、羽鳥湖高原の別荘地と周辺の小さな集落だけだ。もしくは国道一一八号線まで歩き、車を拾ったか。だが、いずれにしても目立ちすぎる。

答はひとつだ。やはり共犯者がいたとしか考えられない――。

馬入峠は、本当に近くだった。国道に出て、南会津の下郷《しもごう》町の方面に向かう。二・五キロ先で、峠越えの県道を猪苗代の方面に右折。山道を五キロほど登っていくと、家が数軒の集落を通り馬入峠に出る。羽鳥湖からなら、無理をすれば歩けない距離ではない。

弘子に指示されるままに、沢沿いの廃道を上がっていく。間もなく小さな堰《せき》があり、その前に車が何台か置けるほどの狭い空地があった。

「ここよ……」

弘子が、小さな声でいった。

「降りてみよう。大丈夫か？」

「平気。降りられるわ」

周囲は、荒れた植林に囲まれていた。静かだった。沢の水が岩を伝う音と、蟬の鳴き声――それ以外には何も聞こえない。

肌を焦《こ》がすほどの木洩れ日が、目映《まばゆ》かった。だが堰の前に立つ弘子は、肩をかすかに震わせていた。神山は、その肩をそっと抱いた。

「ここに、直美が倒れていたの……。雪の中に、黒焦げの粘土の人形のようになって
……」

神山の厚い胸に顔を埋め、弘子は嗚咽《おえつ》を漏らした。淋しい場所だ。一人の人間が人生を終えるには、あまりにも……。

「もういい。行こう」

神山の腕の中で、弘子が小さく頷いた。

車に戻った。しばらくは、お互いに何も話さなかった。助手席に目をやると弘子は胎児のように体を丸め、焦点の定まらない視線で窓の外に流れる風景を眺めていた。殻《から》の中に閉じ籠り、いまの自分を捨て、何者かに生まれ変わろうとする蛹《さなぎ》のように。そして涙を拭い、唐突にいった。

「私は大丈夫よ。それで、何かわかったの？」

神山はステアリングを握り、曲がりくねる路面を見つめたままいった。

「あの場所は、奇妙だ……」

「どうして？」

弘子が訊いた。

「人を殺すには確かに理想的だ。雪の降る深夜ならば、おそらく誰にも見られない」

「それがどうして奇妙なの？」

「しかし、死体を隠す場所としては適していない。いずれは発見される」

「そうね。でも谷津は、最初から死体を隠そうとする気がなかったのかもしれないわ」

弘子は、努めて冷静に話そうとしている。それがわかった。

「それならなぜ、車をダムに沈めようとしたんだ。車は隠すが、死体は隠さない。辻褄《つじつま》が合わなくなる」

「どういうこと」

「一人の人間の心理として、有り得ないということさ」

「つまり、共犯者がいたということ？」

「そうだ」

もうひとつ、奇妙なことがある。普通、付き合いの浅い男女間にトラブルが起きるとすれば、感情の縺《もつ》れによる偶発的な殺人だ。殴るか、首を絞めるか、手近にあった刃物を使うか。

だが弘子の妹の殺害には、犯人——つまり谷津——が灯油とロープを用意していた。これは明らかに計画的な殺人だ。しかも犯人は、弘子の妹の直美を生きたまま焼き殺している。普通、男は一度は愛した女に、そこまではやらない。動機の裏に、単なる感情の縺れ以上の怨恨《えんこん》が存在したと考えるべきだ。

国道二九四号線に出て、途中のドライブインで遅い昼食を取った。その後も神山は、伯父が地図に書き込んだ道を辿った。東山《ひがしやま》温泉を通り、会津若松へと入っていく。南から年貢《ねんぐ》町、鶴《つる》ヶ城《じょう》跡、白虎《びゃっこ》町へと抜ける。この辺りには、かつての城下町を想わせる古い町並の風情が残る。長屋門のある武家屋敷。白い土壁の土蔵。檜《ひのき》造りの大店が石畳の歩道の両側に並ぶ。まるで時計が江戸時代から止まってしまったかのようだ。

神山は、午後の斜光に染まる町並を眺めながら考えた。伯父は、なぜこの町に来たのだろう。単なる観光気分だったのか。それとも他に、確固たる目的があったのか――。

「そこで止めて……」

弘子がいった。神山は、車を路肩に寄せた。

道の反対側に、古い酒屋があった。店の前には酒樽が積まれ、『池野酒店』と彫られた木の看板が掛かっていた。看板の重さに耐えかねて、店はいまにも崩れ落ちてしまいそうだ。すべてがうっすらと埃《ほこり》を被り、色褪《あ》せて見えた。おそらくここが、弘子の生家なのだろう。

「寄っていくか？」

神山がいった。だが弘子は、しばらく助手席に身を隠すようにして店を見ていた。そして、いった。

「いいの……。行きましょう」

神山は、黙って車を出した。何か事情があるのだろう。だが、何も訊かなかった。

地図を見ると、伯父も確かにこの道を通っていた。今日の神山と同じようにあの場所に車を止め、古い酒屋を眺めている伯父の姿が目に浮かんだ。

ひとつ、わかったことがある。なぜ伯父が、この町を訪ねたのか。伯父は、この池野弘子という女を、心から愛していたのだ。

4

会津若松からしばらく道を外れ、山間の温泉宿に部屋を取った。渓谷にしがみつくように建つ寂れた一軒宿で、男女別の内湯の他に、せせらぎの聞こえる露天風呂が付いていた。

すでに学校は夏休みに入っているが、日曜の夜ということもあって客は少なかった。風呂で汗を流して食事の用意されている広間に行くと、神山と弘子の他には老夫婦らしい二人連れがひと組いるだけだった。

弘子は洗い髪を濡《ぬ》らしたまま、浴衣《ゆかた》を着崩して神山の前に座った。最初は、ビールを飲んだ。胸元が、湯あたりでもしたように淡い紅に染まっている。一日の疲れを癒《いや》すには、悪くない景色だった。

料理はありきたりな山の幸だ。岩魚《いわな》の焼き物に、姫鱒《ひめます》の刺身。山菜の天ぷらと治部煮《じぶに》。それにいくつかの小鉢に会津牛の陶板焼がつく。束《つか》の間《ま》の旅行者気分を味わうには、手頃で十分な御膳だった。

料理に箸《はし》を運びながら、弘子が訊いた。

「何かわかった？」

「……まあ、いろいろと、な……」

そう。いろいろと、だ。それまで想像していたことを、いくつかは確認することはできた。だが、逆にいえば、新しいことは何もわかっていない。神山はビールのグラスを空け、ラッキーストライクに火を付けた。

「何を考えてるの」

神山のグラスにビールを注ぎながら、弘子が訊いた。

「おかしいと思わないか。なぜ警察は、谷津誠一郎を追わないんだ。それがわからない」

「どういうこと？」

「考えてみろよ。少なくとも警察は、『人魚姫』の明美に谷津の写真を見せ、同一人物であることを確認している。それだけじゃない。今回のコースを走ってみればわかるが、西郷から雪割橋、羽鳥湖、馬入峠と、谷津の足跡は点々と繋がっている。すべて谷津の土地鑑のある場所ばかりだ。確かに谷津の犯行と特定するには、証拠はないのかもしれない。

しかし容疑者の一人、少なくとも重要参考人であることは間違いないはずだ」

「そうね……。でも、警察は何も教えてはくれないわ。私は、何度も訊いたのよ。でも、谷津を犯人だという決め手はない。それの繰り返しよ」

わからない。警察が何を考えているのか。単に捜査がずさんなだけなのか。もしくは他に、何か決定的な事実を摑んでいるのか……。

いずれにしても、警察は口が固い。だが、方法がないわけではない。神山は東京の興信所に勤めていた頃に、今回と同じようなケースを何回か経験している。警察は権力に弱い。被害者やその遺族には何も教えないが、弁護士を立てると情報開示の基準が急に緩《ゆる》む傾向がある。

食事を終え、部屋に戻った。一二畳の部屋の中央に、枕を並べるように二つ蒲団《ふとん》が敷かれていた。それを見て、弘子が神山の表情を覗き込むように笑った。

「どうする？　もう少し、飲む？」

弘子がいった。

「いや……風呂に行ってくる」

神山はまだ乾ききっていない手拭いを肩に掛け、部屋を出た。

長い廊下を歩いた。「露天風呂」と書かれている奥の裏口を開けると、外に飛び石の通路が続いていた。その先の、渓《たに》に続く急な階段を降りていく。暗い足元に、虫が鳴いていた。遥か下に、露天風呂の明かりがぼんやりと光っていた。

風呂には誰もいなかった。葦簀《よしず》で囲まれただけの脱衣所の籠《かご》も空だった。神山は浴衣を脱ぎ、大きな岩と川石で組まれた湯に浸かった。湯はぬる目で、浅かった。岩に背をもたれ、体を伸ばした。

見上げると湯気の中で、軒下に下がる裸電球がぼんやりと光っていた。周囲は、漆黒《しっこく》の闇だった。遥か下から、渓に落ちる水の音が聞こえてくる。

露天風呂に入るのは、何年振りだろう。白河の周辺には、いくらでも温泉がある。だが、いつでも入れると思いながら、逆に足が遠のいてしまっていた。西郷に移ってから、間もなく三週間になる。自分ではのんびりとやってきたつもりだが、どうやら心と体を休めることすら忘れていたらしい。

あれは、いつのことだったか……。

神山は、ふと昔の出来事を思い出した。まだ、小学校にも上がっていなかった頃だ。自分がまだ、四歳か、五歳か。その頃、母の智子は、東京の中野で小料理屋をやっていた。七人か八人がカウンターに座れるだけの、小さな店だった。その店の客の一人だったのかもしれない。ある日、神山は母に連れられ〝知らない男の人〟と旅行に行った思い出がある。

季節は秋だった。遠くまで乗った電車の窓の外に、紅葉の風景が延々と流れ続けていたことを憶えている。着いた先は、山間の静かな温泉地だった。そこが箱根《はこね》だったのか。それとも信州か、東北のどこかだったのか。いまはそれすらも思い出すことはできない。

食事を終え、母と風呂に入った。ちょうどこの宿と同じように、岩を組んだ露天風呂があった。疲れていたのだろう。夜は、早く眠ってしまった記憶がある。だが、深夜に目を覚ますと、横にいるはずの母の姿がなかった……。

神山は蒲団を出て、母を探した。今日と同じように暗い廊下を歩き、露天風呂に向かった。母は、そこにいた。あの、知らない男といっしょに……。

神山は、しばらく物陰に立ち、二人を見ていた。声は出せなかった。子供心に、二人をそっとしておかなくてはいけないと思った記憶がある。神山は、また一人で部屋に戻った。母の帰りを待ちながら、いつの間にか眠ってしまった。朝、目を覚ますと、母は何事もなかったように神山の隣で寝息を立てていた。

あれは、誰だったのか。母といた、知らない男。だが記憶の糸を手繰《たぐ》ろうとすると、なぜかその顔は伯父の面影に重なってしまう。

足音が聞こえた。誰かが、階段を降りてくる。湯気の向こうに、浴衣姿の女が立った。弘子だった。

「ここだと思ったわ……」

弘子は後ろを向き、浴衣を落とした。下には、何も着ていない。

綺麗な体だった。歳相応に肉が付き、白い肌には一点の曇りもない。弘子は胸を手拭いで隠し、湯の中に静かに体を沈めた。

「考え事？」

弘子が訊いた。

「ああ……大したことじゃない」

神山はそういって湯を手に取ると、顔に伝う汗を拭った。

「警察のこと？」

「それもある……。いずれは行かないとな」

先程から、大きな蛾《が》が一匹飛んでいた。蛾は立ち昇る湯気の中で、裸電球の周囲を飛び回っている。

「どうやって訊き出すの？」

「弁護士を間に入れようと思っている」

神山は、かつて伯父からの遺産相続を扱った郡山の斉藤浩司という弁護士の顔を思い浮かべた。初老の、人の良さそうな男だった。民事が専門だとはいっていたが、地元の弁護士ならば警察にも顔は利くだろう。

だが、弘子は目を伏せた。

「無理だわ……。いまの私には、弁護士のお金なんて払えないもの……」

「心配するな」神山がいった。「どうせ乗りかかった舟だ。おれは君の依頼を、一〇万で引き受けるといった。約束した以上は、おれの責任だ」

蛾が飛び続けている。狂ったように。やがて蛾は命の残り火を燃やすように鱗粉を光らせ、湯の中に落ちた。しばらく漂い、運命を呪うように踠《もが》いていたが、溢れる湯と共に暗い渓に流されて消えた。

静寂が戻った。水の音。そして、虫の声。それ以外には、何も聞こえない。

「埋め合わせはするわ……」

弘子が小さな声でいった。

「気にしなくていい」

神山が顔を拭った。弘子が思い詰めたように、神山を見た。目が、かすかに潤《うる》んでいた。そしておもむろに、湯の中に立った。

体に絡みつく手拭いを、弘子は湯の中に落とした。ゆっくりと、神山に歩いてくる。岩に背を預ける神山を見下ろし、そこに立ち止まった。

弘子が、長い髪を解いて振った。白熱電球の淡い光を受けて、濡れた体が輝いていた。引き締まった腹。重く、豊かな胸。だがその時、初めて、神山は弘子が子供を産んでいることを知った。〝女〟の、体だった。

「私、子供がいるのよ……」

弘子が、言葉を噛み締めるようにいった。

神山は、黙って頷いた。

「女の子なの。もう、九歳になるわ。だから今日は、実家に寄りたくなかったの……」

弘子はしばらく、神山を見つめていた。時間が止まってしまったかのように。だが、やがて静かに、神山の上に乗った。

顔が、近付いてくる。耳元で、息が震えていた。弘子は両手でそっと神山の頰を包み、熱い唇を重ねた。

そして、いった。

「足りない分は、体で払うわ。損はさせないわ……」

弘子が、神山を引き寄せた。湯の滴《したた》る胸に、神山は顔を埋めた。

5

窓から、山の冷気が染み入ってくる。

明け方だった。気が付くと神山は浴衣の中に腕を回し、弘子の体の温もりを抱きしめていた。

微睡《まどろ》んでいるうちに、また眠りに引き戻された。次に目を覚ました時には、暑い陽差しが当たっていた。眩《まばゆ》さに耐えかねて、神山は汗ばむ体を起こした。隣に、弘子の姿はなかった。夢から現実に戻るまでに、しばらく時間がかかった。

窓辺の椅子に座り、出涸らしの茶をすすった。ぼんやりと野鳥の声に耳を傾けていると、浴衣姿の弘子が朝湯から戻ってきた。

「御飯、できてるみたいよ」

弘子がいった。なぜだかはわからない。一瞬、弘子が、昨夜とは別の女の顔に見えた。

朝食を終え、車に乗った。この日の空も、梅雨を忘れたように晴れ渡っていた。CDプレイヤーに、エリック・クラプトンのアルバム『アンプラグド』を入れた。弘子は穏やかな表情で、アコースティック・ギターの音色に聴き入っていた。

前日と同じように、神山は伯父の地図に記された道を辿った。会津若松市を抜け、国道一二一号線を北に向かう。湯川《ゆかわ》村、塩川《しおかわ》を過ぎ、国道四五九号線を左に折れると、間もなく道は喜多方市へと入っていく。

当てもなく、しばらく市内を巡った。喜多方は、蔵の町だ。市内の至る所に、白壁に塗られた土蔵が目に付く。伯父は何を求めてこの町に来たのか。だが、いくら走っても、空白を埋めることはできなかった。

昼を過ぎて、名物のラーメン屋に入ってみた。味はそこそこだった。だが束の間の旅行者気分を味わえただけで、それ以上でも以下でもなかった。

会津若松まで戻り、磐越自動車道に乗った。郡山方面に向けて、坦々とした道を走る。途中、磐梯山《ばんだいさん》サービスエリアの辺りで、右手に猪苗代湖の広大な水面が見えてきた。あの日――池野直美の遺体が発見された前日――直美は谷津誠一郎と二人でどこに出掛けたのか。殺されることも知らず、自分の車を運転しながら。遺体が発見されたのは、猪苗代湖から羽鳥湖へと向かう馬入峠だった。

「ひとつ、わからないことがある」神山がいった。「あの日、妹さんは谷津とどこに行ったんだ。心当たりはないのか」

弘子は、しばらく黙って考えていた。そしていった。

「わからない……。妹は何もいってなかったもの……。ただ谷津からのメールは、山の中の温泉にでも行こうと書いてあったけど……」

「温泉なんか、このあたりにはいくらでもあるさ」

当時、直美が住んでいたのは郡山だった。郡山――猪苗代湖――馬入峠――。それぞれの位置関係を結んでみると、推理することはそれほど難しくはない。休日に男女が二人で出掛ける場所と仮定すれば、猪苗代湖の周辺以外には有り得ないように思える。だが、奇妙だ。伯父は地図の猪苗代湖を周回する道には、何も書き込んではいない。つまり、この湖を調べてみても、意味はないということなのか――。

「今日は、これからどうするの？」

弘子が訊いた。

「郡山に寄ってみようと思っている。例の弁護士だ」

「私は大丈夫よ。もう店のシフトは他の女の子に代わってもらったわ」

まだ日が高い時間に、郡山に着いた。市内から電話をすると、斉藤は事務所に残っていた。場所を訊くと、事務所は先日の『人魚姫』というスナックのすぐ近くだった。

「お久し振りですな。その後、いかがでしたか」

斉藤が、実直そうな笑みを浮かべた。

「特に問題はありません。実は今日は、別のお願いがあってきました」

神山は、横にいた弘子を紹介した。弘子が名乗ると、斉藤は一瞬、驚いたような顔をした。

「あなたが……」

「知ってるんですか？」

神山が訊いた。

「いえ、もちろんお会いするのは初めてです。しかし、お名前を聞いていたものですから……」

神山は、弘子と顔を見合わせた。

「伯父からですね」

「そうです」

「どのような経緯《いきさつ》だったのでしょう」

「本当は、親族の方に対しても依頼人の守秘義務があるんですが……」

応接セットのソファーに座ると、斉藤は重い口を開いた。

斉藤によると、伯父の神山達夫が事務所を訪ねてきたのは四月の下旬頃だったという。後で日誌を調べてみて、二五日の夕刻であることがわかった。伯父が亡くなる四日前だ。

伯父は、池野弘子という女性に頼まれて、妹が殺害された六年前の事件を調べているといっていた。その件で、警察の捜査記録を閲覧《えつらん》できないかという相談だった。

「その後、間もなく伯父様が亡くなられたものですから、お話はそのままになってしまいましてね……」

「今回の我々のお願いというのも、実はそのことなんです」

「なるほど。しかし、この手のお話は難しいですな。捜査中の事件となると、警察はなかなか情報開示には応じません。特に、このケースの場合には……」

「というと？」

「郡山市と天栄村が、馬入峠で隣接していることは御存知ですか。妹さん……直美さんとおっしゃいましたか……御遺体が発見されたのが境界線の真上だったんですよ。その関係で、事件はいま県警本部の扱いになっていましてね」

なるほど。そういうことか。だが池野直美の遺体がその位置で発見されたことは、単なる偶然なのか――。

「いくつか、お訊きしたいことがあります」

「何でしょう」

「ここを訪ねてきた時、伯父は一人でしたか?」

「ええ、確かお一人でしたね。夕方に、ふらりとやってきて。しかし時間があまりないようなことをおっしゃってましたから、外でどなたか待たせていたのかもしれませんな」

待っていたのは、真由子だろうか。

「もうひとつ。伯父は捜査資料の何を見たいといっていたのか。覚えていませんか」

「写真だと思います。妹さんの、御遺体の写真を見たいとか……」

写真――。

意外だった。なぜ伯父は池野直美の遺体の写真を見ようとしていたのか。その中に、事件の謎を解く鍵が隠されているとでもいうのだろうか。

「何か、方法はありませんか。その、写真を見られるような」

神山が訊いた。

「写真だけなら、何とかなるかもしれませんね。御遺族、例えばお姉様からの正式な依頼でもあれば。しかし、時間はかかると思いますよ」

斉藤がそういって溜息をついた。

国道四号線は、夕方の渋滞がはじまっていた。郡山の市内を抜ける間、弘子は黙って黄《たそ》昏《がれ》に流れる車の赤いテールランプを見つめていた。

「思い出してくれないか」神山がいった。「妹さんの、写真のことだ」

「やめて。思い出したくない……」

弘子が助手席で体を丸め、手で両耳を塞いだ。

「君しか、あの写真を見ていない。いったい、何が写ってたんだ」

「死体よ。黒焦げの粘土のような妹の死体。口を開けて、歯が剝《む》き出しになってた。手や足が、ロープで縛られていた。それだけよ。私は、ちらりと見ただけ。身元を確認しろといわれても、何もわからなかったわ……」

話しながら、弘子はいつの間にか嗚咽を洩らしはじめていた。

「すまなかった。もういい……」

神山の脳裏に、伯父の顔が浮かんだ。伯父は、何を考えていたのか。だが、神山にはわからなかった。

6

旅から戻った翌日、神山は柘植克也に電話を入れた。

「時間があったら、昼飯でもどうだ」

――いいね。蕎麦《そば》でも食うか。一時に、国道沿いの『新駒』でどうだ。席を取っておく――。

約束の時間に行くと、柘植は先に来て座敷の奥の席で待っていた。この前と同じだ。人目をはばかるような席を好むのは、警察官としての習性なのだろうか。

柘植は、夏物の背広を着ていた。考えてみればそれが当然なのだが、神山はどこか違和感を覚えた。幼馴染みでありながら、柘植の背広姿を見るのは初めてだった。

「何をじろじろ見てるんだ」

神山が座るのを待って、柘植が笑いながらいった。

「いや……お前の背広姿が珍しくてさ」

「おれだって刑事だ。仕事中は背広くらい着るさ。それで、何にする？　ここは鴨《かも》せいろが旨《うま》いぞ」

「じゃあそれを」

蕎麦を待つ間に、柘植が訊いた。

「仕事の方はどうなんだ。確か、探偵事務所のようなことをはじめたと聞いたが……」

神山は、ふと疑問を感じた。柘植に、そのことを話しただろうか。だが、ここは田舎だ。噂が広まるのも早い。

「実はそのことなんだけどね」神山は、そこで一度、言葉を切った。池野弘子の件を柘植に話すべきか。だが、話さなければ何も進展しない。「妙な客が舞い込んできた。女だ。その女は、谷津誠一郎を探している」

「ほう……。面白そうだな」

柘植が、神山の目を覗《のぞ》き込んだ。

「前に、いったろう。おれはこっちに来てから、伯父のことを調べている」

「聞いた。自殺とか、そうじゃないとか。何か、わかったのか」

「伯父は、死ぬ直前まで、ある事件のことを調べていた。六年前に起きた、殺人事件だ。池野直美という郡山のスナックの女の焼死体が、馬入峠で発見された。知ってるか？」

「ああ、知っている。それで？」

「客の女というのは、その殺された池野直美の姉だ。彼女は、妹を殺したのは誠一郎だと信じているんだ……」

神山は蕎麦茶をすすり、話し続けた。伯父が残した地図帳に、白河の西郷を起点にして羽鳥湖、馬入峠、会津、喜多方、郡山と続く谷津誠一郎の〝足跡〟が記されていたこと。その足跡を池野直美の姉――池野弘子と辿ってみたこと。そこでわかったことと、新たな謎について――。

柘植がいった。

「その事件を誠一郎がやったという噂も聞いてるよ」

「しかし、おかしいじゃないか。これだけの状況証拠が揃っているのに、警察は何をやってるんだ。誠一郎に、指名手配もかけていない。なぜなんだ」

「おれにはわからん。担当じゃないんでね。しかし、何か理由があるんだろう……」

歯切れの悪い答だった。

蕎麦が来た。柘植のいったとおり、ここの鴨せいろはなかなかだった。二八の藪だが、腰のある麺《めん》が陸奥《みちのく》特有の濃厚な汁によく馴染んだ。

「ひとつ、奇妙なことがある」

箸《はし》を休め、神山がいった。

「なんだ?」

「伯父が回った場所には、それぞれに意味があった。しかし、最後になぜ喜多方に立ち寄ったのか。それがわからないんだ。お前、確か五年前まで喜多方署にいたといってたよな。何か、思い当たることはないか」

柘植は考え事でもするように、黙々と箸を動かしていた。やがて蕎麦を食い終え、汁に蕎麦湯を注ぐと、大きく息を吐いた。

「思い当たる節はある……」

「何だ？」

神山が、蕎麦を食いながらいった。

「いいか。ここだけの話だぞ」

「わかってるさ」

「八年前だ。喜多方でも少女が一人、殺されている」

神山は、箸を止めた。

「何だと……」

柘植が、重い口を開く。

事件が起きたのは、八年前の夏だった。夏休み前のある日、喜多方市の三宮《さんのみや》で、下校途中の女子中学生が行方不明になった。少女の名は小国陽子《おぐにようこ》、一三歳。二日後に、近隣の山中で遺体となって発見された。遺体には、暴行された跡があった。

「犯人はまだ捕まっていない。そうなんだな」

神山が訊いた。

「そうだ」

「それをお前は、誠一郎がやったと考えているのか」

「そうはいっていない。おれだっていままで、そんなことは考えたこともなかったんだ。しかしお前にいわれて、ふと思い当たったんだよ。伯父さんは、その事件のことを調べようとしていたんじゃないかと……」

確かに、一理ある。伯父は、一四年前に白河で起きた事件のファイルも保存していた。

「一四年前に、小峰鈴子という少女が阿武隈川の河川敷《かせんしき》で殺された。あの事件と同じか……」

「そうだ。いまのお前のいったことを聞けば、どうしても二つの事件を結びつけたくなる。それにあの頃、おれは喜多方署にいたからある程度は三宮の事件のことも聞いている。どちらも、同じ犯人がやったと思えるほど共通点が多い」

「どういうことだ」

「まず二人の少女は、年齢も近い。どちらも、近所では真面目な女子中学生として知られていた。それが事件当日には、簡単に連れ去られている。誠一郎にそのような才能があったのかどうかまではわからんがね」

「他には？」

「二人共、暴行を受けていた。しかも……こんなことは普通はいえないんだが……どちらも発見された時には服を身に着けていなかった。それに、二人共、手足をロープで縛られていた」

池野直美と同じだ。彼女も、ロープで手足を縛られたまま焼かれていた。

「誠一郎がやったとしか思えないな」

神山がいった。

「何ともいえない。しかし、犯罪者には必ず一定のパターンがある。もし誠一郎の〝癖〟が真由子からはじまったとしたら……」

そうだ。すべては真由子からはじまったのだ。一度でも少女の味を知った者は、それが性癖となる。絶対に、抜けられない。池野弘子はいっていた。妹は小柄で、二二歳という年齢よりもはるかに若く見えたと……。

「伯父は、その事件のことを喜多方まで調べに行ったのか……」

「どうだろうな。だがもし何かであの事件を知り、白河の事件との共通点に気付いたとしたら、有り得ないことではないな」

伯父が、何を考えていたのかはわかる。真由子、池野直美、そして白河と喜多方の事件を一本の線で繋《つな》ぐことによって、谷津誠一郎の実像を炙《あぶ》り出そうとしていたのではなかったか。だが……。

「もうひとつ、わからないことがあるんだ。伯父は弁護士を通じて、県警に池野直美殺害事件の捜査資料を見せてもらおうとしていたらしい」

「なぜだ？　まあ誠一郎を追おうというなら、それも当然かもしれないが……」

「それが、不思議なんだ。伯父が見たがっていたのは事件の調書そのものではなくて、被害者の焼死体の写真らしい。何か、思い当たらないか」

「そういわれてもなぁ……」柘植は腕を組み、首を傾げた。そしていった。「おれはその事件について、細かいことは知らないんだ。だいたい遺体の写真を見ても、せいぜい被害者の身元がわかるくらいだ。伯父さんは、誠一郎を追っていたんだろう。遺体の写真にその潜伏先の手掛かりが写っているとは思えないな。もしそうなら、警察がとっくに誠一郎を挙げている」

柘植のいうとおりだ。池野直美の身元は、その後に歯の治療痕《こん》やＤＮＡ鑑定でも確認されている。いまさら調べなおす必要はない。だとしたら伯父は、何を知ろうとしていたのか……。

「お前、刑事だったよな。その写真を、何とかできないか。裏から手を回してさ」

神山は、試しに軽口でいってみた。

「冗談をいうな。そんなことをしたら、おれの首が飛ぶ」

二人は顔を見合わせて笑った。

話に夢中になっているうちに、いつの間にか二時を回っていた。店の外に出ると、駐車場に残っている車も二台だけになっていた。神山のＢＭＷの隣に、ブルーメタリックのスバル・インプレッサが駐まっていた。

「お前の車か」

　神山が訊いた。

「そうだ。この辺りじゃ、四駆じゃないと不便なんでね」

「WRXか。速いだろう」

「まあな。昔、学生時代にラリーをやっていたことがあるんだ。しかしもう、峠道を飛ばす歳でもないさ」

　柘植が照れたように笑った。

「おれも、少しばかりレースをやっていたことがある。耐久レースだけどな。それでいまでも、こんな車に乗ってるんだ」そういって神山が、自分のBMWのボンネットを軽く叩いた。「ところで真由子……。あいつ、車を持ってるらしいじゃないか」

「そうなのか？」

　一瞬、柘植が怪訝そうな顔をした。

「池野弘子が見たらしい。那須で、男といっしょだったといっていた。真由子は頭がおかしくなったとか聞いたけど、そうでもないんじゃないのか」

「いや……それは……」

　柘植が口籠った。この前の時もそうだった。どうも柘植は、真由子に関してはまだいいたくないことがあるらしい。

「まあいい。また会おう」

神山がBMWに乗り込み、イグニッションを回した。走り出しても、しばらくの間、柘植は自分の車の前に立って神山を見つめていた。

7

神山は、何となく家に戻る気分にならなかった。

メガステージの駐車場に車を入れ、しばらくショッピングモールの中をぶらついた。ここには、何でも揃っている。大手の食品スーパー。家電販売店に、スポーツ用品店。ユニクロやダイソーの一〇〇円ショップも大きな店を構えている。

『文教堂』という広い本屋に立ち寄り、しばらく立ち読みをして時間を潰《つぶ》した。ネルソン・デミルやスティーヴン・キングの文庫本を何冊か買い、店を出た。一度、車に戻り、国道の向かいのホームセンターに入った。東京の近郊では見ないような大型店舗だ。ここで、工具や木工資材などを見つくろう。

白河に移ってきてから、日曜大工が神山のひとつの趣味になっていた。その気になれば、〝仕事〟はいくらでもある。伯父から受け継いだ家は、すでに築二〇年を超えている。

2×4《ツーバイフォー》建築の頑丈な家だが、ポーチや屋根などに修理を必要とする場所も目立ちはじめている。そろそろ、外壁のペンキも塗りなおさなくてはならない。もし自分でやるとすれば、大掛かりな作業になりそうだ。だが、そのようなことを考えながら工具を選ぶのが、最も楽しい時間でもある。

ボッシュのインパクト・ドライバーとチェーンソー用の混合ガソリンを買った。そろそろ冬の薪《まき》も造り溜めしておかなくてはならない。車に戻ると、六時近くになっていた。外は、まだ明るい。だが、喉がからからだった。

久し振りに、『日ノ本』に寄った。カウンターに座り、生ビールと鰹のたたきを注文した。女将《おかみ》からグラスを受け取り、一気に半分ほどを呑み干した。

まだ、他に客はいなかった。だがしばらくすると、一人、また一人と集まりはじめる。鼻の赤い、三谷という男。眼鏡を掛けた、背の高い新井という男。そしていつの間にか顔見知りになった、出勤前の近所のスナックの女たち。いつものメンバーだ。気が付くと背後のテーブルや座敷も、少しずつ客で埋まっていく。『日ノ本』は新白河地区の社交場であり、狭い社会の情報交換の場でもある。

また一人、客が入ってきた。男は、カウンターに座った。ずんぐりとした、太った男。この店では初めて見る顔だ。

だが、愛嬌のある小さな目に、どこか見憶えがあるような気がした。そのうち、男と目が合った。男が、驚いたような顔で神山を見た。

「健ちゃんでねえのけ？」

訛《なまり》のひどい口調で、そういった。その瞬間に、思い出した。

「広瀬《ひろせ》……か？」

高校の同級生の、広瀬勝美《かつみ》だった。神山や栢植克也、谷津誠一郎とよく悪さをして遊んだ仲間の一人だ。腹が出て、頭が薄くなっているためにまるで別人のようだが。

二人でグラスを合わせた。

「こっちさ、戻ったんだってな」

「ああそうだ。まだ、一カ月にもならないけどな。広瀬はどうしてるんだ」

「おれは、大工だ。ログハウスとか、やってんだ。まあ、景気は良くねえけんども……」

そうだった。広瀬は、大工の息子だった。手先が器用で、よく友達の家で犬小屋などを造っていた記憶がある。

「それじゃあ、仕事を頼まれてくれないか。年内に、家の外壁を塗り替えようと思ってるんだ。ペンキ代込みで、いくらでやる？」

「いやぁ……健ちゃんじゃ、絞られそうだなぁ……」

広瀬がそういうと、人の良さそうな顔で薄い頭を掻いた。

和《なご》やかな時間だった。同じ昔馴染みでも、栢植といる時とはまったく違った。広瀬との間には、緊張感というものが存在しない。それは、柘植が刑事だから、という理由だけではなさそうだった。あえていうなら、二人の性格の差だろうか。広瀬は、酒を呑みながら下ネタを連発する。神山だけでなく、周囲を笑わせる。昔から、そういう男だった。

だが、誠一郎もそうだった。けっして、悪い男ではなかったのだ……。

「今日、柘植と昼飯を食ったんだ」

神山がいった。

「ああ、克也か。あいつ刑事になんかなっちまって、恐くてよ」

広瀬がビールを飲みながら笑う。

「広瀬は、他に誰かに会うか？」

「そうだな。昆虫採集の福富《ふくとみ》とか、あいつの仲間だった佐藤《さとう》とか……」

「谷津誠一郎の噂は聞かないか」

神山が訊くと、広瀬は一瞬言葉を詰まらせた。

「知らねえよ。あいつ、何か悪いことやったんだべ。ここにはいらんなくなったって聞いてっけど……」

広瀬は顔を曇らせ、溜息《ためいき》をついた。

「誠一郎を探してるんだ。誰か、会った奴はいないかな」

「おれは知らねえよ……」

何か、いいにくいことでもあるようだった。

「この町に、たまには帰ってるんじゃないのか」

「いや、どうだべ……」

「何か知ってるなら話せよ。お前から聞いたとはいわない」

広瀬は、しばらく無言でビールを飲んでいた。体に不釣合な細いタバコに火を点け、煙を吐いた。何か、考えているようだ。やがて、ぼそりといった。

「薫《かおる》のこと、覚えてっか?」

「ああ、覚えてる。あいつバツイチで、この近くのスナックにいるんだってな」

「何だ。知ってんのけ。薫は、『花かんざし』ってスナックで、ママやってんだ。この前、店に行った時、薫が変なこといってたんだよ。この店に、誠一郎のボトルが置いてあるってよ……」

ボトル……。

いったい、どういうことだ。誠一郎は一四年前に一度、白河に戻ってきている。例の小峰鈴子が殺された時だ。そのことは柘植から聞いて知っている。だが、一四年も前のボトルがスナックに残っているわけがない。

「今夜、薫の店にいってみないか」

「いいけんど……。おれ今日、金ねえんだ」

「大丈夫だ。おれが奢《おご》るよ」

『花かんざし』は、新白河駅に近いスナック街にあった。ひとつのビルに五軒の店が入っている。その一角だった。白河は、世間が狭い。池野弘子が勤める『リュージュ』という店も、同じビルに看板を出していた。

店は広く、静かだった。暗い店内に入っていくと、ブルーのドレスを着た背の高い女が出迎えた。神山の顔を見て、驚いたように大きな目を見開いた。薫だった。

「健ちゃん……」

「ああ、そうだ。久し振りだな」

「帰ってるって聞いてたけども、いつ来てくれるのかと思ってたの……」

薫が歩み寄り、神山の体を抱き締めた。昔とは違う、大人の色香が鼻をついた。神山と同級なのだから、歳も三七か八になっているはずだ。確か高校生の息子がいるとも聞いていた。だが、とてもそうは見えなかった。女としては大人になっていても、神山にとって、久し振りに会う薫はやはりクラス一の美少女だった。

「健ちゃんも大人になっちゃったね」ボックス席に座ると、薫は笑いながら、だがどこか淋しげにいった。「飲み物は何にする？」

「ボトルを入れてくれ。できたら、スコッチがいいな」

「うちにはそんなに高級なのないよ。バランタインでいいかな」

「それでいい。ソーダで割ってくれ」

ハイボールを飲みながら、昔話がはずんだ。他のボックス席で、客がカラオケで演歌を歌っている。白河界隈《かいわい》では高級な店らしいが、漂う空気は田舎のスナックだった。

「健ちゃん、結婚してるの？」

薫が、さりげなく訊いた。

「一度した。でも薫と同じだ。いまはバツイチ独身ってやつだ」

「彼女、いるの？」

「どうだろうな……。でも白河に戻ってから、それらしいのは一人できた」

「まったく。手が早いんだから」

薫が、神山の手をつねった。

「おれも独身だぜ。彼女もいねえしよ」

広瀬が口をはさむ。

「あんたはいいの」

薫にいわれ、広瀬が口をとがらせた。

「ちょっと、訊きたいことがあるんだけどな」

神山が薫にいった。

「なあに？」

「谷津誠一郎だ。覚えているだろう。あいつ、この店に来てるんだって？」

薫の視線が、一瞬止まった。やはり、誰も同じだ。誠一郎の名前を出すと、申し合わせたように身構える。

「来てるわけじゃないのよ……。私はこの二〇年間、一度も谷津君には会ってないもの……」

薫がそういって広瀬を睨《にら》んだ。広瀬が短い首をすくめた。

「どういうことなんだ。この店に、誠一郎のボトルがあるって聞いたぜ」

「ボトルはあるわ。今年の四月頃だったかな。突然、知らないお客が来て、谷津君の名前でボトルを一本入れて帰ったのよ。近く谷津君がこの店に来るはずだから、その時に出してやってくれって……」

奇妙な話だ。それにしても、また四月か――。

「客は、どんな奴だった？」

「二人連れだった。この辺りでは見ない顔よ。でも、素人さんじゃないわ。どこか他の土地の地回りといった感じ……」

谷津誠一郎の影が少しずつ見えてきた。奴は、裏社会に身を潜めているのか。

「そのボトル、まだこの店にあるのか」

「あるわよ。ちょっと待ってて」

薫が席を立った。しばらくして、カウンターの奥の棚からボトルを一本手にして戻ってきた。

「これよ」

神山がボトルを手に取った。「フォア・ローゼス」だった。封はまだ切られていない。黄色いラベルに直接、大きな文字で、「谷津誠一郎兄」と書いてある。送り主の名は入っていない。

「谷津君、本当にあんなことをやったのかしら……」

薫が、淋しそうにいった。

一二時を過ぎて店を出た。薫は外まで送りに出て、神山の手をそっと握った。

広瀬とは、店の前で別れた。神山は、車の置いてある『日ノ本』まで歩いた。ひんやりとした夜風が、酔った体に心地良かった。

途中で、郡山の『人魚姫』に電話を入れた。店はまだやっていた。電話口で、カラオケの大きな音が鳴った。

「ママの明美さんを……」

電話に出た、若い男に告げた。しばらくすると、明美の酔った声が聞こえてきた。

「神山です。ひとつ、訊きたいことがあるんだ。例の谷津誠一郎。君の店で、何のボトルを入れていた？」

——ええと……。確か、「フォア・ローゼス」じゃなかったかしら。あの人、バーボンしか飲まなかったから——。

「ありがとう。それだけだ」

礼をいって、電話を切った。

やはり、「フォア・ローゼス」だった……。

歩きながら、神山はもう一本、電話を入れた。代行で、車を呼んだ。

時代は変わったのだ。探偵も、その流れについていかなくてはならない。もしフィリップ・マーロウならば、このまま車を運転して帰ったのだが。

8

池野弘子は、頻繁に神山の家を訪ねてくるようになった。大抵は、深夜を過ぎていた。店が終わってから、酔ったままタクシーで来ることもある。神山が酒を飲んでいなければ、車で白河まで迎えに行くこともあった。そのような時には、同じビルの『花かんざし』の看板が気になった。なぜか、薫と顔を合わせないように気を遣う。別に後ろめたい理由があるわけでもないのだが。

自然と、生活は夜型になった。昼近くまで弘子と二人でベッドの中でまどろみ、目が覚めると車に乗って出掛ける。コンビニに寄って遅いブランチを買い込み、川原や、森や、湖のほとりの自然の中でピクニックを楽しんだ。周囲に人気がなければ、また陽光の下でお互いを求め合うこともあった。弘子はいつも、神山が人目をはばかるほどに大胆だった。

気象庁は梅雨明け宣言を出したが、何も変わらなかった。あいかわらず雨は降らない。神山はある日、弘子と共にもう一度羽鳥湖に出掛けてみた。水位はさらに下がっていた。湖岸に灰色の浜が広がり、湖に流れ込む川は干上がっていた。

「何かわかった?」

会う度に、弘子は訊く。

「いや、何も……」

だが神山には、答える術《すべ》はない。

弁護士の斉藤からは、その後、何も連絡はなかった。谷津誠一郎の痕跡は、薫の店の『花かんざし』でぷつりと途絶えたままだ。

夕方、店に出る時間になると、弘子は白河に戻っていく。神山は一人、静かに迷宮に足を踏み入れる。

谷津誠一郎の姿が最後に目撃されたのは、六年前の冬だった。その時、弘子の妹の直美が殺された。だが、今年の四月になってまた誠一郎の影がちらつきはじめた。まるで、亡霊のように。

なぜなのか。理由として考えられるのは、ひとつだけだ。伯父の達夫が、谷津のことを調べはじめた。そして、真相に迫った。谷津が、そのことを知ったとしたら……。

あれから神山は、谷津真由子について調べてみた。年齢は、二七歳。誠一郎の歳の離れた兄の娘で、二人は叔父と姪の関係になる。誠一郎の父の妹が柘植克也の母にあたり、二人は従兄弟《いとこ》同士だが、一方真由子は正確な意味で克也の姪にはあたらない。さらに神山の家を見張っている谷津裕明は、誠一郎の父と克也の母の弟……つまり共通の叔父になる。ひとつの狭い村の中の、複雑な親戚関係だ。

弘子は、真由子を那須で見かけたといっていた。七月に入って間もない頃だ。真由子は、男といっしょだった。フォルクスワーゲンのゴルフの新車に乗っていた。色は、黒。東京ならまだしも、このあたりではそれほど見かける車ではない。だがいくら神山が真芝の村の中を歩いてみても、そのような車を一度も見かけたことはなかった。村人を見つけては尋《たず》ねてみたが、真由子の一家はすでに一〇年以上も前に村から引っ越していた。誰もその行き先を知らない。谷津誠一郎だけでなく、真由子もまた亡霊のようだ。

梅雨が明けたある日、広瀬がふらりと訪ねてきた。ポンコツのホンダの軽から降りると、家を見上げ、いった。

「これか……。ずい分、傷んでるな……」

「そうなんだ。今年の梅雨は雨が少なかったからまだよかったが、台風の季節までには塗り替えたいんだ。ペンキ代込みで、いくらでやる？」

「そうだな……。平屋だけど家もでかいし、このくらいになると足場も組まねえとな。二〇万で、どう？」

広瀬が、神山の顔色を覗き込む。

「もう少し安くやれよ。おれも手伝うからさ。一五万。それしか出せない」

神山がいった。

「ま、健ちゃんじゃ仕方ないか……」

広瀬が諦《あきら》めたように息を吐いた。

「それで、いつからやる？」

「そうだな。月が明けたら。お盆までにやっちまおう」

庭先でしばらく立ち話をした後、広瀬はまたポンコツのホンダの軽で帰っていった。家に戻ろうとして、振り返った時だった。ポーチの隅で、白い人影が動くのが見えた。

神山は、足を止めた。目が合った。髪の長い、女……。

真由子だ。

だが瞬間、真由子は家の陰に姿を消した。

「待て！」

神山は走った。ポーチから、家を回り込む。裏庭から森に向かう真由子の後ろ姿が見えた。

あの日と同じだ。真由子は、白いワンピースを着ていた。木洩れ日の中に、広いフレアースカートが幻のように舞った。

「待て。待てよ！」

神山は、真由子を追った。森を疾《はし》る。小川を渡り、坂を下っていく。手が届きそうで、届かない。

だが、おかしい。真由子は時折、神山を振り返る。その顔が、笑っている。誘うように――。

逃げようとしているのか。それとも、神山に追いつかそうとしているのか。捉《つか》まえようとすると、体をかわす。まるで、蝶のように。そしてまた、誘うように笑う。

「待てよ！」

赤坂ダムのほとりで、真由子の細い肩に指先が掛かった。二人の体が交わり、森の中に倒れた。気が付くと神山は、深い下生えの上に真由子の体を押さえつけていた。

真由子は、目を閉じた。胸のボタンが外れ、白く固い乳房が大きくあえいでいた。

神山は、手を放した。

「すまなかった……」

真由子がゆっくりと体を起こし、はだけた胸を合わせた。

「いいよ……。私、こうされるの馴れてるもん……」

かすかに、笑った。

「なぜいつも、逃げるんだ」

「わからない……。何となく……」

真由子は、恥じらうように俯《うつむ》いた。少女のように。

神山が立ち、手を差し出した。真由子はその手につかまり、スカートに付いた落葉を払い落とした。

「なぜ、おれを見張るんだ」

「別に……」

「誰かに頼まれたのか」

「違うよ……。私、あなたのこと、知ってるもん。神山健介さんでしょ。子供の頃、よく見てたから……」

真由子が、大きな瞳で神山を見つめた。

「おれのことを、覚えてたのか」

「覚えてたよ。だって、好きだったんだもん……」

真由子は、湖に沿って歩きだした。湖面に夕日が反射し、眩く光っていた。その光の中に、真由子の姿が消えてしまいそうな錯覚があった。

　どこかで、大きな魚が跳ねた。

「今日はなぜ、おれの所に来たんだ」

　神山が訊いた。

「話がしたかったの。あなたが、村で私のことを捜してるって聞いたから……」

　真由子は、確かに変わっている。その姿にも、そして話す言葉にも、どこか現実から逃避する透明感のようなものがあった。だが、柘植のいうように、頭がおかしいようには見えなかった。

「訊きたいことがある」

「なあに？」

「伯父とは、どういう関係だったんだ？」

　真由子が、笑った。

「書斎に飾ってある写真、見たんでしょう？」

「そうだ」

「でも、違うよ。達夫さんが私のヌード写真を撮りたいっていったから。それだけ。私、何もしてないよ」

　真由子は、何も隠そうとはしない。臆面もなく。悪戯《いたずら》な天使のように。

「もうひとつ、訊きたいことがある。谷津誠一郎のことだ」

真由子は、立ち止まった。一瞬、体を強張らせたように見えた。振り返り、神山を見つめた。

「誠一郎さんと私に何があったか、知ってるんでしょう……」

「ああ、聞いてはいる」

真由子はまた歩きだした。しばらく、黙っていた。そして、呟くようにいった。

「いまでも時々、会うよ」

「奴は、どこにいるんだ」

「知らない……」

「じゃあ、どこで会うんだ」

「時々、帰ってくるのよ。この村にも……」

神山は、重い息を呑んだ。

「なぜ」

「私を、抱くために……」

遠くから、魚の跳ねる音が聞こえてきた。

9

森は静寂だった。

生ぬるいかすかな風に揺れる梢の音と、樹木に遊ぶ野鳥の声の他には何も聞こえない。

神山と真由子は湖岸の朽《く》ちかけたベンチに座り、光る水面を見つめていた。

「教えてくれ」神山が訊いた。「谷津誠一郎と、いったい何があったんだ」

真由子は、しばらく無言だった。大きく開いた白い胸元から、心臓の鼓動が聞こえてくるような錯覚があった。やがて真由子は、自分の心に語りかけるように話しはじめた。

二〇年前に起きた事件。誠一郎の影に脅《おび》えて過ごした少女時代。事件をきっかけにして、真由子の家庭が崩壊したこと。両親の離婚と、父親の出奔《しゅっぽん》。最初に誠一郎が白河に戻ってきたのは、事件から数年後だった。以来、誠一郎は、何年かに一度は帰ってくる。

そして真由子の体を玩《もてあそ》び、またいつの間にか姿を消す。

神山は足元の小石を拾い、湖面に投げた。波紋が広がり、それが消えるのを待って訊いた。

「誠一郎は、いまどこにいるんだ」

「知らないよ……。私には、連絡先も教えないいもん。いつも突然、私の前に姿を現わすの

「……」

「なぜ警察にいわないんだ。例えば、柘植克也に。あいつが刑事だということは知っているだろう」

「無理よ……」真由子が首を振った。「警察に話したことがわかったら、殺されちゃう。健介さんはあの人の恐ろしさを知らないから、そんなことがいえるのよ……」

「それならばなぜ、おれに話す」

「わからないよ。でも健介さんなら、私を助けてくれるような気がしたの……」

なぜだ。親戚の柘植克也ではなく、なぜ二〇年ぶりに再会した男を信用するのか。神山には、その理由が理解できなかった。それが女の直感というものであるとするならば、返す言葉はないのだが――。

「それなら、すべて話してくれ」

「いいよ」真由子が大きく息を吸った。「私の知ってることは、すべて話すから……」

神山は、真由子を見た。真由子は俯き、自らの心に閉じ込もるような目で湖面を見つめていた。

「最初に誠一郎が戻ってきたのは、一四年前じゃないのか」

「そうだよ。私が一三か一四の時の夏だから、確かそのくらい」

「おそらく、その時だ。白河で、事件があったのを覚えてないか」

神山が訊くと、真由子はしばらく考えていた。そして、いった。

「知ってる。覚えてるよ。あの事件をやったのも、誠一郎さんなんでしょ……」

やはり、そうだ。一九九三年の八月、阿武隈川の河川敷で少女の絞殺死体が見つかった。だがこの時、神山は奇妙な符合に気が付いた。殺された小峰鈴子も、真由子と同じくらいの歳だったはずだ。偶然なのか――。

「それからは？　誠一郎は、どのくらい白河に帰ってきてるんだ」

「わからない……。一年に二度か三度帰ってくることもあるし、三年くらい戻らないこともあるよ。いつも突然、声を掛けられるの。街を歩いている時とかに。そうすると私、体が動かなくなって、何もいえなくなるの……。それで車に乗せられて、山の中に連れていかれて……」

真由子の声が震《ふる》え、かすむように森に消え入っていく。

「最近も、よく戻るのか」

「うん……戻るよ」

「昨年の暮れ頃にも？」

真由子が涙を拭い、頷いた。

「知ってたんだ……。そう、一二月に、戻ってきたの。私の携帯に電話があって、呼び出された。それでまた、山の中に連れていかれて……」

真由子は、嗚咽《おえつ》を洩らしはじめた。肩を、震わしている。だが、神山は訊いた。

「何があったんだ。誠一郎に、何といわれた」

「達夫おじさんと、寝ろって……。おじさんは池野直美という女の人が殺された事件を調べているはずだから、どこまで知ってるか訊き出せって……。ごめんなさい。私、誠一郎さんには逆らえないの。でも本当に、おじさんとは何もしてないよ……」

そういうことか。事件の裏が少しずつ見えてきた。

「今年の四月二四日から二五日まで、君は伯父と一泊で旅行に行ったはずだ。羽鳥湖から馬入峠を抜けて、会津、喜多方、郡山を回って帰ってきた。違うか」

真由子が、驚いたように神山を見た。

「どうして知ってるの?」

「伯父はその時、喜多方でどこかに寄ったはずだ。どこに寄ったんだ」

真由子はしばらく考えていた。そしていった。

「図書館……。私は、車の中で待ってたけど……」

神山は、柘植克也がいっていたことを思いだした。八年前にも、喜多方市三宮で少女が一人、殺されている。伯父は、図書館でその事件を調べていたのではなかったのか。

「その後も、君は誠一郎に会ったな。四月二九日、伯父が亡くなった日にも、誠一郎はこの白河に戻っていたはずだ」

真由子は、泣き伏した。

「ごめんなさい……ごめんなさい……」

泣きながら、何度も謝った。

「伯父を殺したのは、誠一郎なんじゃないのか」

「知らないよ……。私、本当に知らないの……」

後は、言葉にならなかった。神山は、真由子の肩を抱いた。温かい涙が、頬に触れた。

真由子の汗ばんだ腕が、首に絡みついた。青ざめた唇が、神山の息を塞《ふさ》いだ。

「私を……助けて……」

濡れた目で見つめながら、真由子がいった。

10

翌日、池野弘子から電話があった。神山が真由子と会ったことを告げると、弘子はすぐに来るという。

——今日は店がオフなのよ。たまには夕食を作ってあげるわ。何がいい？——。

「そうだな。道で車に轢《ひ》かれたタヌキの屍体じゃなければ何でもいい」

——わかった。それじゃあ適当に買っていくわ——。

そういって、電話が切れた。

一時間ほどして、黄色のマスタングが庭に入ってきた。弘子は両手にスーパーの袋を提《さ》げていた。

そのままキッチンに向かった。野菜、魚、肉——肉はパッケージに入っているところを見ると、少なくともタヌキではないようだった。ミニスカートとタンクトップの上に、弘子は用意してきたエプロンを締めた。

神山は冷蔵庫から缶ビールを出し、ソファーに座った。ビールを飲みながらキッチンに立つ女の後姿を眺めるのは、悪いものじゃない。

弘子は元主婦だけあって、さすがに料理の手際がよかった。時折、額の汗を腕で拭いながら、テーブルの上に皿を並べていく。手作りのドレッシングのサラダ。肉ジャガ。鰹のタタキ。鳥の空揚げにエビチリ。どれもごく普通の家庭料理だった。だが料理の匂いがリビングまで流れてくると、神山の腹が鳴った。男は、この手の料理に抵抗力を持っていない。

予想どおりだった。テーブルにつき、あらためてビールを開け、弘子とグラスを合わせた。陸奥《みちのく》の濃い味付けの肉ジャガを頬張った瞬間に、神山は見事に骨抜きにされた。しかもテーブルの正面には、重そうな乳房が見える。もしここでひと押しされていたら、婚姻届にでも何でもサインしていただろう。

だが、弘子がいった。

「それで……真由子は何ていってたの」

神山は、ふと我に返った。

「ああ、真由子はいまでも、谷津誠一郎に会っているらしい」

神山はかいつまんで説明した。誠一郎は時折、白河に戻ってくること。小峰鈴子という少女が殺された一四年前。そして昨年の暮れと、今年の四月にも。誠一郎は、伯父の達夫が池野直美殺害事件についてどこまで知っているのかを気に掛けていた。それを探るために、真由子に伯父と近付くように命令した――。

弘子は神山の言葉を冷静に聞いていた。料理に箸を運び、ビールを飲む。そしていった。

「ある程度、予想していたとおりね。暮れに戻った時に真由子に指示を出して、四月に戻った時に達夫さんを殺した。そういうことでしょう」

神山は鰹のタタキを口に含んだ。いつになく、血の味が気になった。

「どうだろうな。少なくとも真由子は、誠一郎が伯父を殺したことについては知らないといっていた」

「それを、信用するわけ？」

弘子が、険のある口調でいった。確かに、そうだ。だがあの真由子という女は、理屈抜きに信用してやりたくなる何かを持っている。

「彼女が嘘をつかなきゃならない理由があるか?」

神山が訊いた。

「甘いわね。もしかしたら達夫さんの時と同じように、谷津誠一郎に命令されているのかもしれないわよ。あなたと、寝ろって。それともう、あの女と寝ちゃったのかしら……」

弘子が神山を見つめ、意味深に笑った。ビールを、口に含む。神山は、ふと真由子の冷たい唇の感触を思い出した。

「ばかな……」

神山がいうと、弘子がふと力を抜いた。

「まあ、どうでもいいわ。真由子のいっていることは、いままで私達が調べてきたこととぴったり一致するわけだし」

「そうだな」

少なくとも、印象として、真由子のいっていることに矛盾は感じられなかった。ジグソーパズルの抜け落ちたピースのように、事実関係は完全にあてはまる。あえて疑問があるとすれば、あてはまりすぎる——というべきか。

「谷津誠一郎は最近もう一度、白河に戻ってきているはずよ。三週間前にも。那須で、真由子を見かけたといったでしょう。男がいっしょだった。キャップを被《かぶ》ってサングラスを掛けていたし、気にもしていなかったから顔も覚えていないけれど、もしかしたらあの男が谷津誠一郎だったのかもしれないわ」

「そのことも、訊いてみたよ」

神山は、説明した。

真由子は、那須には行っていないといっていた。確かに真由子は、免許も車も持っていた。だが、弘子が那須で見た黒のフォルクスワーゲンのゴルフは知らないという。森から二人で戻った時に、神山は真由子の車を確認した。家の裏の林道に駐めてあった車は、白いダイハツの軽自動車ムーブだった。

「怪しいわね」弘子がいった。「真由子はあの時、私に気が付いたはずなのよ……」

途中で、酒をワインに換えた。冷蔵庫からブルゴーニュの赤を出し、神山が栓を抜いた。弘子といっしょならば、どうせ夜は長くなる。少しは酔わないと、やっていられない気分だった。

ワインのグラスを揺らしながら、弘子がいった。

「それで、谷津誠一郎はどこに隠れてるの。問題は、そこよ。真由子は知ってるんじゃないの？」

「いや、知らないといっている。いつも突然、真由子の前に姿を現わすそうだ」

神山はしばし香りを楽しみ、ワインを口に含んだ。悪くない。偏見かもしれないが、ブルゴーニュの赤は肉ジャガの味を引き立ててくれる。

「変だわ」

弘子がいった。

「なぜ？」

「真由子は達夫さんといっしょに旅行に行った。達夫さんが死んだのは、その四日後でしょう」

弘子がいわんとしていることは、理解できる。もし伯父が谷津誠一郎に殺されたのだとすれば、その理由——直接的な動機——はあの旅行での出来事にあったはずだ。理屈としては、そうでなくてはならない。だとしたら、西郷、羽鳥湖、馬入峠、会津、喜多方、郡山と回ったコースのどこに、誠一郎を新たな殺人に駆り立てる要因が潜《ひそ》んでいたのか。誠一郎は、何を知られたくなかったのか——。

「ひとつ、わかったことがある」神山がいった。「伯父はあの旅行で、喜多方の図書館に寄ってるんだ。何かを調べていたらしい」

「何を？」

「八年前だ。喜多方でも一人、少女が殺されている。伯父は、その事件を調べていたのかもしれない。しかし、そのスクラップブックは、伯父の書斎で見つかっていない」

「あまり説得力はないわね。もしその事件を谷津誠一郎がやったのだとしても、行ったのは図書館でしょう。すでに新聞や何かに載った事実を知られたとしても、谷津が達夫さんを殺す理由にはならないと思うわ」

弘子は、頭のいい女だ。その言葉は常に、矛盾の核心を正確に衝《つ》いてくる。神山は、溜息を洩らした。

「いずれにしても、あの旅行が動機だったはずだ。いまは、そう考えるべきだ。旅行から帰った後、誠一郎から真由子に電話があった。真由子は誠一郎に、伯父と行った場所、どこで何をしたか、その時の伯父の様子、すべてを話した。そして伯父が死ぬ前日に、誠一郎は白河に戻ってきた。その直後に、誠一郎は姿を消している。以来、真由子は、誠一郎には会っていない」

「もし真由子の言葉を信じるなら、ね」

「そういうことだ」

「谷津誠一郎って、奇妙な男ね、影はあるのに、姿は見えない。まるで幽霊みたいだわ……」

弘子が、呟くようにいった。

食事は満足だった。神山はボウモアのオン・ザ・ロックスを片手に、リビングに移った。一人掛けのソファーに座り、テレビのスイッチを入れた。だが、音は出さなかった。

サイドテーブルのCDプレイヤーに『ディープ・フォレスト』のアルバムをセットし、ニュース番組の画面を眺めながら音楽を聞いた。窓から湿気を帯びた風が吹き込み、白いレースのカーテンが揺れた。今夜は少し、雨が降るのかもしれない。

弘子はキッチンを片付け終えると、バスルームに姿を消した。しばらくして体にタオルを巻いて出てくると、自分のためにラム・トニックを作った。ひと口すすり、息を吐いた。グラスをテーブルに置くと、神山の横に体をすべり込ませてきた。髪が濡れていた。

「何を考えてるの」

弘子が訊いた。

「別に……」

「真由子のこと？」

「そうかもしれない……」

実際に神山は、真由子のことを考えていた。なぜ彼女は神山に近付いてきたのか。弘子のいうように、谷津誠一郎に命じられたからなのか。だが真由子は、「私を助けて……」といった。少なくともあの言葉に、嘘は感じられなかった。

「彼女はどこに住んでるの。まだこの村にいるの？」

「いや、いまは別の場所に住んでいる。白河の天神《てんじん》町だ」

別れ間際、神山は真由子に連絡先を訊いた。真由子は素直に、携帯の番号と住所を教えた。二〇年前の事件の後、真由子の一家は真芝には住めなくなったという。五年後に家と小さな畑を売り、市内の天神町のアパートに引っ越した。その翌年に父親は姿を消したが、真由子はいまも母親と二人でそのアパートに暮らしている。

ひとつ、気になることがあった。例の一四年前に殺された小峰鈴子という少女だ。後で調べてみると、彼女も一九九三年当時、白河の愛宕《あたご》町に住んでいた。真由子とは年齢も中学の学区も同じだった。

単なる偶然なのか。それとも、何らかの繫がりがあるのか。真由子は谷津誠一郎には逆らえない。もし奴にそそのかされ、同級生の小峰鈴子を誘い出したのだとしたら……。

「あんた、やっぱり今日は変だよ」

弘子がいった。

「そうかな」

「本当は真由子と寝たんでしょ。正直にいってごらん……」

弘子が体を起こし、神山を見つめた。

「まさか」

本当だった。あのような話を聞いた後で女を抱けるほど、神山は無神経な男ではなかった。

弘子が唇を合わせてきた。真由子とは、まったく別の味がした。温かく、しっとりとして、かすかにライムの香りがした。

唇を離し、弘子がいった。

「いいこと、教えてあげようか……」

「何だ？」

「昨日、店に奇妙な客がきたわ。職業は、刑事……」

神山の反応を探るように見つめながら、弘子の口元がかすかに笑った。

「名前は？」

「柘植克也。あなたのことを、知ってるっていってたわ」

神山は、自分が唾液を呑み下す音を聞いた。なぜだ。偶然なのか。いや、違う。神山は克也に、池野弘子のことを話している。『リュージュ』というスナックに勤めていることも、何となく話した記憶はある。

「奴は、何をしに来たんだ？」

「別に、ただお客として一人で店に来ただけよ。彼が私のことを口説くふりをして、私も満更《まんざら》でもないふりをした。スナックの女と客の男の、いつものゲーム。ただそれだけ……」

「事件のことは？」

神山が訊くと、弘子はまたふと笑った。

「谷津誠一郎の名前を出してみたわ。私の妹が、あの男に殺されたことも」

「何といっていた？」

「大したことは聞けなかったわ。でも、いっていた。親友の健介にもいえないことがあるって。あの男は、事件について何かを知ってるわ」

弘子はそういうと、体に巻いたタオルを外した。

「奴は、刑事だ。何かを知っていても不思議はない。しかし、いわないだろうな」

「そうかしら……。私になら、いうかもしれないわ」

弘子はそういうと、神山のTシャツを脱がせた。胸から首筋にかけて、舌を這わせてくる。

「なぜ、そう思う」

神山が、訊いた。

「男は、みんな同じよ。これと同じことをしてあげれば、何でも話すわ」

神山は、ソファーを立った。弘子の腕を引き、冷たい床に押し倒した。弘子が、小さな声をあげた。

「私……あの男と寝てみるわ……」

弘子がいった。

11

翌日、神山は白河の街に向かった。

黒いポロシャツに黒のキャップ、さらに黒のレイバンのサングラスを掛けている。車に乗っていれば、外からは神山だとはわからない。

新白河の駅前の駐車場にＢＭＷを入れ、そこでタクシーを拾った。

「天神町へ……」

若い運転手に告げ、住所を書いた紙片を渡した。

真由子の住まいはすぐに見つかった。旧市街地の入り組んだ住宅地の中にある、古い二階建のアパートだった。タクシーで、ゆっくりと建物の周りを走る。裏が駐車場になっていて、車が何台か駐まっていた。昨日、真由子が乗っていた白いダイハツのムーブがあった。彼女は、部屋にいるらしい。だが、黒いフォルクスワーゲンのゴルフはない。

タクシーを離れた場所に止め、しばらくアパートを見張った。だが、変化はない。その後、周囲をゆっくりと回ってみたが、近くに黒のゴルフは見つからなかった。

神山は、次の住所を運転手に命じた。一四年前に、阿武隈川の河川敷で殺された、小峰鈴子の住所だ。

「愛宕町へ」

地番を告げると、運転手がいった。

「近いですね……」

本当に、目と鼻の先だった。車ならば五分、歩いても大人の足ならば一五分は掛からない。神山はタクシーを待たせ、小峰鈴子の家を探した。白河市役所に向かう八幡《はちまん》小路と呼ばれる古い街並みに、『小峰医院』という看板を見つけた。どうやら家族は、まだこの街に住んでいるらしい。

裏に回り、自宅のベルを押した。しばらく待つと、中年の女が顔を出した。年齢は五〇歳くらい。目鼻立ちのはっきりした、美人だった。だが顔色が悪く、髪に白い物が目立ちはじめている。この女が、小峰鈴子の母親かもしれない。

「突然、すみません。私はこういう者ですが……」

神山はそういって、私立探偵の名刺を渡した。女は、警戒心をあらわにした目つきで、神山と名刺を交互に見つめた。

「何の御用でしょう」

「実は、小峰鈴子さんの事件を調べてましてね。少しお話を……」

そこまでいいかけた時に、女の顔色が変わった。

「お話しすることは何もありません」

ドアが音を立てて閉じられた。取り付く島もない。

まあいい。真由子と小峰鈴子の家が近いことがわかっただけでも、ひとつの収穫だった。

八幡小路を、タクシーを待たせてある場所に戻った。だが途中で、神山は後ろから声を掛けられた。

「すみません。神山さんですね」

振り向くと、二〇代半ばの若い男が立っていた。眼鏡を掛けた、上品な顔立ちをした男だった。神山を走って追ってきたのか、息を切らしていた。

「そうですが」

神山がいうと、男が慌てて話しだした。

「私は小峰……小峰智《さとる》といいます。亡くなった、鈴子の弟です。いま母から、姉のことで探偵さんが訪ねてきたと聞いたものですから……」

男がそういって、大きく息を吐いた。

神山は小峰智を連れ、阿武隈川沿いの『こみね・あぶくま公園』に向かった。タクシーを公園の駐車場に待たせ、二人で公園の中を歩いた。

「もうおわかりになったでしょう。この公園の名前もそうだし、白河の小峰城もそうですが、この辺りには〝小峰〟という名前が多いんです。うちも、その旧家のひとつです。もちろん本家ではありませんので、どこまで所縁《ゆかり》があるのかはわかりませんが……」

小峰は、穏やかな口調で話す。訊くと、いまは福島市の医大に通っていて、ちょうど夏休みで実家に戻っていたところだという。

「お母さんは、まだ娘さんの死を引きずっているようですね」

神山がいった。

「ええ……。母だけでなく、父もそうです。いまでも、姉のことは何も話したがらない。しかし、ぼくは違います。来年で、あの事件も時効になる。警察の方でも、何の動きもない。もしいまでもあの事件を調べてくれている方がいらっしゃるなら、ぼくは何でも協力するつもりです」

「お姉さんが見つかったのは、どの辺りですか」

「そうですね……。あの頃はまだ、ここに公園はなかったんです。ただの荒れた河川敷でした。正確に場所は覚えてないのですが、たぶんもう少し先の、川の流れに近い辺りだったのじゃないかと思います……」

夏休みということもあり、公園には人出が多かった。広い芝生でサッカーに興じる若者。バーベキューを囲む家族。平和な風景だった。

「お姉さんは、どんな方だったのですか」

神山が、訊いた。小峰は小さく頷き、言葉を選ぶように、静かに話しだした。

「優しい人でした。美人だったし、それに真面目でした。学校の勉強も、常にクラスでトップに近かったと思います。夕刻、一人でこんな場所に来るような人ではなかったんですが……」

「誰か、お姉さんをここに誘い出すような人間に心当たりはありませんか？」

「いや、まったく。警察にも、よく訊かれたんです。姉に悪い友達はいなかったかとか。もしくは、恋人はいなかったかとか。しかしぼくだけじゃなく、他の家族や同級生も、まったくそんな人間は知らなかった……」

「警察は、何といっていました？　例えばお姉さんが他で連れ去られて、ここに連れて来られたというような……」

だが、小峰は首を横に振った。

「目撃者がいたんですよ。一四年前のあの日、姉が一人で土手の上を歩いていたのを見た者が……。姉は自分の意志で、この場所に来たんです……」

奇妙な話だ。阿武隈川は、通っていた中学の場所から見て小峰鈴子の家の逆になる。しかも当時は、荒れた河川敷だった。放課後、真面目な女子中学生が一人で来るような場所ではない。その裏には、誰か……彼女が信頼していた人間がいたはずなのだ。

しばらく歩くと、小峰が足を止めた。

「どうかしましたか？」

小峰が、何かを考えている。

「たぶん……。この辺りだと思うんです。姉の遺体が発見されたのは……」

何の変哲もない場所だった。芝が夏の陽光に眩く輝き、整然と護岸された川岸の先に阿武隈川が滔々《とうとう》と流れている。

神山は目を閉じ、一四年前の光景を想像した。黄昏《たそがれ》に染まる薄《すすき》の群生の中に、美しい少女の遺体が横たわっている。虚空《こくう》を見つめる双眸。だが、その少女の脇に立つ人間の顔は、見えなかった……。

待たせているタクシーに戻りながら、神山が訊いた。

「小峰さんは、当時のお姉さんのお友達の名前は覚えていませんか」

「そうですね……。あまり覚えてはいませんね。名前を聞けば、思い出すかもしれませんが……」

神山は少し考え、訊いた。

「お姉さんの同級生らクラスメイトに、谷津真由子という少女はいませんでしたか」

「ああ、谷津さんですか」小峰がいった。「何となく、覚えてますよ。綺麗な人でしょう？　確か、姉と同じクラスだったんじゃないかな……」

やはり、というべきか。もしくは、偶然なのか。

白河は、狭い町だ。同世代の少女ならば、偶然クラスメイトであったとしても有り得ない話ではない。

だが……。

12

八月に月が変わる頃になると、暑い日が続いた。二〇年前にこの地で暮らしていた神山には信じられないことだが、白河の市内でも気温が三五度を超える日もあった。地球は、どうなってしまったのだろう。環境破壊などという言葉にはそれほど興味のない神山だが、さすがに尋常ではないことだけは肌で感じることができる。

あの夜以来、弘子からは音信が途絶えていた。神山も、あえて連絡は取らなかった。彼女は大人だ。彼女には、彼女のやり方がある。

月が明けて、神山はトレーニング・ジムに通いはじめた。国道四号線と二八九号線が交差する真舟《まぶね》の立体交差点の近くに、設備の整った大手のスポーツセンターがあった。二五メートルのプールやジャグジー、ジャズダンスのスタジオの他に、ウェイトトレーニング用のマシーンが揃ったアスレチックジムもある。

ウェイトトレーニングは久し振りだった。神山は学生時代、ボクシングをやっていたことがある。プロテストに合格する前にやめてしまったが、以後も体がなまらない程度にはトレーニングを続けてきた。伯父が亡くなったことを知らされた五月以来、しばらく遠ざかってはいたが、筋力はそれほど衰えてはいなかった。

　ベンチプレスは、五〇キロから始めた。筋肉が馴染むまで、最初は実際の重量以上の重さに感じた。だがやがて馴れてくると、五キロずつマシーンのウェイトを上げていく。七〇キロまで上げたところで一五回のリフトを三セットこなし、そこで止めた。

　ボディービルダーのような、太くて重い筋肉を付けることが目的ではない。スピードのあるしなやかな筋肉を鍛えるためのトレーニングだ。初日は、こんなものだろう。一ヵ月もすれば、九〇キロまでは楽に上がるようになる。

　さらに二五キロのウェイトで二〇回のショルダープレスを五セット。一二〇から一五〇キロで五回のレッグプレスを五セット。一〇キロのダンベルカールを一〇〇回。最近、体に溜まっていた酒の毒が汗と共に抜け、全身の筋肉が忘れていた心地良い刺激を思い出してくる。

　ジャグジーでゆっくりと筋肉をほぐし、途中のうどん屋で昼食を取って家に戻った。庭に、見馴れない車が駐まっていた。郡山ナンバーの白いセルシオだった。客が誰だかは、すぐにわかった。背の低い初老の男が庭に立ち、家を見上げていた。弁護士の斉藤浩司だった。神山がＢＭＷから降り、スポーツバッグを提げて歩いていくと、斉藤は愛想良く頭を下げた。

「お暑うございますな」

斉藤が広い額をハンカチで拭いながらいった。

「本当に。それで、今日はまたどうしたんですか」

「いや、別件で白河まで来る用事がありましてね。それで、寄ってみたんです。ところでこの家、だいぶ塗装が傷んできましたな」

「ええ、近々、塗りなおす予定なんです。よろしければ、上がりませんか。冷たい物でも、いかがですか」

神山はリビングに斉藤を通し、アイスティーを出した。斉藤はネクタイを弛《ゆる》め、グラスの半分ほどを一気に飲み干した。

「いやあ……それにしても暑い」

汗っかきなのだろう。斉藤は扇子《せんす》を手に、しきりに扇いでいる。神山は家じゅうの窓を開け、吹き抜けのウィンド・ファンを回した。二〇年前の白河の夏は、それで十分快適に過ごすことができた。だがこの分だと、近々エアコンを買わなくてはならないはめになりそうだ。無粋な世の中になったものだ。

「それで、何かお話があったのでは？」

神山がソファーに座り、訊いた。

「ええ、実はこの前の件なのですがね。例の池野直美さんの写真の件です。郡山署の方にたまたま親しい刑事がいたので、ちょっと当たってみました」

「それで、どうでしたか」

斉藤は一度、大きく息を吐いた。

「それが意外なんですがね。見せてもいい……というんですよ」

「ほう……」

神山は首を傾げた。どうも話がうますぎる。何か、裏がありそうだ。

「ただし、条件がいくつかあるんですよ。ひとつは、これです。まあ、型どおりの書類なんですがね」

斉藤はそういって、鞄の中から封筒を取り出した。中に、書類が一通入っていた。いわゆる証拠閲覧のための申請書だ。下に、弁護士と代理人、さらに遺族の名前を書きこむ欄がある。

「代理人は、私。あとは池野弘子の署名があればいいわけですね」

「そうです。それと、もうひとつ」

「何でしょう」

「その刑事……捜査一課の今村忠文《いまむらただふみ》という男なんですがね。神山さんに興味を持ってるんですよ。この件について、話を訊きたいと……」

意外だった。話を訊きたい——つまり、事情聴取という意味なのか。だが事件の当事者でもない神山に、なぜその今村という刑事が興味を持っているのか。その理由がわからない。

「まあ、話をするくらいはかまいませんけどね。こちらも、訊いてみたいことがありますから」

神山は、何気なく窓の外に視線を向けた。何か、白い物が、視界の中で動いたような気がした。軽トラックだった。またあの男、誠一郎の叔父の谷津裕明だ――。

谷津は神山の家の前で速度を落とし、庭に駐まっている斉藤の車を探るように眺めながら、また走り去っていった。

「どうかしましたか？」

斉藤が訊いた。

「いや、大したことじゃないんです。どうも私は、この家に移ってから村人に見張られているらしい」

「いまの、軽トラですか」

「そうです。例の、谷津誠一郎の叔父なんですよ。困ったものだ」

「ああ……」斉藤が、領いた。「谷津裕明ですね。この裏で牧場をやっているとか」

「知ってるんですか」

「ええ、まあ……。私も一度、話したことはありますけどね……」

どうも、歯切れが悪い。何か、いいにくい事情があるようだった。

「説明してもらえませんか」

斉藤は、困惑している様子だった。人の良さそうな顔を顰《しか》め、ハンカチでしきりに汗を拭く。

「実は達夫さんは、谷津裕明との間に長いことトラブルを抱えてましてね。それで、相談を受けたことがあったんです。聞いていませんでしたか」

「いえ、知りません。いつ頃の話ですか」

「もう、二〇年来の話です。しかし、まいりましたな……」

二〇年前といえば、谷津誠一郎が真由子を襲った頃だ。その直前に神山は母と共に、村から逃げるように東京へ移り住んだ。その後のことは、神山はまったく聞かされていない。

だが、神山は思った。斉藤がいいにくそうにしているところを見ると、少なくとも誠一郎と真由子に関することではない。

「もしかしたらそれは、私の母の智子に係わることではありませんか」

「ええ……いや、確かにそうなんですが……」

やはり、母だ。いったい母と伯父、さらに村人との間に、二〇年前に何があったのか。

谷津裕明の言葉を思い出す。

——誠一郎のことは、この村の誰も知らねえんだ。むしろ、あんたのおっ母さんの智子さんが知ってんじゃねえかと思ってたけんどな——。

「母と谷津誠一郎の間に、何かあったんですか。教えてもらえませんか」

だが、いくら問い質《ただ》しても、斉藤は弁護士の守秘義務を楯にそれ以上は話さなかった。

神山は、斉藤を庭先まで送った。車に乗り込みながら、斉藤がいった。

「すみませんな。私も、弁護士です。どうしてもいえないこともあります」

「わかります。母の件は、またの機会に。それで例の遺体の写真の方は、どうなりますか」

「そちらの方は、まかせてください。明日もう一度、今村刑事の方に連絡を取ってみます。書類の方は、後でもいいでしょう。結果は一両日中に電話でお知らせします」

斉藤は白いセルシオをバックで庭から出し、村道を下っていった。途中の牧草地に谷津裕明の軽トラックが駐まり、走り去る斉藤の車を見張っていた。

13

夕方、池野弘子に電話を入れた。

——どうかしたの？——。

気のない返事だった。

「今日、斉藤弁護士が家にきた。君の妹の写真の件だ。それで、書類を預かっている。サインをしてほしい」

――わかったわ。でも今日は、店なの。書類は私のマンションの郵便受けに入れておいて。サインをしたら、私から斉藤弁護士に送っておくわ――。

つまり、いまは神山には会いたくない理由があるということか。

「それで、そっちの方はどうなんだ」

試しに、訊いてみた。しばらくの間があった。電話から、かすかな溜息が聞こえた。

――そのうちに……話すわ――。

「わかった。こちらも、何か動きがあったら知らせる」

神山は、電話を切った。

夜になって、白河に向かった。池野弘子のマンションに立ち寄り、いわれたとおりに郵便受けに書類を入れた。そのまま車に乗り、しばらくあてもなく市内を流し、いつものように『日ノ本』に入った。

カウンターに座ると、女将の久田久恵の屈託のない笑顔が迎えてくれた。生ビールと、白河牛のステーキを注文する。隅の席には常連の三谷が座り、神山と目が合うとぺこりと頭を下げた。まだ早い時間なのに、すでに剣菱の一升瓶を前にして顔を赤くしていた。ここは、何も変わってはいない。

ありきたりな世間話に耳を傾け、食事を終えた。店を出ても、そのまま家に戻る気分にはなれなかった。自然と足は新白河のスナック街に向いた。

雑居ビルの前に立ち、看板を見上げた。『リュージュ』の看板にも火が灯《とも》っていた。弘子は、もう店にいるはずだ。だが神山はポケットからラッキーストライクを取り出し、一本をゆっくりと吸い終えると、その先の『花かんざし』のドアを開けた。

奥のボックスにいた薫が神山を見つけ、席を立った。

「今日は一人なの？」

「飲ませてくれるか」

神山がいった。

「変な人。ここは、お酒を飲む所だよ」

薫が、はにかむように笑った。

席に通され、薫がバランタインのボトルを置いた。まだ三分の二ほど残っていた。グラスに氷を入れ、ソーダで割ろうとする薫に神山がいった。

「今日は、ロックにしてくれないか」

「どうしたん。何かあったの？」

陸奥の訛《なまり》を含む穏やかな声に、胸の奥の固いものが溶けていくような気がした。

「そうかな。失恋でもしたんじゃないの？　そう顔に書いてあるよ」

「別に、何もないさ」

昔のことを思い出した。確か、高校二年の春だった。神山は、卒業を控えた一年先輩の女の子に恋をした。

あれが初恋だった。二人でデートをするような関係ではなく、まともに話をする仲でさえもなかったのだが、神山は夢中だった。だがある日、その女の子が他の男と歩いているのを見て、恋は呆気なく終わった。相手は地元の高校野球の英雄だった。

その後、南湖《なんこ》公園のベンチにぽつんと一人で座っていた時に、薫に偶然出会った。二人で、しばらく話をした。——失恋でもしたの？　そう顔に書いてあるよ——。あの時も薫は、同じようなことをいった。

バランタインのロックを、口に含む。薫は自分のグラスに、薄い水割りを作った。なぜだか急におかしくなり、二人で顔を見合わせて笑った。

「あれから、誠一郎はこの店にきたか」

神山が訊いた。

「こないよ。もしきたら、健ちゃんにすぐに知らせるもん」

白河に戻ってから、神山は誰が敵で誰が味方なのか、わからなくなっていた。だが薫だけは、本当の意味で味方のような気がした。

久し振りに、酔った。店の外まで薫に送られた時には、すでに午前二時を回っていた。

『リュージュ』の看板は、すでに明かりが消えていた。

「それじゃあ」

「また寄ってね」

薫と挨拶を交わし、歩きだした。足が、少しふらついた。生温かい夜風に吹かれながら長く暗い道を歩き、最初の路地を曲がるまで、薫は店の前に立って神山を見送っていた。

歩きながら、考えた。谷津誠一郎……柘植克也……弘子……薫……真由子……。そして亡くなった伯父の神山達夫と、母の智子……。様々な顔が脳裏に浮かんでは、消えた。人間も四〇年近く生きていると、様々な出会いと別れがある。いろいろなことが起こる。だが、人生はそれほど捨てたものじゃない。

しばらくして、背後に足音が聞こえてきた。薫か？　いや、違う。男の足音だった。二人……いや、三人だ。神山は、足を速めた。だが足音は、それに合わせて付いてくる。尾行されている……。

住宅街を抜け、川沿いの道に出たところで神山は足を止めた。振り返った。

男の影が三人。後方の一人が立ち止まり、前の二人がそのまま歩いてくる。左側に、肩幅の広いずんぐりとした男。右側に、背の高い若い男。どちらも背広を着ていた。素人ではない。ヤクザ者だ。

　二人は、歩きながら道の両側に分かれた。神山は、ジーンズのポケットの中を探った。ジッポーのライターがひとつと、五〇〇円玉が一枚。何もないよりはましだ。神山はそれを両手の中に握った。

　三メートルほどの距離を置いて、二人が立ち止まった。

「何か、用か」

　神山が訊いた。二人は、しばらく黙っていた。だがやがて、肩幅の広い男が低い声でいった。

「神山健介だな」

　目に、殺気がある。どうやら、ただではすまないらしい。

「だとしたら？」

「谷津の兄貴のことを嗅ぎ回っているらしいな」

　男の口元が、歪《ゆが》むように笑った。

「誠一郎のことか。お前らに何か関係でもあるのか」

　神山がいった。だが、二人は無言だった。肩幅の広い男がめくばせを送ると、若い男が神山の背後に回った。三人目の男は離れた場所で電柱の陰に立ち、タバコに火を付けて様子を窺《うかが》っている。

　最初に仕掛けてきたのは、若い男だった。鋭い突き。さらに、足が飛んできた。空手だ

——。

突きは躱《かわ》した。だが、蹴りを脇腹に喰らった。

神山は、息を止めた。同時に、左のジャブを出した。拳《こぶし》が、相手の顎《あご》を捉《とら》えた。いい感触だ。だが、次の右フックは空を切った。

背後から、肩幅の広い男が向かってきた。腕力はありそうだ。だが、動きは鈍い。神山はステップで躱し、ジッポーを握った右手でストレートを打った。

入った。だが、わずかに狙《ねら》いが逸《そ》れた。男は一瞬よろめいたが、倒れなかった。

くそ……。

どうやら、酒を飲みすぎたらしい。体が、思うように動かない。

今度は、同時に仕掛けてきた。若い男の突き。避けてボディーに一発入れると、同時に後ろから足を払われた。

倒れた。飛んでくる足を抱え、体を起こす。殴り掛かってくる肩幅の広い男に、渾身《こんしん》のアッパーを見舞った。

これは、完璧だった。もろに顎を捉えた。肩幅の広い男は脳を揺らしながら後ずさり、尻もちをついた。

だが、そこまでだった。振り向いた所に、若い男の突きが飛んできた。頬に当たり、目の中に青白い火花が散った。

体が、崩れた。上下の感覚がない。そこに若い男の蹴りが飛んできて、腹に喰らった。飲んだばかりのウイスキーを口から噴き出し、路面をころがった。バランタインは、なかなかいい酒だ。吐いても、香りは悪くない。

肩幅の広い男に引き起こされ、羽交《はが》い締《じ》めにされた。体が、動かない。そこに若い男のパンチが、腹と顔に交互に飛んできた。

一発……二発……三発……。

五発目までいったところで、数えるのを止めた。

だが、殺されないことはわかっていた。こいつらは、プロだ。もし殺《や》る気ならば、最初から得物を使う。痛めつけるのが目的だ。

体を離され、また崩れ落ちた。やはり、思ったとおりだった。這いつくばる神山に何度か手頃な蹴りを入れたところで、二人は攻撃を止めた。

冷たいアスファルトが、火照った頬に心地良かった。口に溜まった血と共に小さな異物を吐き出すと、奥歯が一本、ころがった。

暗がりから、もう一人の男が姿を現わした。背の高い男だ。男は麻の白いスーツを着て、髪をオールバックに撫で付けていた。真夜中に濃い色のサングラスを掛け、口元をマスクで隠していた。

男が神山の顔の前に立ち、サングラスの中から見下ろした。目の前に、アルマーニの靴が見えた。高価な靴だ。この男がなぜ自分で神山を蹴らなかったのか、理由がわかったような気がした。

神山は、男の靴に手を伸ばした。もう少しで届くと思った時に、その指先を踏まれた。

「健介か」

男が、訊いた。タバコで咽《のど》を潰したような、くぐもった声だった。

「そう、だ……」

「おれが、誰だかわかるか？」

「……谷津……誠一郎……」

だが男は、何も答えなかった。しばらく、神山を見つめていた。そして一言、いった。

「くだらないことから、手を引くんだ。命を無くすぞ」

男が神山の指先から、靴を離した。他の二人に、合図を送る。三人は神山に背を向け、元の道を歩き去った。

ひどく、やられすぎたようだ。男として、教訓がひとつ。深夜、一人で田舎道を歩く時には、ウイスキーをロックで飲まない方がいい。

だが、人間はこの程度では死なない。心も、折れない。その意味でも人生は、それほど捨てたものじゃない。

神山は、静かに目を閉じた。

第三章　逆流

1

夢を見ていた。いつもの、夢だ。

どこからか、水を流す音が聞こえてくる。食器の鳴る音。味噌汁の香。学生服を着た神山が起きていくと、台所に母の智子が立っている……。

——早く、御飯を食べなさい。学校に遅れるわよ——。

母が、穏やかに笑う。

神山は、目を覚ました。すでに、陽が高い。気分のいい朝だった。もし体じゅうの痛みと、昨夜の酒さえ残っていなかったとしたら……。

自分の部屋だった。どうやってここまで戻ってきたのか、記憶がない。まだ夢の続きのように、水を流す音が聞こえてくる。

いや、夢じゃない。現実だ。誰かが、いる……。

体を起こした。全身を疾《はし》る激痛に顔を歪《ゆが》め、うめき声が洩れた。神山は、下着一枚だった。腕と足の傷には包帯が巻かれ、脇腹には大きな湿布薬が貼ってあった。どうやら肋骨が何本か折れているらしい。

痛みをこらえ、何とかジーンズを身に着けた。枕元の鏡を見た。最初は、自分に見えなかった。ひどい顔だ。頰と鼻が曲がり、唇が裂けている。ほとんど塞《ふさ》がった左目の周囲には、黒々とした大きな痣《あざ》があった。額にも包帯が巻かれ、血が滲んでいる。

クソ……。

これではせっかくの二枚目が台無しだ。あの三人の男……いつか同じ目にあわせてやらなくては気がすまない。

部屋を出た。足を忍ばせて、リビングに向かう。キッチンに女が一人、立っていた。弘子か。それとも、薫か。

神山の気配に気付き、女が振り返った。真由子だった。

「だめだよ、まだ寝てなくちゃ」

真由子が神山に走り寄り、抱きついた。

「グッ……」

痛みに、声が洩れた。

「ごめんなさい、大丈夫？」

真由子が慌《あわ》てて、力を緩めた。

「大丈夫だ。それより、おれをここまで運んでくれたのは君か」

「そう……。傷の手当もしておいたけど……」

「ありがとう。助かったよ。しかし、おれがあそこにいることが、どうしてわかったんだ」

神山が訊くと、真由子は視線を落とした。

「電話が掛かってきたの……」

「誠一郎からか」

「そう……。健介さんが川沿いの道で倒れているから、助けてやれって……」

神山は真由子の肩を借り、ソファーに腰を下ろした。介護されるのも、相手がこれくらい美しい女ならば悪い気分はしない。

だが、釈然としなかった。自分で痛めつけておいて助けろとは、どういうことだ？　それに、あの男……。

真由子が神山の横に立ち、額の包帯を解いた。頬に、真由子の固い乳房が触れた。最後の絆創膏を剝《は》がす時に、鋭い痛みが疾った。

「イテッ……」

「ごめん。お医者さんに診《み》てもらわなくて、だいじょうぶ？」

「平気だ。学生時代に、ボクシングをやってたんだ。このくらいの怪我には、馴れている」

確かに、殴られ方は体が覚えていたようだった。あれだけやられた割には怪我の状態はそれほどひどくない。殴る方の勘は、かなり落ちているが。いや、酒のせいだ。

真由子が、新しく額に薬を塗った。また包帯を巻こうとする真由子を、神山は手で制した。

「どうして？　怒ってるの？」

「いや、そうじゃない。傷は空気に晒《さら》しておいた方が早く治る。それだけだ」神山は、そういって真由子を見た。「誠一郎には、会ったのか」

「会ってない……。電話があっただけ……」

「携帯を見せてくれないか」

真由子は黙ってキッチンに歩いていくと、ハンドバッグを持って戻ってきた。中から白い携帯を出し、神山に渡した。カーソルを操作し、着信履歴を呼び出す。一番上に、非通知設定の着信が一件。時間は、今朝の午前二時四二分になっていた。おそらくこれが、誠一郎からの電話だろう。これでは相手の番号はわからない。

まあ、いいだろう。想定の範囲内というやつだ。神山は携帯を閉じ、真由子に返した。

神山は、考えた。なぜ谷津誠一郎は、真由子を自分に近付けようとするのか。何かメリットがあるとは思えない。それとも、単なるゲームなのか。

「誠一郎は、まだこの町にいるのか？」

神山が訊いた。

「いないと思う……」

「今度は、いつ帰ってくる?」

「知らないよ。私、あの人のことは何も知らないの……」

真由子が神山の右手の包帯を解いた。手首から指先にかけて、ひどい傷があった。アルマーニの靴に踏まれた傷だ。

だが、骨は折れていない。指も動く。奴はそのうち、中途半端に神山を痛めつけたことを後悔するだろう。

「他に、奴は何かいっていたか」

「うん……」

神山の手に薬を塗りながら、真由子が小さな息を洩らした。

「どうした。はっきりいえよ」

真由子は、しばらく黙っていた。だが、意を決したようにいった。

「私を……自由にしていいって……」

「どういう意味だ?」

真由子が神山の手を離した。ワンピースの背中のジッパーを下ろし、肩紐から両腕を抜いて床に落とした。まだ蕾《つぼみ》のような、形のいい胸だった。

「健介さんに、怪我をさせたお詫《わ》びだって……」

真由子が、俯きながらいった。

神山は、しばらく真由子を見つめていた。やがて、静かにソファーを立った。折れた肋骨に激痛が疾ったが、表情には出さなかった。床からワンピースを拾い上げ、それを真由子の顔に投げつけた。

「帰れ」

真由子は、神山を見なかった。泣きそうな顔でワンピースで胸を隠し、家を出ていった。

ふざけやがって。おれは絶対に、あの女を抱かない。

そこまで落ちぶれてはいない。

2

翌朝、広瀬勝美がやってきた。薄い頭を手拭いの鉢巻で隠しながら、解体屋から拾ってきたようなライトエースのトラックから降りてきた。荷台に、足場用の鉄パイプを満載していた。

神山の顔を見るなり、小さな目を見開いていった。

「健ちゃん、どうしたんだ。熊と、喧嘩《けんか》でもしたのけ？」

「ああ、そうなんだ。一昨日、薫の店の帰りに三頭の熊に襲われた」

「あんな町ん中に、熊がいるわけねえべ……」

「おれも、酔ってたんだ。もしかしたら、猿だったかもしれない」

鉄パイプを下ろすのに手を貸そうとすると、広瀬がそれを止めた。

「しんどいべ。休んでてけれ。今日は、手伝い連れてきてっからよ」

助手席のドアが開き、女が一人降りてきた。

「誰だ?」

「おれの、これなんだ。葵《あおい》ってんだ」

広瀬が太く、短い小指を立てていった。

「この前、薫の店じゃ彼女はいないとかいってたじゃないか」

「まあ、あの場合はさあ……」

「こんちは。よろすく……」

女が、ぺこりと頭を下げた。体型も雰囲気も広瀬によく似ていた。神山はそれ以上、女を深く観察しないことにした。

神山はデッキの椅子に座り、コーヒーを飲みながら作業を見守った。あいかわらず、よく晴れていた。梢の間から、夏の陽射しが差し込む。コーヒーはまだ口の中の傷に染みるが、悪くない気分だった。

広瀬は、丸い体を軽やかに動かしながら鉄パイプを組み付けていく。見る間に、東側の妻壁一面に足場が組み上がった。さすがに、手際がいい。葵という女と声を掛け合い、時にお互いに笑いかけながら、何とも楽しそうだった。

神山は作業を眺めながら、ふと谷津誠一郎のことを思い出した。あいつも、高校の同級生だった。いまの広瀬と同じように、神山や柘植克也と共に、笑いながら遊んでいた時代もあった。

誠一郎は、なぜ神山を痛めつけたのか。奴がいったように、単なる警告なのか。だが、同じ池野直美の殺人事件を調べていた伯父の達夫は殺された。おそらく、それは確かだ。だとしたら、なぜ神山は殺されなかったのか。単なる、元同級生に対する温情か。馬鹿ばかしい。もしそれほど甘い男なら、最初から人など殺さない。もしくは神山の方は、生かしておけばこれからも利用価値があるということか――。

携帯が鳴った。白河市内の知らない番号からだった。

「はい、神山です」

――どうも。奥野ですが。わかりますか――。

白河西署の奥野刑事からだった。まるで御用聞きのような、のんびりとした声だ。

「わかりますよ。それで、何かありましたか」

――ええ……。実は、奇妙なものが出てきましてね。どうも亡くなった神山達夫さんのものらしいんですが、署の方に来られませんか――。

伯父のもの？　いまさら、何だろう……。

「わかりました。すぐに行きます」

電話を切った。椅子を立ち、足場に登っている広瀬に声を掛けた。

「ちょっと出てくる。終わったら、適当に帰ってくれ」

「おう。もう熊と喧嘩すんでねえぞ」

広瀬が、笑いながら手を振った。

ＢＭＷを駐車場に駐め、神山はサングラスを掛けたまま白河西署の建物に入っていった。顔の腫《は》れはかなり引いていたが、左目の痣はまだ残っていた。無様《ぶざま》な姿を、あまり他人に見られたくはない。

幸い、柘植克也とは会わなかった。受付に行き、捜査課の奥野を呼んだ。昼飯でも食っていたのか、奥野が爪楊枝を銜《くわ》えたまま階段を下りてきた。腰まで下がったズボンから、ポロシャツの裾がはみ出ている。

「どうしたんですか、その顔……」

神山を見るなり、奥野が訊いた。

「いや、ちょっと山で熊と出会いましてね」

「はあ……熊ですか。この辺りの山は熊がよく出ますから、気い付けてくださいよ」

どうやら神山のいったことを信じたらしい。呑気《のんき》な男だ。

「それで、奇妙なものというのは？」

「ああ、こっちです。ついてきてください」

通された部屋は、以前の証拠保管室だった。中央に、大きなダンボール箱がひとつ。奥野が、その箱を開けた。中から、生臭い水と藻《も》の臭いが漂った。

「これです」

泥と藻がこびりついたボンベとレギュレーター、鉛の錘《おもり》のついたベルトが入っていた。スキューバダイビングの道具だ。確かに伯父は、若い頃に海外でダイビングをやっていたと聞いたことがある。

「これが、どうして伯父のものだと？」

神山が訊いた。

「ボンベに、名前が書いてあったんですよ。ここです」

奥野がボンベを動かし、指でさし示した。かすれてはいたが、マジックで文字が書いてある。確かに、「T・KAMIYAMA」と読める。

「なるほど……」

「他にも調べてみました。ボンベとレギュレーターには、製造番号が入ってます。メーカーに問い合わせてみたら、どちらも一九八〇年頃に作られた古い物で、レギュレーターの方は神山達夫さんのものだと確認できたようです」

納得のいく説明だった。どうやら奥野という刑事の能力を、見くびりすぎていたらしい。人は外見だけでは判断できないものだ。

「こんなもの、どこにあったんですか」

「伯父さんが亡くなられた……赤坂ダムです。昨日の午後、ダムの周りの遊歩道を歩いていた人が見つけて届け出てくれたんです。最近、雨が少なくて水位が低くなってるんで、底に沈んでいたのが出てきたんですね」

奥野が丸い眼鏡を外し、汗を拭いながら説明した。どうも、何かいいにくいことがあるらしい。だが、神山は気付いていた。奥野は、〝自殺〟という言葉を避けるように口にしていない。

「例の〝事件〟の時に、車から落ちたんですかね」

神山は、以前と同じように〝事件〟という言葉を使った。

「いや……違うと思います。トランクには鍵が掛かっていたし、四枚のドアもすべて閉まっていました。それに……」

「それに？」

「ボンベとレギュレーターは、あの車の落ちていた場所から五〇メートル以上も離れた場所から発見されたんです……」

笑えてくる。このボンベとレギュレーターには、足が生えていたらしい。

「ひとつ、教えてください。製造番号がわかるなら、メーカーにレギュレーターのオーバーホールの記録が残っているはずだ。もう、調べてみたんでしょう？」

「ええ……まあ……」

「伯父が最後にオーバーホールに出したのは、いつだったんですか」

「今年の……三月です……」

奥野がまた、ハンカチで汗を拭った。

家に戻ると、広瀬はもういなかった。東西両側の妻壁に、棟木の下まで足場が組み上がっていた。デッキのコーヒーカップの下に、置き手紙が一枚。


〈健ちゃんへ。

来週から塗装に入る。その前に、ペンキ代だけくれ。金がない。よろしく。

広瀬〉

なんとも平和な文面だった。

神山は、その足で赤坂ダムに向かった。ＢＭＷをパジェロ・ミニに乗り換え、旧別荘地の中の廃道を抜ける。水辺に出て、夏草に埋もれた遊歩道を走る。伯父の事故現場――いやもはや正確に〝殺害現場〟といいきるべきか――まではこれが一番早い。

車を止め、岸辺に立つ。伯父のカムリが沈んでいた場所だ。神山はそこからさらに、五〇メートルほど北に向かって歩いた。奥野にいわれたとおり干上がった泥の底に杭が立てられ、警察のオレンジ色のテープが張られていた。ボンベとレギュレーターが見つかった場所だ。

やはり、思っていたとおりだ。一ヵ月前、神山が二〇年ぶりにこのダムの岸辺に立った日よりも、水位は一メートル以上は低くなっていた。犯人は自殺に見せかけ、伯父を用意周到に殺した。何らかの理由があり――その理由はいまのところ謎だが――伯父のスキューバダイビングの道具をダムの底に沈めた。だが、この夏の猛暑と雨不足、湖の渇水までは計算に入れていなかったということか。

白河西署は、近くこの赤坂ダムの水中捜索を行なうという。それはすなわち、伯父の死を〝自殺〟ではなく、改めて〝事件〟として洗いなおすという意味でもある。このダムの底から、何が出てくるのか――。

携帯が鳴った。よく電話のかかってくる日だ。今度は、郡山の斉藤弁護士の事務所からだった。例の、池野直美の写真の件だろう。

――神山健介様ですね――。

聞こえてきたのは斉藤本人ではなく、女性事務員の声だった。

「そうですが……」

——いま先生の住所録を整理しておりまして、一人ずつお知らせしているのですが……。

いやな予感がした。

「何かあったんですか」

——はい。一昨日の夜、先生が事故で亡くなりまして……。それで、通夜を明日の午後六時から、葬儀を明後日の午前一一時から……。

神山は光る湖面を眺めながら、電話から聞こえてくる冷たい声に聞き入っていた。

3

通夜は、盛大だった。

地方都市の弁護士といえば、地元では名士だ。しかも斉藤は、六二歳という働き盛りだった。郡山の駅から人の手をかたどった案内表示に従って歩き、五時半に通夜の行なわれる大慈寺《だいじ》に着いた時には、すでに一〇〇人以上の参列者が列を成していた。

空はまだ明るかった。黒一色の喪服の列の中にあって、薄いグレーのジャケットにサングラスという姿の神山だけがどことなく浮いた存在のように感じられた。喪服は、持っていない。黒いネクタイだけを駅ビルの洋品店で間に合わせた。

黄昏《たそがれ》が辺りを包み込むころになって、やっと葬列が動きだした。死者との別れを惜《お》しむように、ゆっくりとした歩みだった。なまぬるい大気の中に読経《どきよう》が流れ、時折、死者を悼《いた》むささやくような声が聞こえた。

神山は順番を待ち、参列者名簿に名を記し、型どおりに香典を添えた。焼香の時、目を閉じると脳裏に斉藤の顔が浮かんだが、悔《くや》みの言葉は何も思いつかなかった。それですべてが終わった。人の命の幕切れは、あまりにも呆気ない。

押し出されるように、境内を進んだ。離れに用意された通夜の会食の席は、すでに人で埋まっていた。前を通り過ぎ、そのまま帰ろうと思った時に、奥の席にスナック『人魚姫』の明美の姿を見つけた。

席に上がり、明美に声を掛けた。

「憶えてるかな」

サングラスを掛けた神山に、明美は最初、怪訝《けげん》そうな視線を向けた。だが、思い出したのだろう――明美の表情にかすかな微笑みが浮かんだ。

「なんだ、神山さんか。サングラスなんかしてっから、誰かわかんなかった」

喪服を着た明美は、店にいる時とはまったく別の女に見えた。化粧も薄い。周囲に席を詰めてもらい、神山は明美の横に腰を降ろした。

「なぜここに?」

神山が訊いた。

「だって斉藤先生、うちのお客さんだったんだもん……」

明美はそういって、神山のグラスにビールを注いだ。気候のように、ぬるいビールだった。だが神山は、それをひと息で飲み干した。

「何か、耳にしてないか。斉藤さんは、なぜ……」

「交通事故だって」

「それは聞いてる」

「夜、事務所を出たところで車に轢《ひ》かれたのよ。轢き逃げだって聞いたよ……」

轢き逃げか。やはり、というべきか。だが明美は、それ以上は何も知らなかった。

ビールを二杯飲んだだけで席を立ち、駅に向かって歩いた。早く白河に戻り、冷えたビールが飲みたかった。

大町《おおまち》の交差点まで歩いたところで、後ろから声を掛けられた。

「神山健介さんだね」

振り返り、反射的に身構えた。だがそこに立っていたのは、白い半袖のYシャツを着た二人の男だった。どちらも、刑事然としている。神山は、肩の力を抜いた。

「何か、用かい」

つい、ぶっきらぼうな言葉が口をついて出た。夜、サングラスを掛けていると、人はどうしても性格が変わる。

「郡山署の今村忠文といいます。斉藤さんから聞いていませんでしたかね」

若い方の男が、警察手帳を出していった。

「紺野《こんの》です」

後ろに立っていた小柄な初老の刑事が、ぺこりと頭を下げた。

「聞いてるよ。例の写真の件かな？」

「ひとつは、そうです。しかし、他にもいろいろお訊きしたいことがありましてね。立ち話も何です。どこか、喫茶店でも入りませんか」

二人とも、態度は穏やかだった。だが、目つきは威圧的だ。

繁華街の中の、寂れた喫茶店に入った。いかにも地元の刑事が好みそうな店だった。神山はビールを頼み、あとの二人はコーヒーを注文した。若い方の刑事が話しはじめた。

「池野直美の件を調べているらしいですね。姉の弘子さんの依頼だとか」

神山は、ビールを飲んだ。今日、初めての冷たいビールだった。

「そうだ。だけど、その件についてはあまり話せないな。私立探偵にも、個人情報の守秘義務というものがある」

「あなたと池野弘子さんの関係はどうでもいい。我々が知りたいのは、谷津誠一郎の情報です。あなたは、谷津を追っている。違いますか？」

「そうだ」別にそれを隠しても始まらない。「だとしたら？」

「あなたが谷津誠一郎の消息についてどの程度知っているのか、それが聞きたいんですよ」

　神山は、ビールを口に含みながら考えた。何を話し、何を伏せておくべきなのか。だが、二人の反応を試してみたくなった。神山は、サングラスを外した。

「三日前の深夜に、白河の路上で三匹の熊に遭遇《そうぐう》した。これがその時の傷だ。その中の一匹が、谷津誠一郎だったのかもしれない」

　若い方の刑事——今村が静かに頷いた。そして、いった。話すのはいつも、この男だ。

「しかし……顔は見なかった。〝かもしれない〟というのは、そういう意味ですね」

「そうだ。奴は、顔を隠していた」

　今村は横に座る紺野という刑事に視線を送り、黙って頷いた。神山はラッキーストライクに火を付け、煙を吐き出しながら二人を観察した。

「それは……三日前の何時頃ですか」

「正確には一昨日の未明、午前二時半頃だ」神山は続けた。「おれも訊きたいことがある。教えてもらえないか」

「何でしょう」

「斉藤弁護士のことだ。彼は、なぜ死んだんだ。まさか刑事が二人、義理で通夜に出席していたとはいわないだろう」

　また、二人が視線を送り合う。嫌な気分だ。

「まあ、一部はすでに報道されていることですから。交通事故ですよ。轢き逃げでした」

「それは聞いている。もっと詳しいことを知りたい」

「事故があったのは、三日前の夜一〇時頃です……」

　今村が、ゆっくりとした口調で話しはじめた。その日、斉藤弁護士は夕刻に一度、鶴見《つるみ》坦《たん》の自宅に戻っている。家族によると一〇時を過ぎた頃に誰かから電話があり、また車で出掛けていった。事務所に着き、目の前の路上に車を駐車し、降りたところで事故にあった。即死だった。

　轢いたのは、青い二トンダンプだった。目撃者の証言からナンバーが割れ、車はすぐに特定された。仙台《せんだい》市内で盗まれた盗難車だった。車は翌日、馬入峠に乗り捨ててあるところを発見された――。

「犯人は？」

　神山が訊いた。

「まだ特定されていません。斉藤弁護士を呼び出したのも、誰だかわかっていない。神山さんの方で、何か思い当たる節はありませんかね」

「馬入峠、だな。池野直美の遺体が遺棄《いき》されていた場所だ」

「そうですね。もちろん我々も、それは承知しています。他には？」

「別に、ないな……」

いや、いろいろある。斉藤弁護士が死んだのは、神山が例の三人組に襲われた四時間半前だ。しかも馬入峠は、郡山から山道を通って白河に下る途中にある。

もうひとつ、斉藤弁護士の車だ。数日前、斉藤は白いセルシオに乗って神山の家を訪れた。あの時、誠一郎の叔父の谷津裕明が、斉藤の車のナンバーを見ていた。斉藤はその日の夜に事務所の前で、車から降りたところを轢き殺された。時系列、事実関係、すべては一本の線上に繋がっている。むしろ奇妙なほどに、矛盾がない。あらゆる要因が、谷津誠一郎に帰結する――。

だが、何のために。なぜ谷津誠一郎は、斉藤弁護士を殺す必要があったのか。斉藤と誠一郎――池野直美殺害事件――の接点は、考えられるとすればひとつだけだ。伯父の達夫が見たがっていた、例の写真だ。

伯父は斉藤弁護士を通じ、池野直美の遺体写真を見たいと警察に交渉した。その直後に殺された。そして今度は、斉藤だ。やはり同じように、神山が写真のことを相談した直後に殺されている。だが神山に写真を見られたくないために、わざわざ斉藤弁護士を殺す必要があるのだろうか。

神山が訊いた。

「それだけではないはずだ。なぜわざわざ、葬儀の席まできておれに接触したんだ。何かいうことがあるんだろう？」

今村と紺野が顔を見合わせ、頷き合った。

「実は、斉藤弁護士の事務所が何者かに荒らされていましてね。それに、事故現場から鞄が持ち去られていた……」

「面白いな」

「何が無くなっているのか、調べてみたんです。伯父様の神山達夫さんは、以前から斉藤弁護士にいろいろと相談されていたみたいですね。どうやら犯人は、その書類一式を持ち去ったらしい」

「ほう……」

いったい犯人――谷津誠一郎――は、何を探していたのか。伯父が斉藤に、池野直美殺害事件に関していろいろと相談していたことは事実だ。つまり、伯父は、事件の証拠となる決定的な〝何か〟を斉藤に預けていたということか――。

「何か心当りはありませんか」

今村がいった。

「いや、別にないな。ところで例の写真……池野直美の遺体の写真は、見せてもらえるのかな」

「かまいませんよ。斉藤さんからお話は伺っています。ただし、条件がある」

「条件とは？」

「捜査に協力していただけませんか。写真を見て何かに気付いたら、我々に隠さずに教えてほしいんですよ」

今村は口元では笑いながら、睨《ね》めるような視線を神山に向けた。

郡山署は、国道四号線に面していた。市民の税金で建てられた、ホテルのように立派な建物だった。裏には、小学校が隣接していた。理想的な教育環境だ。少なくともこの小学校は、刃物を持った暴漢に襲われることはないだろう。

神山は、二階の捜査課に面した応接室に通された。さすがに税金の無駄遣いには気を遣っているらしく、エアコンの利きは抑えてあった。冷たいビールを注文したかったのだが、出てきたのは薄くてぬるいお茶だった。

しばらく待っていると、今村がブルーのファイルを抱えて部屋に入ってきた。それをテーブルの上に置き、いった。

「持って帰ってもらうわけにはいきません。ここで、気がすむまで見ていってください」

「わかってるさ。そして気が付いたことがあれば、あなたに話す。そうだろう？」

今村が黙って頷いた。

ファイルを開いた。中には8×10サイズの大きな写真が二〇枚以上も入っていた。以前は現場の証拠写真といえばモノクロームが相場だったが、すべてカラー写真だった。胸の奥から、思わず苦《にが》いものが込み上げてくる。

最初の写真。遺体の情況を示す全景。雪の中に、黒い倒木のようなものがころがっている。よく見ると、それが人間の遺体であることがわかる。だが顔がどこで手足がどうなっているのか、判別がつかない。

写真は、少しずつ遺体に寄っていく。上半身を横から撮ったカット。肩の位置と顔の向きから、腕が後ろ手に縛られていることがわかる。全体に青っぽいビニールが溶けたような物質と、炭化した繊維のようなものが付着していた。これは着衣の痕跡だ。どうやら池野直美は、殺される直前までブルーのダウンパーカーのようなものとセーターを着ていたらしい。

「奇妙だな」神山がいった。「なぜこれから焼き殺そうとする相手に、上着を着せておいたんだ」

「私も、そう思う……」

普通、暖房の利いた車内ではダウンパーカーを着ない。つまり池野直美は自分の意志で上着を着て、自分の意志で雪の車外に降りたことになる。もちろんその時点では腕も縛られていなかったし、自分が殺されることも知らなかった。あらゆる可能性を想定して推理すれば、そういうことになる。

ファイルをめくる。下半身の写真。炭化した尻と腿のあたりには、やはりジーンズらしき厚手の繊維が付着していた。足首から下には、焼け焦げたブーツも残っていた。

次の写真。顔のアップ。凄惨な光景だった。炭化した皮膚の中に、明らかに生きたまま焼き殺された苦悶の表情が表われていた。空《くう》を見つめる双眸《そうぼう》は、熱で眼球が破裂し、コールタールのように眼窩《がんか》を塞いでいる。歪んだまま開いた口の中には、墓標のように灰色の歯が並んでいた。まるで、慟哭《どうこく》の叫びを発しながら固まったかのように。割れた皮膚の隙間には、赤黒い肉が露出していた。生前は長かったであろう髪はほとんどが焼失し、熱で頭蓋が破裂していた。

「生きたまま、灯油で焼き殺されたらしいな……」

「そうです。肺と気管支の中に、炭素化合物を吸い込んでいました」

「顔と頭部の焼け方が特にひどいような気がするが」

「顔の周辺に、特に大量の灯油をかけたらしい」

通常、刃物を使った殺人でも、顔に刺し傷が集中する過剰殺傷の場合の動機は怨恨《えんこん》だ。だが、殺す直前まで恋人だった相手に対し、殺意以上の感情を抱けるものなのか――。

次の写真。縛られた、手首のアップが数点。雪に半分埋もれていたためか、指には皮膚の質感とマニキュアの跡も残っていた。熔けかけた、白いGショックの時計。手首を縛るロープ――。

変わった結び目だった。だが、どこかで見たことがある。しばらく見ているうちに、それが釣り糸でテンカラやルアーを結ぶノットであることに気が付いた。かつて伯父の達夫が、神山や谷津誠一郎などに教えたあのやり方だ。

「少なくとも犯人の一人は、釣りをやる男だな」

神山はあえて〝犯人の一人は〟という表現を使った。だが今村は驚くでもなく、静かに頷いた。

「確かに。もちろん谷津誠一郎もそのノットを知っていた。違いますか？」

「そのとおりだ」

ファイルをめくった。写真はここから、室内で撮られたものに変わった。おそらく、解剖室だろう。付着物を取り除いた後の、全身の俯瞰《ふかん》。衣服に守られていたためか、胴体から下半身にかけてはまだ皮膚らしきものが残っていた。乳房の膨《ふく》らみがあることで、女性であることがわかる。腹が熱で膨張し、内臓が飛び出しているために体形まではわからない。

姉の弘子は、「直美は美人だった……」といっていた。一連の写真には、その面影もない。哀れだった。

写真は、そこで終わっていた。神山は重い溜息をつき、ファイルを閉じた。

「何か、他に気付いたことは？」

今村が訊いた。

「特にないな」

嘘ではなかった。伯父の達夫が、なぜこの写真を見ようとしたのか。谷津誠一郎がこの写真のために人を殺したのだとしたら、その理由は何だったのか。写真を見ても、何もわからなかった。

4

帰りの新幹線の中で、池野弘子に連絡を入れた。電話ではなく、携帯メールを使った。〝仕事〟と割り切り、要件だけを伝えた。

〈件名・中間報告

御依頼の件につきまして進展がありましたので、御報告いたします。

①八月四日未明、谷津誠一郎らしき男を含む三人の男に遭遇。本人であるかどうかは未確認。

②前日の三日、午後一〇時頃、斉藤浩司弁護士が死亡。他殺の疑いあり。

③本日、故・池野直美さんの遺体写真を郡山署にて確認。

以上について、お話ししたいことがあります。御連絡をお待ちします。

神山健介〉

文章を確認した。味気ない、事務的な文面だった。本当は「君に会いたい……」と書きたかったのだが、男として、意地でもできなかった。

新幹線が新白河に着くまでの短い時間に、弘子からの返信はなかった。仕方なく、車を駐めてある『日ノ本』まで歩いた。途中、川沿いの道を通ったが、今日は三匹の熊には出会わなかった。

顔の傷の新しい言い訳を考えているうちに、店に着いてしまった。神山の顔を見るなり、女将の久田久恵がいった。

「神山さん、熊に襲われたんだってね。だいじょうぶけ?」

神山は、苦笑してサングラスを外した。

「そうなんだ。白河は、物騒な街だな」

奥の席に広瀬勝美が座り、神山を見てにやにや笑っている。あのおしゃべりめ。家の塗装代を少し値切ってやらなくてはならない。

カウンターに腰を降ろし、冷たいビールの続きを始めた。本当の意味で、生きた心地がした。腹が減っていたが、焼鳥やステーキは注文する気になれなかった。どうやら神山は、自分が思っていたほどには神経がタフではないようだった。

酒を、ビールから芋《いも》焼酎に替えた。反省の意味を込めて、今日は水割りにした。一杯目に口をつけたところで、携帯がメールを着信した。弘子からだった。

〈いまダメ　一二時　家に行く〉

それだけだ。どうやら慌ててメールを打ったらしい。近くに、柘植克也がいるということか――。

食事を終え、代行で家に戻った。周囲に気を配り、誰もいないことを確認して鍵を開けた。明かりを点ける。部屋に、異状はない。どうも三人の男に襲われてから、疑心暗鬼にかられているらしい。よくない傾向だ。

窓を開けると、山からのかすかな風が心地よかった。八月の上旬だというのに、気の早い秋の虫が鳴きはじめていた。神山は寝室に入り、死臭の染みた――それは単なる錯覚なのだが――灰色のジャケットを脱いだ。いつものジーンズとTシャツに着換え、リビングに戻った。

時計は、すでに一二時近くになっていた。だが、弘子がいつ来るのかはわからない。神山は少し考え、バカラのグラスに氷を入れた。指二本分のボウモアを注ぎ、オン・ザ・ロックスを作る。一口、ざらついた唇を潤《うるお》し、いつものソファーに体を沈めた。

時を刻む時計の音が耳ざわりだった。音楽をかけようと思ったが、そんな気分にもならなかった。いまは、ウイスキーがあればいい。そう思った。

タバコに火を点け、吐き出した煙の先にある時計の針を見つめた。一二時三〇分――。暗い窓が、車のライトの光軸で光った。神山はソファーを立ち、窓の外を見た。タクシーだった。ドアが開き、女が一人――弘子だった――降りてきた。タクシーがUターンして戻っていくと、弘子も神山と同じように周囲に気を配りながら、足早に庭を歩いてきた。

神山はドアを開け、弘子を迎えた。珍しく、長袖のワンピースを着ていた。弘子は何もいわず、神山を見つめた。抱きつき、背伸びをして唇を吸った。出がけにシャワーでも浴びてきたのか、長い髪が濡れていた。

しばらくしてやっと唇を離すと、弘子が驚いたように神山を見た。

「その顔、どうしたの……」

弘子が訊いた。

「三日前に、暗がりで三人の男に襲われた。おれは酒に酔っていて、分が悪かったんだ。その中の一人が、谷津誠一郎だったのかもしれない」

神山はリビングの明かりを落とした。外の暗い森の中に、誰かの視線が潜んでいるような気がした。いや、思いすごしだ。わかってはいるのだが……。

弘子は、かすかに震えていた。神山はその肩を抱き、ソファーに座らせた。

「酒は？」

神山が、訊いた。

「ほしいわ……」

「同じものでいいか」

「ええ……」

神山はグラスにもう一杯ボウモアのオン・ザ・ロックスを作り、弘子の前に置いた。弘子はそれを両手で包み込むようにして持つと、一口、喉を鳴らすように飲んだ。むせて咳をし、グラスをオークのテーブルの上に置いた。

「大丈夫か？」

「平気……」弘子は息を整え、横に座る神山を見た。そして訊いた。「その男、本当に谷津誠一郎だったの？」

神山は、ボウモアを口に含んだ。タールのような強い香が、口の中に広がった。

「もしかしたらだ。体型や雰囲気は、確かに誠一郎に似ていた。しかしそいつは、真夏の真夜中にサングラスとマスクで顔を隠していた」

「怪しいわね。それで、その男は何といっていたの」

「手を引かなければ、命を無くすといわれた」

「それで……手を引くつもり？」

「まさか。おれは、天邪鬼《あまのじやく》なんだ。やめろといわれれば、余計にやりたくなる」

弘子が、ふと笑った。顔色が、青白い。しばらく何もいわず、グラスのウイスキーを眺めていた。

「斉藤弁護士は、殺されたの？」

「おそらく、な。郡山署の刑事から、話を聞いてきたよ。轢き逃げだったらしい。犯人はまだ、捕まっていない。事務所から、伯父の書類一式が消えていたそうだ。それから妹さんの写真だが……」

「やめて、まだその話は聞きたくない」

弘子はグラスを手にすると、オン・ザ・ロックスを一気に呷《あお》った。無茶な飲み方だ。

「どうしたんだ？」

「別に……」

「何かあったのか？」

「知りたければ、教えてあげる」弘子が、神山を見た。「私はいままで、他の男と寝ていた。そしていまは、あなたに抱かれようとしている。それだけよ……」

弘子の目が、かすかに潤んでいた。

5

久し振りに、弘子を抱いた。

全身に激痛が疾ったが、熱い衝動は止めようがなかった。

弘子は、やさしかった。負担をかけないように神山の体をソファーに横たえ、上に乗った。口付けをし、ワンピースの胸だけを開くと、神山をそっと抱き寄せた。石鹸の香りにまざり、かすかに他の男の臭いがした。頭の芯で、暗く重い炎が燻《いぶ》った。だが逆に、弘子に対するいとおしさが増した。嫉妬《しっと》は時として、最良の媚薬《びやく》となりえる。

「脱げよ」

神山がいった。

「だめ……」

弘子がふと、戸惑うような笑みを浮かべた。

「なぜ？」

「だって……」

「いいから、脱げよ」

弘子は、しばらく黙って神山を見つめていた。目が、視点を失うように潤《うる》みはじめた。

やがて小さく頷くと、ワンピースをたくし上げ頭の上から抜いた。

「あいつに、こんな体にされちゃった……」

薄明かりの中に、弘子の白い体が浮かび上がった。その時、初めて、なぜ弘子が長袖のワンピースを着てきたのかがわかった。腹や腋の下、腕や太腿のなめらかな肌の上に、みみず脹《ば》れのような痣《あざ》が無数に疾っていた。ロープの痕だ。

「柘植克也にやられたのか?」

「縛られたの……。夕方から、ずっと……」

弘子はそういった瞬間に体をのけ反《ぞ》らせ、声を上げて達した。

夜は静かだった。窓の外から染み入る虫の声と、弘子の荒い吐息以外には何も聞こえない。

「何があった」

神山が訊いた。

「本当に、知りたいの?」

弘子が神山の腕の中でいった。

「ああ……話せよ」

しばらくは、時間が止まっていた。神山は弘子の冷たい体を抱き寄せ、背中に指先を這わせた。小さな声が洩れた。何かを考えているようだった。だがやがて、言葉を選ぶように話しはじめた。

「あの人……栢植克也は……何を考えてるのかわからないわ。刑事って、みんなああなのかしら。この一週間、私、毎日あの人に抱かれてた。普段は優しいんだけど、時々……私を抱きながら……冷たい目で見るのよ。心の中を見透かすみたいに。そして、訊くの。お前と神山健介は、谷津誠一郎についてどこまで知ってるのかって……」

「話したのか」

「ええ、ある程度は。谷津が起こしたいくつかの事件のことや、あなたと羽鳥湖や会津、喜多方を回ったこと。もしかしたら、達夫伯父さんも谷津誠一郎に殺されたのかもしれないということも」

「奴は、何といっていた？」

「何も。ただ、黙って聞いていただけよ」

最初は栢植克也の方から弘子に近付いてきた。奴が店を訪れたのは、偶然だとは思えない。こちらが〝何を摑んでいるのか〟について探りを入れることが目的だろう。だが、栢植も馬鹿ではない。自分にもリスクがあることはわかっているはずだ。

「奴には訊かなかったのか。谷津誠一郎のことを」

「もちろん、訊いたわ。そのためならば、あの男が望むことは何でもしてあげた……」

弘子が体を起こし、また神山の口を吸った。神山は弘子の髪を摑んで顔を離し、平手で軽く頬をたたいた。弘子は潤んだ目で、神山を見つめた。

「奴に、何を訊いたんだ」

「決まってるじゃない。谷津誠一郎のことよ。谷津は、どこにいるのかって、そう訊いたの。これは女の直感だけど……。柘植克也は谷津誠一郎の居場所を知っているんじゃないかって、私、そう思うの……」

女の直感は理屈を抜きにして、常に核心を突くものだ。確かに、そうかもしれない。柘植克也が谷津誠一郎の居場所を摑んでいる可能性は、否定できない。だが、もし弘子の勘が当たっているとすれば、なぜ奴は誠一郎のことを庇《かば》うのか。なぜ逮捕しないのか。それが理解できない。

「奴は、何と答えた?」

「何も。ただ笑っていただけよ。もし知っていたら逮捕するに決まってるだろうって、そういったわ」

「他には?」

「あの人は、何も教えてはくれなかった。私は、こんなこともしてあげたのに……」

弘子がそういって、神山の体に舌を這わせた。

「他には何かいっていなかったか」

「例の写真のことを訊かれたわ。妹の遺体の写真よ。神山は、あの写真を見るつもりなのかって。だから私、そうだと答えたの。まずかった？」

「いや、大丈夫だ……」

例の写真のことは、柘植克也にはすでに神山自身が話している。斉藤弁護士が間に入り、警察と情報開示の交渉を行なっていることも。だが柘植は、なぜあの写真のことを気にするのだろうか……。

「それで、あの写真はどうだったの。何かわかった？」

神山は、数時間前に見た弘子の妹の写真について話した。だが、遺体の状態についての表現には、なるべく触れるのを避けた。わざわざ徒《いたずら》に、弘子の忌《い》まわしい記憶を呼び覚ます必要はない。神山は妹がダウンパーカーを着ていたことに対する疑問と、手を縛ったノットについて説明した。だが伯父の達夫がなぜあの写真を見たがっていたのか、その理由がわからない。

「そのノットって、変わった縛り方なの？」

弘子が訊いた。

「そうだ。伯父が若い頃にヨーロッパを旅していた時に、現地の釣り仲間から覚えてきたフライフィッシングの古い結び方だよ。それを二〇年前、伯父がおれや同級生に教えたんだ」

「その結び方は、谷津誠一郎も知っていたのね」

「もちろん」

「柘植克也は？」

「もしかしたら……」

弘子が体を起こした。

「ねえ、その結び方で、私を縛ってみてくれない」

神山は、弘子が何をいわんとしているのかを理解した。まさか……。

ソファーを立ち、神山は自分の部屋に向かった。引っ越しに使った荷造り用のロープが、まだ残っていたはずだ。やはり、あった。弘子が後から部屋に入ってきた。明るい所で見ると、体の痣がさらに浮かび上がって見えた。弘子は裸でベッドに座り、両手首を揃えて神山の前に差し出した。

手首には、まだ柘植克也に縛られたロープの痕がくっきりと残っていた。神山はその上に、綿のロープを巻いた。

一度。二度。三度……。

ロープの方向を変え、さらに一度巻き、輪を作る。そこに上下から二度、ロープの先端を通す。弘子はその様子を、黙って見守っていた。

「どうだ、これと同じだったか」

最後にロープを引いて締め、神山が訊いた。だが、弘子は首を横に振った。

「違うわ。全然、違う。柘植の縛り方は、もっと普通の結び目だった……」

二人で顔を見合わせ、同時に溜息をついた。

「もし奴が同じノットで君を縛ったんだとしたら、面白かったんだけどな」

「そうね。私もそう思った。でも、まさかね……」

そう……〝まさか〟だ。だいたい柘植克也は、高校時代にあまり釣りをやらなかった。あのノットを知っていたのかどうかも、確かな記憶がない。

神山は、弘子の手首のロープの結び目を見つめながら訊いた。

「あいつは……柘植克也はいつも、君を縛るのか？」

「いつもはそんなことはしない。今日が初めてよ。私が悪いの……」

「何があった？」

「私がドジったのよ。あいつがシャワーを浴びてる時に、携帯の中身を調べてやろうと思ったの。何か、面白いメールでも残っていやしないかと思って。そうしたらあいつ、お湯を出しっぱなしにしながら、ドアの隙間から私のことを見てたのよ。それで、見つかっちゃった」

弘子がそういって、舌を出した。

「それで縛られたのか」

「そう。ひどい目にあったわ。殺されるのかと思った……」

危ない女だ。だが、弘子のやろうとしたことにも一理ある。もし柘植克也の携帯に谷津誠一郎のメールでも入っていれば、事件は一気に解決する。

「もう、あいつには会うな」

「会うなといっても、彼は店に来るわ。それに、私のマンションも知ってるし……」

「今日は、君の部屋に来てたのか」

「そうよ」

その時、小さな疑問が頭に浮かんだ。奴は……なぜロープなんか用意していたんだ？

弘子が、ロープで縛られたままの腕を神山の首に回した。神山の表情を窺《うかが》いながら。この女は、危険を楽しんでいる。

「私のことを、心配してくれているの？」

「そうだ。この件ではもう何人も人が殺されてるんだ」

「平気よ。もし殺されるなら、私はもうとっくに殺《や》られてるわ。今日だって、裸で縛られてたのよ。それに私、まだやることがあるし……」

「何をやる気なんだ」

「あいつの携帯から、赤外線通信で全部データを盗んでやろうと思ってるの」

「馬鹿な……」

「大丈夫。今度は、うまくやるわ」

6

早朝、神山は弘子をＢＭＷで新白河の駅まで送った。弘子はそこで人目を気にするようにタクシーを拾い、自分のマンションに帰っていった。

真芝の家に戻ると、庭に白河西署の奥野刑事が待っていた。車の横にもう一人、制服の警官が立っている。

「こんなに朝早く、どうしたんです？」

ＢＭＷを降りて、神山が訊いた。

「いや、これから、例の湖……赤坂ダムの捜索をやるんですよ。それで、何か神山達夫さんの遺品が上がるかもしれない。もしよろしければ、立ち合ってもらえませんか」

奥野が、頭を掻きながらいった。自分たちが常に後手に回っていることを、認めざるをえないといった表情だった。

「わかりました。先に行っていてください。すぐに向かいます」

ダムに着くと、すでに国道沿いの空地は何台もの警察車輛で埋まっていた。森の中には二〇人以上の青い制服の男たちが歩き回り、湖面には三艘《そう》のゴムボートが浮いていた。ボートの上には人が立ち、長い棒や網で湖底を探っている。一方ではスキューバのエアタンクを背負ったダイバーが水に潜《もぐ》り、時折、何かをボートの上に拾い上げる。だが見つかるのは古い家電製品や空缶、銹《さ》びた自転車などのガラクタばかりだった。

神山は一人で離れた森の中に立ち、作業を見守った。捜索というよりも大人の水遊びか、何か村興しのイベントのように見えた。時計を見ると、すでに午前一〇時を過ぎていた。この分だと、また暑い一日になりそうだった。

誰かに肩をたたかれ、ふと我に返った。横を振り向くと、そこに柘植克也が立っていた。

「久し振りだな。元気だったか」

柘植が、神山の顔を見ずにいった。

「元気かどうかは、見ればわかるだろう」

神山の顔には、まだ三人の男にやられた傷が残っている。だが柘植克也は、その傷については何も訊かなかった。

二人共、しばらく無言だった。重い沈黙。お互いに相手が先に何かをいうのを待っているような、そんな雰囲気だった。

「なぜ風紀課のお前がここにいるんだ」

先に口を開いたのは、神山だった。

「警察にもいろいろ事情があるんだよ」

柘植がいった。どうとでも受け取れるようないい方だった。

「最近、池野弘子に会っているらしいな」

神山が訊いた。だが柘植は、何か含みを持たせるように間を空けた。

「偶然だよ。たまたま行ったスナックで、彼女に会った。警察官だって、スナックで遊ぶぐらいのことはするさ」

偶然、か。とんだ偶然もあったものだ。

「昨日、池野直美の遺体の写真を見た」

神山はそういって、柘植の反応を窺った。だが柘植は、平然としていた。

「何かわかったか」

「別に。ひとつ気になったのは、彼女を縛っていた結び目だ。昔、死んだ伯父がおれや仲間に教えたフライフィッシングの古いノットだった。谷津誠一郎も、あのノットを知っていたはずだ」

「ほう……。気が付かなかったな」

またしばらく、沈黙が続いた。厚い夏雲が流れ、陽光を遮った。周囲が影に包まれるのと同時に、湖面から水鳥が飛び立った。

「あれから、真由子には会ったか？」

今度は柘植が先に口を開いた。

「この前、家に来たよ。おれは、白河で三匹の熊に襲われたんだ。真由子がおれを、家に運んで介抱してくれた」

神山がいうと、柘植が声を押し殺すように笑った。

「真由子は、何かいっていたか」

「ああ、いっていた。いまでも真由子は時々、誠一郎に会っているらしい」

「ほう……」

だが柘植は、それほど驚いた様子は見せなかった。

湖面では、まだ作業が続いていた。いまもダイバーが水面に顔を出し、ゴムボートの上の警官に何かを渡した。三人が顔を寄せ合い、それを確認する。中の一人が、ホイッスルを鳴らした。ダイバーがゴムボートに上がり、岸に向かってくる。

「なあ、克也。ひとつ教えてくれ」神山が、湖面の様子を眺めながら訊いた。「本当はお前、誠一郎の居場所を知ってるんじゃないのか」

柘植が笑った。

「まさか。おれは刑事だぜ。知っていたら逮捕するさ。決まってるだろう」

湖の方から、奥野刑事が森を登ってきた。どうやら神山を探しているようだ。何かが見つかったらしい。

「すみません。ちょっと見てもらいたい物があるんですが……」

　神山の前までくると、奥野が息を切らしながらいった。

「わかりました。いま行きます」

　振り返ると、柘植は何もいわずに歩き去っていた。奴は、ついに一度も神山の顔をまともには見なかった。

　湖に下りていくと、証拠保全用のビニール袋に入ったものを見せられた。いま、ダイバーが水中から拾い上げたものだ。ブルーのゴム製の水中ゴーグルだった。かなり古いものだが、ゴムの部分はまだ腐ってはいなかった。

　バンドに、鉄のボルトが結びつけられていた。

「見覚えはありますか」

　鑑識の腕章をつけた警官が、神山に訊いた。

「いえ……知りませんね」

「この部分を見てくれませんか」

　警官がビニール袋を裏に返した。バンドの部分に、マジックで何かが書いてあった。ボンベと同じだ。薄れてはいたが、「T・KAMIYAMA」と読めた。

「どうやら、伯父のもののようですね」

　神山がいうと、鑑識の警官が小さく頷いた。

「ボンベに、レギュレーターと、それにゴーグル。あとは足鰭《あしひれ》が見つかれば、ダイビングの道具がひと通り揃うわけですな」横で見守っていた奥野がいった。「神山達夫さんは……このダムに潜っていたんですかね」

神山は、それを聞いて苦笑した。相変わらず呑気な男だ。この男が担当していたら、事件はいつまでたっても解決しないだろう。湖に潜り、水の中にダイビングの道具をすべて残していく奴などいるわけがない。

「さあ、どうですかね……」

「例えば自殺しようと思って湖に潜り、それでも死に切れなくて岸に上がって、また車に乗って……」

奥野はまだ、訳のわからないことを話し続けていた。この男は刑事を辞めて、小説家になった方がいい。

伯父はこのダムに潜ってはいない。潜ろうと考えたこともなかったはずだ。なぜなら、この湖には伯父が死んだ時点で、何もなかったからだ。

だがいまは、もしかしたら……。

神山は、それからもしばらく捜索を見守った。かすかな、期待があった。ポケットから鍵の束を取り出す。家や車の鍵にまざり、もうひとつ、古いドイツ製の鍵がキーホルダーに付いている。伯父の車から発見された遺品の中にあったものだ。

手の中で玩《もてあそ》びながら、神山はその鍵を見つめた。鍵には、『Schmitt《シュミット》』と書いてある。

調べてみると、ドイツ製のカメラや金庫などを輸入する商社であることがわかった。もしこのような鍵を使うとしたら、金庫の方だろう。だが家の中をいくら探してみても、ドイツ製の金庫は見つからなかった。

もしかしたら金庫は、この湖に沈んでいるのかもしれない……。

だが、湖からも、金庫は発見されなかった。午後になって見つかったものは、伯父のものらしき足鰭の片方だけだった。金庫は、重い。湖底の軟らかい砂泥の中に、すべての秘密と共に埋もれてしまったのかもしれなかった。

夕刻、警察は捜索の撤収を始めた。神山はそれを見届け、湖を後にした。

7

夜になって、風が止んだ。じっとしているだけで汗ばむような、熱帯夜になった。こんな夜は、虫も死んだように鳴かなくなる。

体の痛みは治まりはじめていた。無理をしなければ、忘れていられる。神山は体力をつけるために、夕食にステーキを焼いた。白河牛の、二五〇グラムのサーロインだ。オニオンとガーリック、さらに様々なスパイスと醬油を使い、ソースも自分で作った。男の料理も、たまにならば悪くはない。

ステーキと大量のサラダ、さらにボルドーのワインを一本空け、その後でシャワーを浴びた。それでも汗は引かなかった。グラスにクラッシュアイスを入れ、ボウモアとソーダで満たすと、それを手にソファーに座った。

CDデッキに、古いボズ・スギャッグスのアルバムを入れた。だが、音楽に集中できなかった。神山は、考えた。これまでに起きた、様々なことを。

最初に脳裏に現われたのは、弘子だった。今夜、いま頃は店に出ているはずだ。だが店が終わった後で、彼女はどこに向かうのか。誰と会うのか。誰に抱かれるのか——。

白く美しい体が、柘植克也に蹂躙《じゅうりん》される光景が浮かんでは消えた。くそ。やってられない。暑くて頭がおかしくなりそうだ。

次に神山は、谷津誠一郎のことを考えた。高校時代、奴とは親友だった。様々な思い出が残っている。野球をしたり、川で泳いだり、いろいろな悪さもやった。思い出す顔は、いつもひとつだけだ。奴は目を細め、白い歯を見せて笑っている。そして首元で、お気に入りの米軍の認識標が光っている。

だが、二〇年前だ。誠一郎は、自分の実の姪の谷津真由子に手を付けた。いったい何が、あの気のいい男を狂わせたのか。それが人の性《さが》というものなのだろうか。神山はいまも、誠一郎がまだ八歳だった真由子を犯す姿をイメージに描くことができないでいる。

誠一郎はその後も、人の道を踏み外していく。六年後、白河に戻った時に、小峰鈴子という一四歳の少女を殺した。さらに八年後には、弘子の妹の池野直美を灯油で焼き殺した。それだけではない。もしかしたらその二年前に、喜多方市で小国陽子という女子中学生を殺したのも谷津誠一郎かもしれないのだ。

池野弘子が妹を殺した谷津誠一郎を追い、郡山から白河に出てきたのが二年前だった。そこで、神山の伯父の達夫と知り合った。

伯父は、池野直美殺害事件と谷津誠一郎の関連について調べていた。おそらくは、かなり深いところまで探っていたのだろう。特に今年の春になって、伯父の調査が何らかの理由により核心に迫りはじめた。

伯父が西郷から羽鳥湖、馬入峠、会津、喜多方を周回する旅に出たのが、四月の下旬だった。この旅に伯父は、なぜか真由子を同行させた。帰りに郡山の斉藤弁護士の事務所に寄り、例の池野直美の遺体写真を見られないかと相談を持ちかけた。

ここまでは、伯父の調査も順調だったはずだ。実際に伯父は、弘子に「もうすぐ事件の真相がわかる……」というようなことをいっている。その自信が、何によって裏付けられたものだったのか。だが旅から帰った四日後、伯父は何者かによって赤坂ダムで殺された。

神山は、グラスを飲み干した。音楽は、いつの間にか終わっていた。ソファーを立ち、もう一杯同じボウモアのソーダ割りを作った。

伯父は、なぜ殺されたのか。考えられる要因は、あの旅か、もしくは池野直美の遺体の写真だ。

いや、写真の方だ。神山が例の写真のことで相談を持ちかけた直後、斉藤弁護士もまた殺されている。斉藤弁護士は写真の件には係わっていたが、旅には無関係だ。

もしくは、他に二人が殺される理由があったのか。斉藤弁護士の事務所が荒らされ、伯父に関係する書類一式が消えていた。伯父は、斉藤弁護士に何を預けたのか——。

斉藤弁護士が殺された数時間後に、神山もまた三人の男に襲われた。その理由も、例の写真に起因すると考えるべきなのか。だが、神山は殺されなかった。痛めつけられ、事件から手を引くように警告されただけだ。それも謎だ。

いずれにしても、例の写真だ。池野直美の遺体の写真には、何か秘密が隠されているはずなのだ。人を殺してまで隠さなければならない、何かが。だが、それがわからない。

ウイスキーを口に含み、神山はラッキーストライクに火を付けた。吸い込み、様々な思いを込めて吐き出す。青白い煙が、天井のファンの風の中で揺れた。

もうひとつ、謎がある。赤坂ダムで発見された、スキューバダイビングの道具だ。伯父を殺した犯人は、なぜあの道具だけを湖に沈めたのか——。

伯父は、少なくとも二〇年以上は使っていなかったレギュレーターを、今年の三月にオーバーホールに出している。当然、〝何か〟に使おうとしていたことになる。だが伯父が、赤坂ダムに潜ろうとしていたとは考えられない。もしそうだとしたら、犯人があの湖を伯父の殺害現場に選ぶわけがないのだ。

伯父が潜ろうとしていたのは、他の場所だ。一連の事件に関連する場所で、その可能性が考えられるのはどこなのか。神山は、それを考えた。答えは、ひとつだ。

羽鳥湖、か……。

二〇年前、谷津誠一郎が真由子を犯して白河から逃げた日、奴は山道を抜けて羽鳥湖を通っている。池野直美の焼死体が発見されたのは、羽鳥湖に近い馬入峠だった。そして今年の四月下旬、伯父もあの旅の途中で、羽鳥湖に立ち寄っている──。

伯父は知っていたのだ。羽鳥湖に、〝何か〟が沈んでいることを……。

だが、羽鳥湖はあまりにも広大だ。たとえ何かがあるにしても、その正確な場所がわからなければ探しようがない。

神山はタバコを揉み消し、ソファーを立った。伯父の書斎に入り、明かりを点けた。壁を見る。そこに、三枚のヌード写真が飾られている。

一枚目。一番左側は、神山の母の智子の写真だ。あとの二枚の写真のモデルは、真由子──羽鳥湖で撮られたものだ。

神山は、真由子の二枚の写真を交互に見た。背景に写る山並からすると、どちらもダムの北側に広がる砂浜で撮られたものらしい。だが、この写真だけでは、正確な場所を特定できない。

待てよ……この写真のネガがあったはずだ。

神山は、部屋の反対側にあるキャビネットの引き出しを開けた。中から、モノクロームのネガの束を取り出す。一本ずつ、明かりにかざした。あった。真由子のネガだ。

モノクロームの三六枚撮《ど》りのネガが一本。前半は、すべて真由子のヌード写真だった。中には、とても引き伸ばすことができないようなものもある。だが、最後の六枚は突然、雰囲気が変わる。望遠レンズでアップにしたのだろうか。手前に真由子――体の一部――が写っているが、なぜかぼけている。ピントが合っているのは、すべてアップになった背景の方だ。しかも六枚の写真には、まったく同じ場所が写っている――。

伯父が、シャッターを切りながら何を考えていたのかがわかるような気がした。真由子に気付かれないように、背景を写していたのだ。だがこの小さなネガでは、何が写っているのかまでは判別できない。

神山はネガの一枚を鋏《はさみ》で切り取り、ネガ用のセロファンの袋に入れ、財布に仕舞った。明かりを消し、部屋を出た。どこからか、伯父の達夫の声が聞こえたような気がした。

――健介、やっと気が付いたか――。

伯父の笑う顔が、脳裏に浮かんだ。

8

翌日から、家のペンキ塗りが始まった。

朝九時、広瀬勝美がポンコツのライトエースでやってきた。一人だった。

「今日は、彼女はどうしたんだ」

神山が訊いた。

「葵け？　後から昼飯持ってくっから。それより健ちゃん、ペンキどうすっだ」

「何だ。買ってきてないのか」

「買ってねえよ。だって健ちゃん、まだペンキ代くれてねえべ……」

「何だよ……。しょうがないな。それじゃあ白河に買いに行くか」

神山のBMWで、白河に向かった。いつ分解するかわからないような広瀬のトラックには乗りたくはない。

メガステージの広い駐車場に車を駐め、『カインズホーム』に入った。地方都市ならではの巨大なホームセンターだ。ここに来れば、家を一軒建てるくらいの資材は何でも揃う。

ペンキも、いろいろなものがある。神山は最初、家をいまと同じ白に塗り直すつもりだった。だが、ペンキを見ているうちに気が変わってきた。しばらく考え、淡いミントグリーンの外壁用のペンキを選び、台車に一斗缶を二つ積んだ。

「おい健ちゃん、色を変えんのかよ。それじゃいまの白をはぐんなきゃなんねえし、手間が掛かっから……」

広瀬が、口を尖らせて文句をいった。

「うるさいな。そのくらい、サービスでやれよ」

料金を支払い、外に出た。神山はそこで台車と車の鍵を広瀬に預け、いった。

「車のトランクに入れておいてくれ。すぐに戻る」

「何か忘れものけ？」

「いや、そうじゃない、引き伸ばしたい写真があるんだ」

店内に戻り、ラボのカウンターに向かった。財布からモノクロームのネガを取り出し、若い女性店員に見せた。

「これを引き伸ばせるかな」

女性店員が、まるで化石でも突きつけられたような顔でネガを見た。いまはデジタルカメラの時代だ。普通のネガ——しかもモノクロームのネガなどは、あまり見たことはないのだろう。

「引き伸ばせるとは思いますが、四日はかかると思います」

仕方がない。ここは田舎だ。神山は四つ切とキャビネの二枚のプリントを注文し、店を出た。

家に戻り、作業を始めた。頭に手拭いを被《かぶ》り、もう一枚のタオルで口と鼻を覆《おお》う。電動のサンダーにサンドペーパーをセットし、それで家の外壁の古い塗装を剝《は》がしていく。三〇年近くも風雨に晒《さら》され続けてきたペンキは、面白いように粉になって風に飛ばされていく。下から、パイン材の新しい地肌が見えてくる。二人でやれば、作業も早い。

古い塗装をほとんど剝がし終えたところで、庭にホンダのグレーのセダンが入ってきた。中から、弁当の包みを持った葵と薫が降りてきた。神山が、広瀬に視線を向けた。広瀬の目が、意味ありげに笑っているように見えた。

もう一人、二人の女の後ろから、細い体をした少年が歩いてきた。顔を見ただけで、神山はそれが誰だかわかった。今年高校に入ったばかりの、薫の息子だろう。

薫と葵が、デッキのテーブルの上に弁当を開いた。見ただけで、腹が鳴った。サンダーを止め、神山は広瀬と共に足場から下りた。

頭の手拭いとマスクを外すと、二人の女が急に笑いだした。広瀬の顔を見て、その理由がわかった。目の周囲だけが、古いペンキの粉で真っ白だった。パンダの逆だ。神山と広瀬もお互いに顔を見合わせ、声を出して笑った。

井戸水で顔を洗った。冷たさで、一瞬、汗が引いた。顔を濡らしたままデッキに上がると、薫がタオルを神山に渡した。

「どうしてお前がここに居るんだよ」

神山が、顔を拭いながら訊いた。

「昨日、広瀬君に誘われたのよ。神山君の家でペンキ塗りやっから、遊びこいって」

遊びに、か……。昔から、この辺りの人間はみんなそうだった。誰かが何かをやるといえば、手の空いている者が自然と集まり、手助けをする。それがひとつの〝遊び〟であり、田舎という狭い社会の温もりでもあった。

「彼は？」

神山が、少年を見た。

「私の息子。陽斗《はると》っていうの」

「陽斗か。よろしくな」

神山が手を差し出すと、陽斗がそれを握った。意外と、力強かった。

「うん、よろしく……」

どこかはにかみながら、陽斗は爽やかに笑った。母親に似て、顔だちの綺麗な少年だった。だがその表情には、男ならば無言で理解しあえるようなやんちゃなところが潜んでいた。

「ペンキ塗り、手伝ってくれるか」

弁当は、豪華だった。厚い海苔《のり》のしっとりと馴染んだ握り飯に、地鳥の卵焼きと唐揚《からあ》げ、ウインナーの炒《いた》め物。それに糠《ぬか》の香る漬物に、山菜のミズの天ぷらが添えてある。高校の体育祭の昼飯を思い出すような弁当だった。

神山は握り飯を頬張り、抜けるような夏空を見上げた。周囲の森は、唸《うな》るような蟬の声に溢れていた。

昼食を終え、作業を再開する。いよいよペンキ塗りだ。男なら――少年の心を持った男ならば――みんな同じだ。あのトム・ソーヤーや、ハックルベリー・フィンだってそうだった。嫌な顔のひとつもして見せたとしても、本当はペンキ塗りを嫌いな奴なんて一人もいない。

一斗缶のミントグリーンのペンキをよく振って混ぜ、手提げの小さな缶に分ける。その缶と幅の広い刷毛《はけ》を手に、男たちは鉄パイプの足場を登っていく。

神山は外壁の中段を、陽斗はその下を、そして広瀬は妻壁の頂点から塗りはじめた。広瀬は、大工だ。高い場所に登るのは、馴れている。それにこの男ならば、もし足を踏み外して落ちたとしても、何となく笑ってすませられるような雰囲気を持っている。

「最初はムラになってもいいぞ。どうせ後で、二度塗りするんだから」

神山が、下にいる陽斗に声を掛けた。

「了解」

陽斗が、輝くように笑った。

ペンキをたっぷりと含ませた刷毛を、パイン材の外壁の板目に沿って走らせる。思い切りだ。遠慮はいらない。何かむしゃくしゃすることがあれば、その思いをぶつけてやればいい。男なら、誰に教わるでもなくそのやり方を知っている。ペンキが垂れても、飛び散ったとしてもかまうものか。こんな日は、服をペンキで汚しても、女たちは大目に見てくれる。誰もが平等に、自分勝手な芸術家になれる。

女たちは、辛辣《しんらつ》な批評家だ。眩《まぶ》しげに細めた眼差しで作業を見上げながら、刷毛の線が曲がったとか、あっちが濃すぎるとか、ムラがあるとか、勝手なことばかりいう。だが、それでいい。彼女たちも時には缶にペンキを入れてくれるし、井戸で冷やしたタオルを渡してもくれる。笑いながら。まるで自分こそがすべての男にとって、聖なる母親であるかのように。男と女とは、そんなものだ。昔から、いつの時代も同じだった。

陽光が肌を焦《こ》がす。ただひたすらに、暑い。汗が噴《ふ》き出し、目に染みる。男たちは汚れたシャツを脱ぎ捨て、空に投げる。女たちがそれを受け止め、顔を顰《しか》めて笑う。

山から、恵みの風が吹いた。濡れた体に、心地よかった。

「区切りのいいところで、一服するべ」

三時に近くなったところで、広瀬がいった。それを待っていたかのように、女たちはお茶菓子の用意を始めた。空になったペンキの缶を持って、男たちは一人、また一人と足場から下りた。

五人が肩を並べ、家の外壁を見上げた。東側の一面だけが、涼しげなミントグリーンに染まっている。だが、ひどいものだ。ムラだらけの仕上がりを見て、みんながまた声を上げて笑った。だが、いまはこれでいい。ペンキ塗りは、人生と同じだ。二度、三度と重ね塗りをするうちに、風雪に耐える強さと色彩を放つようになる。そしていつの日にかまた、色褪せていく。

木陰で、休んだ。冷たい飲み物を手に、とりとめもない話題に話が弾んだ。東京を出てから初めて、神山は故郷という言葉の意味を嚙みしめた。

「さて、もうひと仕事だ」

神山がいった。

「そうだな。日が落ちる前に、この面だけ終わらせるべ。健ちゃん、ペンキを上に上げっから手伝ってけれ」

広瀬がペンキの缶に結んだロープを手に、足場に上がっていく。神山はその缶を、下で受け取った。

ロープ……。

神山は、缶の把手《とって》に結ばれたロープを見つめた。あの結び目だ。伯父が教えてくれた

——谷津誠一郎が池野直美の手首を縛った——あの古いフライフィッシングのノットだった。広瀬も、知っていたのだ。だが、どこかが違う……。

「健ちゃん、どうしたのけ？」

神山の様子に気付き、足場の上から広瀬が声を掛けた。

「いや、この結び目さ」

「ああ、それけ。釣りに行った時に、達夫伯父さんから教わったんだ。それで結んどくと、仕事するにも都合がいいんだ。緩まねえからよ」

「だけどこれ、どこかおかしくないか」

「そんなことねえべ」

広瀬が足場から下りてきた。神山は、まだ結び目を眺めていた。どこがどう違うのかはわからない。だが、何となく違和感があった。

「もう一度、やってみてくれないか」

「ああ……。いいけどよ」

広瀬が缶を手にし、ロープを解《ほど》いた。それを馴れた手つきで、また缶の把手に巻いていく。神山と同じ手順だ。だが、やはり何かがおかしい。

「お前いま、変なやり方しなかったか」

「そんなことねえよ……」だが、広瀬がいった。「わかった。おれのやり方は、みんなと逆さなんだよ。だっておれ、左ぎっちょだからよ」

神山の頭の中で、謎という名の氷塊が音を立てて崩れはじめた。

そうだ。広瀬のいうとおりだ。この結び方は、神山のやり方と同じだ。だがロープを巻く手が違う。右手ではなく、広瀬は左手を使った。つまり、鏡に映したように、結び目もまたすべてが逆になる――。

「健ちゃん、どうしたんだ？　早く仕事、終わらせっぺ」

「ああ……」

広瀬が自分で缶にペンキを入れ、足場を登っていった。だが神山は、その場に立ちつくし、動けなかった。

谷津誠一郎は、左利きだった。学生時代に、奴とはよくキャッチボールをやった。誠一郎が左手でボールを投げていたことは、はっきりと記憶に残っている。もし池野直美を縛り、殺したのが誠一郎だとすれば、結び目はやはり逆でなくてはならないことになる。

だが、池野直美の遺体の写真――。

二日前、郡山署で見た例の写真にも、手首を縛った結び目がはっきりと写っていた。中には、8×10の大きさいっぱいに引き伸ばされたアップのものもあった。だが、あの写真を見た時には、何も違和感を覚えなかった。なぜなのか。単に神山が、見落としただけなのか。もう一度、写真を確認する必要がある。

「広瀬、悪いがおれはちょっと出掛けてくる」

「おい、健ちゃんまたかよ。どこ行くだ」

「急用を思い出したんだ」

家に入ると神山はタオルで体を拭き、シャツだけを新しいものに着換えた。携帯を開き、郡山署の今村刑事に電話を入れた。

「先日の神山だ。今日これから、そちらに行ってもかまわないか。もう一度、あの写真を見せてもらいたい」

――かまいませんが……何かあったんですか――。

「詳しいことは、そちらに行ってから話す。なぜ伯父があの写真を見たがっていたのか、その理由がわかったんだ」

電話を切り、BMWに乗った。イグニッションを回すと、久し振りのエアコンの風が、火照《ほて》る体から急激に熱を奪い去った。

車を走らせながら思った。伯父は、何を考えていたのか――。

郡山のスナック『人魚姫』だ。あの時点で気付くべきだったのだ。伯父はあのスナックに行っている。女たちに写真を見せ、誠一郎本人かどうかを確認し、「右利きか左利きか、覚えていないか……」と訊いている。

神山はあの時、明美の言葉を何げなく受け流していた。伯父の質問に、まさか深い意味があったとは思いもしなかったからだ。だが、いまは違う。池野直美の遺体の写真に事件の鍵が隠されていることに気付けば、伯父が何を考えていたのかが理解できる。

とにかくいまは、もう一度あの写真を確認することだ。神山はBMWのギアを落とし、郡山に向けてアクセルを踏んだ。

9

郡山署の門番は驚いていた。

当り前だ。いきなりペンキだらけのジーンズを穿《は》いた男が、血相を変えて駆け込んできたのだ。

しかも神山の顔には、三人の暴漢に殴られた時の痣《あざ》がまだうっすらと残っている。警察に逆恨《さかうら》みを持つ犯罪者が、やけくそで襲撃してきたとでも思われたのかもしれない。前を塞がれ、揉み合いになりそうになったところで刑事の今村が間に入った。

今村は神山の目を見据え、ただ黙って頷いた。安心しろ――落ち着け――そういっているような顔だ。この男の態度は、いちいち気に入らない。

「写真は?」

息を切らせながら、神山が訊いた。だが、今村はやはり頷くだけだ。

以前と同じ部屋で、もう一人の初老の刑事——確か紺野とかいった——が待っていた。テーブルの上に、すでに写真のファイルが置かれていた。神山は二人の刑事の顔を見渡し、椅子に座った。ファイルを手にし、池野直美の手首を縛った結び目のアップの写真を開く。二人の刑事は、無言で神山の様子を見守っている。

神山は写真に意識を集中させた。つい一時間ほど前に見た、広瀬がペンキの缶を結んだノットの残像と重ねた。似ているが、違う。すべてが逆になっている。このノットは、左利きの人間が結んだものではない……。

神山は、顔を上げた。

「この写真は、細工してないだろうな」

今村が、怪訝《けげん》そうな表情を顔に浮かべた。

「細工？　といいますと……」

「写真が、逆になっていないかということだよ。細工ではなく、ミスといい換えてもいい。ネガの裏焼きになっていないか？」

「まさか……」今村の口元に、かすかに笑いが浮かんだ。「そんなことは有り得ませんよ。いったい、神山さんは何がいいたいんですか」

「ロープがあったら、貸してくれ……」

今村が部屋を出て、ロープを一本持って戻ってきた。現場保全用の、ナイロンのロープだった。今村に両手を出させ、右側に立ち、神山はその手首にロープを巻いた。最後に輪にロープの端をくぐらせ、引いた。

「写真と同じだ。右利きの人間がこのノットで縛れば、結び目はこうなる」

「なるほど……」

今村が自分の手首のロープを眺めながら、頷いた。

「もう一度、別の方法でやってみる」

神山は、ロープを解いた。今度は今村の体の左側に立ち、右手でロープを押さえ、左手で巻いた。馴れないやり方なので、手間どった。だが考えながらやれば、けっして不可能ではない。

「わかっただろう。左手でノットを巻くと、結び目はこうなるんだ。写真と見比べてくれ。すべて逆になっているはずだ」

「つまり……」

「そうだ。池野直美を縛ったのは、右利きの人間だ。谷津誠一郎は、左利きだった。少なくとも縛ったのは、奴じゃない」

今村と紺野が、顔を見合わせた。何もいわず、黙って頷きあう。驚いた様子はない。奇妙な反応だった。気に入らない態度だ。その時、神山は、すべての裏が読めたような気がした。

「騙《だま》したな。あんたら、このことを最初から知っていたんだろう」

今村が、神山からふと目を逸《そ》らした。

「別に、騙したわけじゃありませんけどね」

「勝手にしやがれ」

神山は、郡山署を出て車に乗った。外はまだ明るかった。BMWのマニュアルミッションを一速に入れ、タイヤを鳴らしながら駐車場を後にした。

四号線に連なるトラックの遅い流れを南に向かう。神山はマゼンタに染まる夕焼けの眩《まぶ》しさに顔をしかめ、ステアリングを握りながら考えた。

いったい、どういうことだ……。

警察は、あの結び目のことを知っていた。もしかしたら、最初から気付いていたのかもしれない。そこまで考えれば、なぜあの写真を神山に見せたのかも察しはつく。奴らは、神山も容疑者として疑っていたのだ。あのノットを知る可能性のある、右利きの人間の一人として――。

六年前の冬、池野直美が殺害された馬入峠の現場に、いったい誰がいたのか。谷津誠一郎以外に、誰が……。

確実なのは、あのノットを知る右利きの人間の誰かだ。白河や郡山の周辺の人間で、あのノットを知る者は限られている。神山自身と、伯父の達夫もその中の一人だ。だが、伯父ではない。伯父は直美の姉の弘子に相談され、事件の真相を真剣に探ろうとしていた。そしてその過程で、すでに殺されている。

他に、誰が知っていたのか。広瀬は左利きだ。それ以外に、二〇年前の神山の仲間が何人かはいる。一人ずつ、顔を思い浮かべてみた。だが、誰一人として殺人に係わるような人間には思えなかった。

それ以外に可能性があるとすれば、伯父の直接の釣り仲間だ。誠一郎の祖父、仲間達が「谷津の爺さん」と呼んでいた老人がいた。無口だが、釣り好きで、よく伯父と連れ立って川に行っていた記憶がある。だが爺さんも、六年前にはすでに死んでいた。そして爺さんの息子――誠一郎の叔父――の谷津裕明がいる。奴はいまも真芝の集落に住み、軽トラックでうろつきながら神山を見張っている。神山の伯父の達夫とも、トラブルがあったと聞いている。最も怪しいのは、あの男か。

さらに、もう一人……。

白河の市内に近付いたところで、例のごとく夕刻の渋滞が始まった。信号待ちをしながら、神山は対向車線の車の流れをぼんやりと眺めていた。その中の一台に、目が留まった。フォルクスワーゲンの黒のゴルフ。いつか池野弘子が「那須で真由子が運転しているのを見た」といっていたのと同じ車種だ。

黒のゴルフは市内の方角から二八九号線を出てきて、四号線を北に向かっていた。通り過ぎる瞬間に、自然と運転席に目がいった。

真由子だ……。

ターンをして後を追おうと思ったが、片側一車線の道で場所がない。前後を車にはさまれて、身動きが取れなかった。

その時、携帯のメールの着信音が鳴った。弘子だった。

「くそ……」

携帯を開いた。

——助けて——。

一言、そう書いてあった。

真由子の運転するゴルフは、夕日を浴びてバックミラーの中を走り去っていった。

10

弘子は「奥の細道」の旧跡として知られる白河の関の公園で待っていた。神山の車が暗い駐車場に入っていくと、広大な敷地の隅に黄色のマスタングがぽつんと駐まっていた。

ドアが開き、弘子が降りてきた。辺りを見回しながら、神山の車に向かってくる。どうりで助けを呼ぶはずだ。弘子は、裸同然だった。薄いネグリジェ一枚しか着ていない。もしこの恰好で町を歩けば、相手が柘植克也でなくとも他の警察官が逮捕するだろう。

「どうしたんだ、その恰好は。ＳＭの次は露出狂か？」

助手席に体を滑《すべ》り込ませた弘子に、神山がいった。

「そうよ。素敵でしょう」

弘子が神山の首に腕を回し、唇を吸った。

「やめろよ。他の男の臭いがする」

「あら、こういうの好きなんじゃなかったの？　そう思ってシャワーを浴びないできてあげたのに」

弘子がそういって、舌を出して笑った。

「何があったんだ」

神山が訊いた。

「前にいったでしょう。あいつ……柘植克也の携帯のデータを、赤外線通信で全部抜き取ってやるって……」

「それで、うまくいったのか」

弘子が溜息をつき、首を横に振った。

「だめだった……。今日はあいつ、非番だったのよ。私の部屋にきていた。それで眠った隙に携帯を見たんだけど、セキュリティーを設定してたわ。暗証番号はわからないし

「……」

「奴だってそれほど間抜けじゃないさ。この前のことがあったから、警戒してたんだろう」

「そうね。私が甘かったわ。それにあいつ、寝た振りをしてたの。鼾《いびき》が聞こえるから安心してたら、じっと私のことを見てたのよ」

「それで逃げてきたのか」

「そう。私と目が合ったら、凄い顔をして向かってきたの。ハンドバッグとネグリジェを摑んで逃げるだけで精一杯だったわ」

「マンションから駐車場まで、そのネグリジェで歩いたのか？」

「まさか。ネグリジェを着る余裕なんてなかったわ。ハ、ダ、カ、よ」弘子がそういって悪戯《いたずら》っぽく笑った。「それでそっちは、何かわかった？」

「まあ、いろいろとな。例の君の妹の写真だ。なぜ伯父があの写真を見たがっていたのか、その理由がやっとわかった。その前に、とにかくここを移動しよう。君の車は、後で取りにくればいい」

「そうね。でも、あなたの家はまずいわ。私、もうあの男とは会いたくない……」

「わかった。それなら山道を抜けて、黒磯《くろいそ》から那須に出よう。安いコテージでも探してしばらく身を隠していた方がいい。その前に、下着くらい買わないとな」

暗い山道を走りながら、神山は今日の出来事を話した。仲間の大工のノットを見て、小さな疑問を感じたこと。もう一度、郡山署に出向いて妹の写真を確認したこと。直美の手首に残っていたノットは、右利きの人間が縛ったものだった。だが、谷津誠一郎は左利きだ。つまり、あの殺害現場には少なくとももう一人、誠一郎以外にまったく別の人間がいたことになる。

「やはり、共犯者がいたのね」

「そうだな。いまのところは、そう考えるべきだ」

「だとしたら、おかしいわ……。なぜ妹は、殺されたの？　動機がわからない……」

弘子のいいたいことはわかる。もし池野直美が殺された理由が単なる痴情の縺《もつ》れだとしたら、谷津誠一郎の単独犯行になるはずだ。もし共犯者がいたとすれば、ある程度は計画的な犯行……つまり何か他に動機がなくてはならないことになる。この事件には、まだ神山が気付いていない裏があるのかもしれない。

「今日、もうひとつ面白いことがあった。郡山からの帰り道で、真由子を見かけた」

「真由子……ああ、あの女ね。それが？」

弘子は〝真由子〟の名を出すと、いつも嫉妬《しっと》の剣のようなものが言葉に現われる。

「四号線で渋滞している時に、車ですれ違ったんだ。真由子は、黒いフォルクスワーゲンのゴルフを運転していた」

「ゴルフって、私が前に那須で見た車ね。やはりあの時の女、真由子だったんだわ……」

「どうやら、そうらしいな」

だが、これも奇妙だ。真由子は神山の家にくる時には、いつもダイハツの白い軽自動車に乗っている。なぜあの黒いゴルフを神山に見せたくないのか。真由子もまだ、何かを隠している。

「私もあなたに見せたい物があるの。実はこれ、まだ何なのかよくわからないんだけど……」

弘子がそういってハンドバッグから何かを出し、運転する神山に渡した。白くて細長い、使い捨てのライターだった。

神山は車を広い路肩に寄せ、ルームランプを点けた。ライターを見る。赤い文字で『マニラクラブ』という何かの店らしき名前が書かれ、その下に電話番号が入っていた。

「これは？　柘植が持っていたのか？」

「違うの。うちの店……『リュージュ』にあったのよ。誰かお客の忘れ物だと思うんだけど、電話番号を見て」

番号は、〈0241〜〉で始まっている。

「これは喜多方の局番だな……」

「そうでしょう。前に達夫さんが喜多方に行った。私たちも調べたけど、何もわからなかったでしょう。誰が忘れていったのか店の女の子は誰も覚えてないんだけど、うちには喜多方から来るお客なんて一人もいないし。それでおかしいと思ったのよ。まさか、とは思うんだけど……」

「柘植克也が忘れたのかもしれない、ということか」

神山がいうと、弘子が小さく頷いた。

「あの人も、お酒を飲んでいる時にはタバコを吸うわ。確かな記憶じゃないんだけど、最初に『リュージュ』にきた時に、柘植が白いライターを使っていたような気がするのよ……」

店の名前からすると、フィリピンパブらしい。手掛かりとしては心細いが、有り得ないことではない。柘植克也は白河に戻ってくる前に、喜多方署の風紀にいたと聞いている。少なくとも奴は、あの町に土地鑑《かん》があるはずだ。それに喜多方でも、少女が一人、殺されている。

「調べてみよう」

神山はライターをポケットに入れ、ルームランプを消した。

11

黒磯でまだ開いている洋品店を見つけ、弘子の服を買った。安物のジーンズにTシャツ、それに下着。弘子は車の中で待たせておいた。まさかあの恰好で、店に入るわけにはいかない。神山は三八年間も生きてきて、自分で女物の下着を買うのは初めてだった。

「何よこれ。ひどいセンス……」

袋の中身を見るなり、弘子が顔をしかめていった。

「裸で歩くよりもましだろう」

「まあね。でも私、裸で歩くのけっこう好きなのかも……」

弘子が、神山の顔を覗き込む。BMWの助手席を倒すと、さっさとネグリジェを脱ぎ捨て、鼻唄まじりに着換えはじめた。

「いやに機嫌がいいな」

「うん。なんとなくね。もうすぐ、すべてが終わるような気がするのよ。女の勘だけどね」

またしても〝女の勘〟か……。

夏休みということもあり、那須の観光地は混んでいた。安いコテージでも探そうと思ったが、どこも一杯だった。仕方なく観光地から外れた所にある寂れた宿に部屋を取った。安いこと以外に何も取得《とりえ》のないような宿だが、しばらく身を隠すには十分だった。

宿を決めて、弘子の車を回収するために白河の関に戻った。駐車場には黄色いマスタングが一台あるだけで、他には誰もいなかった。二台の車を連ねて峠を越え、四号線沿いのトラッカー・ステーションで夕食をとり、宿に戻った時にはすでに一〇時を回っていた。

部屋は、黴《かび》臭い十畳間だった。古い床の間に安物の絵が掛かっているだけで、他には何もなかった。部屋の中央には、すでに二組の蒲団が敷いてあった。

浴衣《ゆかた》に着換えながら、弘子がいった。

「このまま、私を抱く？　それともお風呂に入って、あの男の臭いを流してこようか？」

「そのままだ」

神山が、弘子の腕を引いた。


翌朝、九時に家に戻ると、広瀬がすでに一人でペンキを塗りはじめていた。東西の妻壁の下塗りは終わっていた。まだムラだらけだが、新しいミントグリーンの色は悪くない。あとは家の裏の北側と、表のデッキのある南側の側面だけだ。この分ならば、今日じゅうに下塗りは終わるだろう。

「健ちゃん、どこさ行ってたんだよ」

神山の顔を見るなり、広瀬がいった。

「本業の方だ。探偵の仕事だよ」

「嘘こけ。ほっぺたに、口紅がついてるっぺよ」

「本当か……」

神山が頬を拭おうとすると、広瀬が大声で笑った。

「冗談だよ。まあ、そんなこったろうと思ったけんどよ」

神山も刷毛を手にし、壁を塗りはじめた。まだ午前中だというのに、熱い太陽が肌を焦がす。ラジオの天気予報によると、今日は関東の内陸部で気温は四〇度を超えるという。すでに白河のこの辺りでも、三〇度はありそうだった。

「今日は誰もこないのか」

「薫は用があるってよ。葵は、後で昼飯を持ってくる」

「そうか。昼飯は、二人で食ってくれ。おれは午後からまた出掛けてくる」

「何だ、またかよ……」

広瀬が口を尖らせて、神山を睨んだ。

昼に白河を発ち、ＢＭＷで喜多方に向かった。須賀川《すかがわ》インターから高速に乗れば、東北自動車道から磐越自動車道を経由して会津若松のインターで下り、およそ一時間半の距離だ。

駅前のコインパーキングに車を入れ、市内を歩いた。『マニラクラブ』という店は、すぐに見つかった。JR喜多方駅の北口にこぢんまりとした繁華街があり、その一角に建つ『三輝ビル』という雑居ビルにピンク色の看板が掛かっていた。

神山はポケットからライターを出し、電話番号を確認した。間違いない。この店だ。店は、ビルの三階にあった。やはり思っていたとおり、フィリピンパブらしい。地方都市の繁華街にはどこにでもあるような、それでいていかにもいかがわしい店だった。窓はすべて黒いカーテンのようなもので目張りされ、中は見えなくなっている。

腕時計を見ると、まだ午後三時にもなっていない。だが神山は、試しにライターに書かれた番号に電話を掛けてみた。やはり、誰も出ない。

周囲を見渡した。時間が早いためか、人通りも少ない。細い道の両側に、居酒屋や寿司屋、スナックの看板が並んでいる。だがどの看板にも、まだ灯が入っていなかった。

雑居ビルの道をはさんだ斜め向かい側に、古いビジネスホテルがあった。まだ潰《つぶ》れてはいないが、どう見ても閑古鳥《かんこどり》が鳴いているようなホテルだった。

入口を入っていくと、狭いロビーのフロントの中で、若い男がスポーツ新聞を手にしたまま居眠りをしていた。神山がベルを鳴らすと、男が驚いたような顔で目を覚ました。

「何か……」

男が、あくびをしながら訊いた。

「部屋は空いてるかな。シングルだ」

「ちょっと待ってくださいね」

どうせ、空いているに決まっている。こんなホテルに泊まろうとする物好きな客は、そうざらにはいない。

「できれば、正面の繁華街に面した部屋がいいんだけどね」

「空いてますけど……夜はうるさいですよ」

「いいんだ」そこまでいって、神山は適当に嘘を続けた。「実は家出した女房が向かいのスナックで働いているらしくてね。そいつを見張ろうかと思ってるんだ」

神山がいうと、男がひくひくと笑った。

「ああ、そういうこと。じゃあ、この部屋がいいや」

男がそういって、プラスチックの四角い棒がついた古い鍵をカウンターに置いた。

部屋は、三階の南の角だった。染みだらけの狭い部屋の中に、スプリングの抜けたシングルベッドがひとつ。テレビにはちゃんと有料のエロ映画が見られるようにデッキがついていた。中は空だが、冷蔵庫もある。思っていたよりも、悪くない。

窓を開けた。理想的な場所だった。斜め右手の同じ高さに、『マニラクラブ』の看板と窓がある。その下に、店の入口も見える。この部屋からならば、店に出入りする人間をすべて見張ることができる。

神山は一度ホテルを出て、周辺を探索した。これから先は、何が起こるかわからない。あらゆる可能性を想定して、もしもの場合に備えておく必要がある。一応は、街の道や様子くらいは頭に入れておかなくてはならない。車は用心のために、駅前のコインパーキングに残しておくことにした。

宿泊カードには、でたらめの住所と名前を書いておいた。後ろ暗いことがあるわけではないが、これも探偵稼業の基本だ。だが、女房が家出したという話は嘘ではない。もう一〇年近くも前の話だ。その女房はとっくの昔に離婚し、他の男と再婚しているが……。

近くのコンビニで弁当とビール、ツマミを買い込み、ホテルに戻った。窓際に椅子を運び、カーテンを閉め、少し開けた窓から外の通りを覗いた。もちろん、部屋の明かりは点けない。

ビールを開け、渇いた喉に流し込んだ。これは、探偵稼業のセオリーに反する行為だ。だがこの暑さの中で、最低限の健康維持には必要な行為でもある。

午後五時——。

通りに影が忍び寄るのを待っていたかのように、街の看板が灯《とも》りはじめた。少しずつ、人通りも多くなってくる。だが『マニラクラブ』には、まだ変化はない。

ビールを口に含む。ラッキーストライクを銜《くわ》え、火を付けた。薄暗い部屋の中に煙を吐き出し、白いライターを見つめた。

この小さなライターが、どのような経緯でこの街から白河にやってきたのか。たまたま喜多方のフィリピンパブで遊んだ客が、その数日後に『リュージュ』で飲んだだけなのかもしれない。単なる偶然なのかもしれないし、何か意味があるのかもしれない。ライターは、何も語らない。

だが、もし意味があるとすれば……。

この窓の下に、いったい誰が現われるのか。柘植克也か。真由子か。それとも、谷津誠一郎なのか……。

六時を過ぎて、女が現われた。三人だ。ショートパンツに派手な色のタンクトップ、サンダル、茶色く染めた長い髪——。みんな同じような恰好をしている。笑いながら大きな声で話しているが、内容は聞き取れない。タガログ語だ。

女たちが、雑居ビルの入口に消えた。しばらくして看板が灯り、店のカーテンの隙間から明かりが漏れてきた。その後も一人、また一人と、女がビルに入っていく。フィリピン系の女が多いが、中には日本人の女もいる。同じ雑居ビルの中の、他の店の女かもしれない。『マニラクラブ』の上下のフロアーには、何軒かのキャバクラやスナック、バー、居酒屋などが入っている。

黒服を着た、若い男。どこかの店のマネージャーか、バーテンだろうか。知らない顔だ。

街はいつの間にか闇に包まれていた。暗がりの中に、無数の看板やネオンの光が浮遊している。どこか懐かしく、温もりがあり、それでいて淫靡《いんび》な誘惑に駆りたてるような風景だった。通りを行く人々の背中にも、それぞれが背負うものが見えるような気がした。

雑居ビルの前に、赤いドレスを着たフィリピン系の女が立っていた。若く、小柄で、美しい女だった。女は背広を着た会社員風の二人の男を呼び止め、しばらく話し込み、連れ立ってビルの中に入っていった。それからも何人もの男たちが、甘い香りに吸い寄せられるように店の中に消えた。

店からは、激しい音楽が聞こえてくる。笑い声。そして、嬌声。しばらくすると客が女と共に出てきて、ドレスを着た細い体に抱きつき、手を振りながら街の闇の中に歩き去っていった。神山は、ぬるいビールを手に、冷めた弁当を口に運びながらその光景を見守った。店に出入りする客や女は、どれも知らない顔だった。

メールの着信音が鳴った。携帯を開く。弘子からだった。

——どこにいるの？——。

いつものように、たった一言だった。神山は、通りに気を配りながら、メールを返した。

——喜多方に来ている。例の『マニラクラブ』という店を見張っている——。

間を空けずに、返信がきた。

――私は一人。大丈夫よ。気を付けて――。

最後に、ハート型の、小さな絵文字がひとつついていた。それだけだった。

時間は、やがて一一時を過ぎた。地方都市の繁華街は、夜が終わるのも早い。いつの間にか人通りも疎《まば》らになり、看板の灯もひとつ、またひとつと消えはじめた。『マニラクラブ』からは、まだ音楽が聞こえてくる。だが一二時を回ってしばらくして最後の客が帰ると、音楽も止まった。

看板が消えた。私服に着換えた六人の女たちと、ボーイらしき若い男が出てきた。それですべてが終わった。

街は、寝静まった。神山は窓を閉め、最後のビールを飲み干した。裸になって軋《きし》むベッドに体を投げ出し、天井の闇を見つめた。

12

二日目――。

久し振りにエアコンの風に当たりながら寝たためか、体がだるい。

熱いシャワーを浴び、鏡を見た。顔の傷は、ほとんど目立たなくなっていた。悪くない。

神山は一階のレストランに降り、朝食をとった。いかにも安物のビジネスホテルらしい和定食だった。神山の他に、客は会社員風の男が二人だけだ。

苦いコーヒーを飲み、部屋に戻った。通りに面した窓を開ける。目の前の雑居ビルに、異変はない。二階から四階に入る店は、すべて窓の明かりも看板も消えていた。唯一、人の気配があるのは最上階の五階の事務所だけだ。窓にはシェードが掛かっているが、中で時折、人の影が動くのが見える。白い看板には何の変哲もない文字で、『三輝興業』と書かれている。

午前中は、何も起こらなかった。結局は、無駄足だったのかもしれない。もし夜になっても変化がなければ、何食わぬ顔で店に入ってみよう。そう思った。たまにはフィリピンの小娘たちをからかうのも悪くはない。

くだらないテレビ番組を眺め、気が向くとビルの入口を見張りながら、漫然と時間を潰した。東京の興信所に勤めていた頃には、よくこのような張り込みをやったものだ。浮気の調査。家出人の捜索。汚職事件の犯人の見張り。だが、成果が挙がることはむしろ稀《まれ》だ。大概は、空振りで終ることになる。退屈にも馴れている。

午後になって一度、裏口からホテルを出て、目立たない店でラーメンを食べて帰った。窓の外の風景は、まだそのままだった。熱い太陽がアスファルトを溶かすように、路面に照り返していた。

異変が起きたのは、午後二時を回ったころだった。駅の方角からゆっくりと走ってきた白いメルセデスが、雑居ビルの前の狭いスペースに乗り上げて止まった。角目のＳ５００——古い型だ。アルミホイールと安物のエアロパーツで、見せかけだけはロリンザー仕様に仕上げてある。どう見ても、その筋の田舎の人間が好みそうな車だった。

左側の運転席のドアが開き、白いタンクトップ姿の男が下りてきた。短く刈り込んだパンチパーマの髪。肩幅の広い、ずんぐりとした体形。濃い色のサングラスを掛けていたが、神山はその男が誰だかすぐにわかった。

忘れるわけがない。数日前の未明、白河の川沿いの道で神山を襲った三匹の熊の中の一匹だった。

男はリモコンキーでドアをロックすると、そのまま雑居ビルの中に入っていった。どの階に上がっていくのかは、確かめるまでもない。

神山はテレビを消し、椅子を立った。とりあえず——一人の男として——けじめをつけておかなくてはならないことがある。軽くストレッチをして、体をほぐした。大丈夫だ。体はもう、ほとんど痛まない。

フロントに下りていくと、例の若い男がカウンターで居眠りをしていた。ベルを鳴らして起こし、神山がいった。

「急に出ることになった。チェックアウトを頼む」

一万円札を渡すと、男が眠そうな顔で釣りをよこした。

「奥さんが見つかったんですか？」

「そうだ。他の男と住んでるアパートがわかったんだ」

「よかったですね……」

「ああ……幸せな気分だ」

裏口からホテルを出て、粘りつくようなアスファルトの上を歩き、露地から雑居ビルの前に回った。

メルセデスは、会津ナンバーだった。神山は番号を記憶し、ビルの中に入った。薄暗いリノリウムの床の通路があり、右側に居酒屋とスナックが並んでいた。だが、どちらの店もシャッターが閉まっていた。食べ物の饐《す》えたような臭いが、鼻をついた。

奥に、エレベーターがあった。その先に、裏口がひとつ。狭いフロアーには、誰もいない。エレベーターのランプは、五階で止まったままになっていた。

神山は、エレベーターの正面のビールケースの上に腰を下ろした。タバコに、火を付ける。もちろん、『マニラクラブ』のライターでだ。煙を、深く吸った。頭の芯まで痺れる。そうだ……本当に幸せな気分だった。

意外と、待たされなかった。タバコを吸い終えてしばらくすると、エレベーターが動きだした。神山は、空のビール瓶《びん》を握ってゆっくりと立った。

エレベーターが下りてくる。一階で、止まった。ドアが開く。男が二人、出てきた。先頭は、あの肩幅の広い男だ。

「き、貴様……」

神山を見た瞬間に、男の目がサングラスの奥で丸くなったのがわかった。何もいわず、神山が前に出た。力まかせに、男の顔にビール瓶を叩きつけた。サングラスが飛び、瓶と頬骨が同時に砕けた。

もう一人、アロハシャツを着た男がエレベーターから飛び出してきた。三匹の熊の二匹目、背の高い若い男だった。

「うわぁー！」

奇声を上げ、神山に向かってきた。目を血走らせ、やたらと拳《こぶし》を振り回す。神山はそれをスウェーバックとガードでかわし、鼻先に左ジャブを叩き込んだ。

細い鼻が折れ、血しぶきが飛んだ。男が壁に飛び、ずり落ちるように座り込んだ。

「悪いな。今日はまだ、ウイスキーを飲んでいないんだ」

神山が、男を見下ろしていった。

「ま、待て……」

男が、何かをいおうとした。だが、遅かった。言葉を続ける前に、男の口に神山の蹴りが飛んだ。まるでポップコーンのように、白い歯が砕け散った。

男の体が、床に潰れるように崩れた。神山の足元で、二匹の熊はぴくりとも動かなくなった。

もし運よく目を覚ますことがあれば、いくら脳味噌が小さくとも反省するだろう。善悪ではない。神山のような男を痛めつける時には、中途半端にやってはいけないということをだ。

エレベーターのブザーが鳴った。神山はドアに挟まっている肩幅の広い男の体を足で蹴り出し、五階のボタンを押した。今日は、いい日だ。まだ汗もかいていない。だが熊をもう一匹仕留めれば、夜には旨いビールを飲めるだろう。いや、こんな日にはよく冷えたギムレットの方がいいかもしれない。

五階の廊下には、ドアがひとつしかなかった。高そうなオーク材のドアに仰々《ぎょうぎょう》しい真鍮《しんちゅう》のプレートが埋め込まれ、『(株) 三輝興業』とエッチングが彫られていた。あのメルセデスと同じような趣味だ。

ドアノブを回すと、鍵は掛かっていなかった。中は、普通のマンションのような造りだ。玄関にブルーのラメの入った女物のサンダルと、見たことのある男物のアルマーニの靴が置いてあった。失礼だとは思ったが、神山は土足で上がらせてもらうことにした。何かを蹴り飛ばす時に、素足だと足を怪我するといけない。

足を忍ばせて、室内に入った。広いリビングには、誰もいない。テーブルの上にはスコッチのロイヤルサルートが一本。フォア・ローゼスではなかった。谷津誠一郎の好みとは違う。

どこからか、女のあえぎ声が聞こえてきた。日本語ではない。隣の部屋のドアをそっと開けると、キングサイズのベッドの上で男と女が体を重ねていた。目の前で、下半身裸の男の汚い尻が蠢《うごめ》いていた。あまり見たくない光景だった。

男の肩越しに、女と目が合った。昨夜、雑居ビルの前で客引きをしていた赤いドレスの女だった。やはり、なかなかの美人だ。

神山は、思わず女にウィンクを送った。顔の傷は、もうほとんど消えている。女は、神山の甘い魅力にまいるはずだ。

思っていたとおりだった。女は腰を動かしながら、神山にウィンクを返してきた。

「お前ら、何しに戻ってきた。終わるまで向こうの部屋で待ってろ」

男が、神山を見ずにいった。

「悪いな。急ぎの用なんだ……」

男が、跳ね上がるように振り返った。神山を見て、一瞬、惚《ほう》けたように口を開けた。ベッドから飛び下り、這うように部屋の中を逃げた。

神山が、追った。目の前に、目ざわりなものがぶら下がっていた。このような場合、狙う場所はひとつだ。特に探偵稼業の心得というわけではないが。神山は逃げまどう男の股間を、サッカーボールのように蹴り上げた。ペナルティキックだ。

「ギャア！」

足の甲で熟《う》れたトマトを潰したような、心地よい感触だった。この男は、二度と女を抱くことはできないだろう。そう思うと、人生最後の楽しみを中断させてしまったことに少し罪悪感を覚えた。

男は両手で股間を押さえ、厚いカーペットの上にうずくまった。体を震わせ、額に脂《あぶら》汗《あせ》を滲ませていた。神山は首の金のチェーンを摑んで引き寄せ、男の顔を見た。

やはり、思ったとおりだ。こいつは、谷津誠一郎ではない――。

「誰に頼まれて、おれを襲った？」

神山が訊いた。

「い……いうわけ……ねえだろう……」

男の震える口元が、かすかに笑ったように見えた。

「斉藤弁護士を殺したのも、お前らだな」

「……し……知るか……よ……」

「まだ痛めつけられたいのか」

「こ……こ……殺せ……」

殺せ、か。古い任侠《にんきよう》映画じゃあるまいし。使い古された台詞だ。だが、ある意味では見上げた男だ。こんな状態になっても、プロとしてのプライドを失っていない。それならこちらも、男としての作法を守るのが礼儀というものだ。

神山はもう一度、男の体を引き寄せた。立たせ、鼻の真ん中に右ストレートを叩き込んだ。男は白目を剝《む》き、床の上に崩れた。

男のシャツで拳の血を拭っていると、また女と目が合った。女はベッドの上に座り、シーツで胸を隠しながら、エキゾチックな瞳で神山を見つめていた。どうやら、神山に惚《ほ》れてしまったらしい。

「名前は？」

英語で、訊いた。

「マリア……」

女が、はにかむように微笑んだ。

「マリア……頼みがあるんだ。この男のネームカードがほしい。どこにあるか、知らないか」

「待ってて」

マリアは裸でベッドを抜け出すと、部屋を横切り、リビングに向かった。蜂蜜のような肌をした、ビーナスのような体だった。サイドボードの引出しを開け、中から名刺を取り出し、神山に渡した。名刺には、〈(株) 三輝興業代表取締役・大江清信《おおえきよのぶ》〉と書いてあった。

「ありがとう。そして、すまないことをした。どうやら君の恋人を、使い物にならなくしてしまったらしい」

「いいのよ。恋人なんかじゃないわ。私、腐ったバナナは好きじゃないの。パスポートを取り返して、フィリピンに帰るわ」

マリアがうっとりと、神山を見つめた。神山は、細く引き締まった腰を抱き寄せた。目の前に、花弁のように可憐な唇が開いていた。探偵稼業の心得のひとつとして、神山はその唇を、そっと吸った。

「君のこれからの人生に、神の御加護を」

「ありがとう……。私たち、もう会えないの？」

もしこの娘を連れ去り、何もかも捨ててフィリピンに逃げることができれば、人生はどれほど幸せだろう。だが、神山はいった。

「いつの日か神の思《おぼ》し召《め》しがあれば……」

裏口からビルを出て、外の非常階段を使って下に降りた。露地から露地へと伝い、駅前のコインパーキングに向かう。途中で神山は携帯を開き、郡山署の今村刑事に電話を入れた。

「神山だ。ひとつ、情報をやるよ。斉藤弁護士を殺した犯人がわかった」

しばらくの間があり、今村のくぐもった声が聞こえてきた。

——いったい、どういうことですか——。

「御託は後だ。すぐに喜多方へ向かえ。駅の北口の繁華街に、『三輝ビル』という雑居ビルがある。その一階のフロアーに二人、五階の『三輝興業』の事務所に一人、男が眠っている。五階にいるのは、社長の大江清信という男だ。そいつが主犯だ……」

神山は名刺に書いてある住所と、ビルの前に駐めてあるメルセデスのナンバーを伝えた。

——その男たちが、犯人だという証拠は？——。

「それを調べるのが警察の仕事だろう」

携帯を切った。奴らが犯人かどうかについては、証拠も根拠もない。だが神山が白河で襲われる数時間前に、斉藤弁護士は郡山で殺されている。時系列を見れば、何も矛盾していない。当たらずとも遠からず、というところだろう。

奴らが、警察の取調べに素直に吐くとは思えない。だが、時間の問題だ。いずれにしても、ある程度は読めてきた。

あの三人は、どこから見ても目立つ。もし白河の『リュージュ』に出入りしていれば、弘子が気付くはずだ。つまり、『マニラクラブ』のライターを持ち込んだのは、奴らではない。そう考えれば、答はひとつだ。裏にいるのは、柘植克也だ。

最初から、気付くべきだったのだ。柘植は、数年前まで喜多方署の風紀にいた。どこの地方警察も、同じだ。風紀の刑事と地元の地回りとは、持ちつ持たれつの関係になる。柘植があの三人と付き合いがあったとしても、むしろ当然のことだ。

車に乗った。時間は、まだ早い。

だが国道を使ってのんびりと白河に戻れば、ギムレットの時間にはちょうどいい。

第四章　渇　水

1

いつの間にか家に猫が居ついた。

この春に生まれたばかりなのだろう。痩せて、小柄な三毛猫だった。

猫は最初、庭の離れた場所から神山の姿を見つめていた。デッキに残り物のソーセージを置いてやったが、なかなか食べにこない。家に入り、物陰に隠れていると、やっと寄ってくるようになった。

餌《え》付いたからといって、別に飼うつもりはない。猫の自由を奪うつもりはなかったし、自分が束縛されるのも好まない。まあ、援助交際というやつだ。お互いに一人者なのだから、多少の温もりを分ち合えればそれでいい。

猫が行ってしまうのを待って、神山は庭に出た。夏草が生《む》していた。そろそろまた、草刈りをやらねばならない。振り返ると、ペンキを塗ったばかりの家が暑い朝日を浴びて輝いていた。もう一度、一週間もしてから仕上げ塗りをすれば、家は見違えるほど美しくなるだろう。

久し振りに市内のトレーニング・ジムに行った。まだ空《す》いている午前中にウェイトトレーニングで汗を流し、ジャグジーで筋肉をほぐす。体はもうほとんど痛まなかった。

ロッカールームに戻ると、携帯に弘子からメールが入っていた。

——今朝、ニュースでやってたわ。喜多方で、三輝興業の社長以下三人を逮捕。容疑は入管法違犯と仙台市内で起きたトラックの盗難。警察は郡山の斉藤弁護士轢き逃げ事件でも関連を捜査中——。

いいことだ。これであのフィリピンの娘も——確かマリアといった——故郷に帰れるだろう。だが、それにしても警察の対応が早い。いや、早すぎるというべきか。

——追伸・どうでもいいけど、退屈で死にそう。早く迎えにきて——。

神山は苦笑した。確かにあの山の中の温泉宿は、いかにも退屈そうだ。だが、いずれにしても、そう長くはない。あとは谷津誠一郎の居所さえ突き止めれば……。

奴は、どこにいるのか。三輝興業の三匹の熊を操っていたのも誠一郎なのか。柘植克也を、追及してみるべきなのかもしれない。いやその前に、もうひとつやることがある。

神山は、メガステージに向かった。ホームセンターのラボに行くと、注文した写真ができていた。四つ切とキャビネ、二枚の羽鳥湖の写真だ。料金を支払い、神山は写真を受け取って家に戻った。

ブランチにパスタを茹《ゆ》でた。街道の農家で買ってきた烏骨鶏《うこっけい》の卵と醤油で簡単なソースを作り、バターと和《あ》えてそれをデッキに運んだ。パスタを口に運び、ペリエを飲みながら写真を見た。

四つ切に引き伸ばしてみても、何の変哲もない写真だった。手前の左側に真由子の肩と顔半分が入り、背景に湖の対岸が写っている。意図的な構図というよりも、むしろ何らかのミスで偶然に撮られた写真に見えなくもない。だが、違う。伯父のネガには、これと同じ構図の写真が六枚も並んでいた。何か明確な目的があったはずなのだ。

背景の方にピントが合い、手前の真由子の姿はかなりぼけている。写真にあまり詳しくはない神山にも、望遠レンズが使われたことはわかる。伯父のカメラのコレクションの中に、一台だけ日本製のカメラがあった。古いニコンのFだ。あのカメラには、五〇ミリの標準レンズの他に一三五ミリの望遠レンズがセットになっていた。

伯父はなぜ、背景にピントを合わせたのか。何を写そうとしていたのか。だが、意図が伝わってこない。いくら見ても、丘陵の稜線が無秩序に重なり、落葉した樹木が漠然と風景を被《おお》いつくしているだけだ。

パスタを食べ終え、神山は書斎から天眼鏡を持ってデッキに戻った。もう一度、レンズを通して背景を見る。稜線と樹木の陰に隠れるように、水平に走る線のようなものが見えた。ガードレールだ。これは、対岸にある林道だろう。

さらに神山は、奇妙なことに気が付いた。ガードレールの手前を横切る斜面が、他の稜線とは角度が違っている。ゆるやかで、しかも直線的だ。どことなく、人工的な地形のように見えた。写真に、汗が落ちた。

暑い。風は止み、ただ夏草だけが陽光に焼かれるように白く光っていた。庭からデッキの軒先にかけて、スズメバチが怒ったように唸りながら飛び過ぎていった。

神山は微温《ぬる》くなったペリエを口に含み、ラッキーストライクに火を付けた。ただ座っているだけで、全身から汗が噴《ふ》き出してくる。今年の夏は、どこか狂っている……。

もう一度、写真に神経を集中した。レンズを当て、何か目印になるようなものが写っていないかを探した。

湖面と森の間に、土の層がベルトのように横に伸びている。冬の渇水で、ダムの水位が下がった跡だ。神山は、注意深く写真を観察した。白っぽい地表に、何本か影のようなものが写っていた。だが、一本だけなぜか色が濃い。これは、影ではない。

不鮮明だが、倒木のように見える。この写真で確認できるのだから、かなり大きなものだろう。だが、こんなものがはたして目印になるのだろうか。そして伯父は、なぜこの場所を写したのか……。

とにかく、現地に行ってみることだ。写真を見ているだけでは、何も伝わってこない。だが、羽鳥湖に出向いたとしても、はたして写真の場所を特定できるだろうか。落葉した春先と、樹木の葉が生い茂る夏とでは山の風景はまったく違う。しかも羽鳥湖の北岸――伯父が真由子の写真を撮影していた側――には広大な砂浜が延々と続いている。神山は、伯父がどの場所に立ってカメラを構えていたのかさえわからないのだ。

神山は写真を持ち、家に入った。書斎のドアを開ける。壁に掛かる三枚の写真の前に立ち右側の二枚——真由子のヌード写真——を注視した。

この写真にも、場所を特定できるようなものはほとんど何も写っていない。唯一、二枚の内の一枚の左側に木の幹が写っているだけだ。特徴的な形をした幹だが、反面どこにでもあるような木にも見える。羽鳥湖まで行っても、この木を確認できるとは思えない。

神山は、考えた。大切なのは、伯父と同じ視点に立つことだ。四月のあの日、伯父はなぜ羽鳥湖に向かったのか。なぜスキューバダイビングの道具を準備していたのか。なぜこの一連の写真を撮ったのか。偶然ではない。単なる気紛れでもなかったはずだ。何か重要なものがこの写真には写っているはずなのだ。そしてなぜ、単独ではなく真由子を同行させたのか……。

そうだ。真由子だ——。

神山は携帯を開き、真由子の番号に発信した。長い呼び出し音が続き、真由子が出た。

「神山だ。元気か」

しばらくの沈黙があった。やがて、真由子のか細い声が聞こえてきた。

——うん……元気だよ。怪我は、もう平気なの？——。

数日前、神山が白河で襲われた翌日に家から追い出して以来、真由子に連絡を取るのは初めてだった。

「体は大丈夫だ。ところで明日、時間は空いてないか」

――いいけど……。なぜ？――。

「話したいことが、いろいろある。天気も良さそうだし、どこかピクニックにでも行こう。そこで、君の写真を撮りたい」

神山はそういって、真由子の反応を待った。またしばらく、沈黙が続いた。だがやがて、真由子がいった。

――いいよ。仕度して、午前中にそっちに行く――。

真由子は、ゲームに乗ってきた。だがその前に、もうひとつ決着を着けておかなくてはならないことがある。

神山は電話を切り、柘植克也の番号を探した。

2

夜、神山は白河市内の『サライ』というバーに向かった。

柘植克也が指定した店だ。東京から流れてきた偏屈な親父がやっている店で、このあたりでは一番美味《うま》いマティーニを飲ますと聞いていた。

車を駐め、暗い店の中に入っていく。壁でオードリー・ヘップバーンやイングリット・

バーグマンのポスターが微笑《ほほえ》み、古いジャズのスタンダードナンバーが流れていた。

柘植は、ボックス席に座っていた。神山を見ると、右手を小さく挙げた。テーブルに、ハイネケンのグラスが置いてある。神山も向かいに座り、初老の、人生を知りつくしたような顔をしたバーテンに同じものを注文した。この店のマティーニを味わうのは、次の機会にした方がよさそうだ。

「久し振りだな」

「四日前に、赤坂ダムで会ったばかりじゃないか」

「そうだったな……」

月並で、滑稽《こっけい》な挨拶だった。運ばれてきたハイネケンのビールを口に含むと、神山が静かに切り出した。

「おれが、三匹の熊に襲われた話はしたかな」

「いや、覚えていない」

柘植の口元が、かすかに笑ったように見えた。

「何日か前の深夜、白河の街中で三人の男に待ち伏せをされた。どうやらおれが、谷津誠一郎のことを嗅ぎ回っているのが気に入らなかったらしい。散々殴られて、この件から手を引けと威《おど》された」

神山がそういって、ラッキーストライクに火を付けた。例の『マニラクラブ』の白いライターでだ。煙を吐き出し、ライターをテーブルの上に置いた。

だが、柘植に反応はなかった。さりげなくライターを手にすると、自分のマイルドセブンに火を付けた。

「ほう……。それは大変だったな。それで、その三匹の熊とやらはどうなったんだ。お前のことだ。そのまますますわけがない」

「喜多方まで出向いて、退治したよ。そのライターに見覚えはないか」

神山が訊くと、柘植が手の中のライターを見た。首を振って、いった。

「知らないな。このライターがどうかしたのか？」

「池野弘子が勤めている店……『リュージュ』にあったんだ。誰か、間抜けな客が忘れていったらしい。そのライターを辿って喜多方まで出向いたら、三匹の熊を見つけたというわけさ」

柘植が、ライターをテーブルに放った。

「話としては面白いな。それでお前は、何がいいたいんだ。その間抜けな客が、おれだとでもいうのか」

「さてな。しかし、その三匹の熊は『リュージュ』には姿を現わしていない。他に、喜多方から来た客もいない。お前は五年前まで、喜多方署の風紀にいた」

神山がいうと、柘植が声を押し殺すように笑った。

「くだらない。店のライターなんて、客が自由に持ち帰るんだ。それをまたどこかの店に忘れ、他の客が持ち歩く。回り回って、全国どこにでも旅をする。そういうものさ。捜査をやっていれば、そんな例は珍しくもない。偶然だろう」

偶然、か……。

確かに、偶然という可能性は捨て切れない。だが神山は、実際にライターを頼りにあの三人に辿り着いたのだ。たとえ偶然であったとしても何万分の一、いや何十万分の一の偶然か。それを〝偶然〟のひと言で片付けていたら、この世に〝必然〟などという言葉は存在しなくなる。

「この男を知らないか。三匹の熊の中の一匹だ」

神山がそういって、三輝興業代表取締役・大江清信の名刺を出した。柘植は、しばらくその名刺を見ていた。そして、いった。

「ああ、知ってる。よく知ってるよ。向こうの風紀にいた時に、事件がらみで何度か関わったことがある」

意外だった。柘植は、あっさりと大江を知っていることを認めた。

「どんな男なんだ？」

「喜多方の地回りさ。女に博打《ばくち》、それに闇金融にも手を出していた。ヤクにも関わっているという噂はあったが、証拠がなくて括《くく》れなかった。その程度だな」

なるほど。いかにも、という話だ。だが柘植は、しゃべりすぎる。

「この男は、谷津誠一郎のことを知っていた。なぜなんだ？　お前なら、その理由を説明できるんじゃないのか」

「さてな。つまり誠一郎も、いまは裏の世界にいるということじゃないのか。それ以外には思い当たらんね」

柘植がタバコを揉み消し、ビールを飲み干した。バーテンを呼び、マッカランのオン・ザ・ロックスを注文した。バーテンが一瞬、怪訝《けげん》そうな顔をした。いつもは、違う酒を飲むということか。

神山は、ふと薫の店に置いてあった谷津誠一郎のボトルを思い出した。あれはフォア・ローゼスだった。いまから考えれば、あのボトルを『花かんざし』に入れていった二人連れの客というのも、あの三匹の熊の中の誰かだったのだろう。薫は、「どこか他の土地の地回り……」だといっていた。だが、何がどこで、どのように繋がっているのか。その裏にどんな意味があるのかがわからない。

それにしても、あの三人の行動は奇妙だ。自分たちが「谷津誠一郎を知っている」と主張し、わざわざその痕跡を残そうとしているように見える。

「ともかく、あの三人は終わりだ」神山がいった。「いま、斉藤弁護士の殺害容疑で、郡山署の取調べを受けている」

「斉藤弁護士？」

「そうだ。忘れたのか？　池野直美の殺害現場の写真だよ。あの写真の件で伯父が郡山署と交渉した時に、間に入っていた弁護士だ。あの三人は、どうしても斉藤弁護士の口封じをする必要があったらしい。事務所から、伯父の書類一式が消えていた」

柘植が、ふと笑った。だが、小さな変化があった。グラスのウイスキーを口に含み、神山に視線を戻した瞬間に、目の奥に鋭い敵意が光ったように見えた。

「どうだかな。あの男たちが、簡単に吐くとは思えんね」

妙に自信に満ちた口調だった。何か、根拠があるのか。

神山はビールを飲み干し、ラフロイグを注文した。オン・ザ・ロックスではない。ソーダ割りでだ。今夜はまだ、何が起こるかわからない……。

柘植克也がいった。

「そういえば、池野弘子を知らないか。あの女、急におれの前から姿を消しちまった」

神山は運ばれてきたラフロイグを口に含んだ。悪くない。ハロー・オールド・フレンド。古い友人と女について語り合いながら飲むには、もってこいだ。

「なぜおれが、あの女を知っていると思うんだ」

「あれは、お前の女だった。そうなんだろう？」

「〝だった〟じゃない。いまでも、おれの女だ。確かにおれは、池野弘子の居所を知っている。助けを求めてきたんで、匿《かく》まった。だいぶひどくいたぶったそうだな」

「ククク……」柘植が、声を出して笑った。「いたぶったって？　いったいお前は、何がいいたいんだ？」

「ロープで縛られたといっていたぞ」

柘植が、また笑った。

「よせよ。子供じゃあるまいし。男と女には、ああいうやり方もあるんだ。合意の上だ。それにあの女は、喜んでたぜ」

「弘子は、そうはいってなかった」

「そりゃあ、そうさ。お前にはいえないだろう。それに、縛っただけじゃない。あの女とは、他にもいろいろ楽しませてもらった。知りたかったら、全部教えてやってもいい」

柘植が、グラスを舐めた。目は、笑いながら神山を見据えている。

「そういえば、妹の池野直美の屍体も、手首を縛られていたな」

神山がいった。柘植のグラスを持つ手が、止まった。

「どういう意味だ」

「例のフライフィッシングのノットだよ。あれからいろいろ調べてみて、面白いことがわかった。池野直美を縛ったのは、右利きの人間だ。しかし、誠一郎は左利きだった」

「ほう……。つまり？」

柘植がまた、ウイスキーを口に含む。ペースが早くなってきている。平静を保つ振りをしているが、動揺は隠せない。

「ひとつの可能性さ。あの現場、六年前に池野直美が殺された馬入峠には少なくとももう一人、誠一郎以外に他の人間がいたことになる」

「共犯者がいたということか？　それがどうしたというんだ」

「あの事件の現場には、少なくとも二人の人間がいた。ノットだけじゃない。そいつが逃走用の車も用意したんだ。問題は、それが誰か、ということさ」

「面白い推理だな。さすがに探偵だ。それで、その二人目の人間というのは誰なんだ。わかっているなら、教えてくれ」

神山はグラスを空けた。そしていった。

「おれの目の前にいる男だ。柘植克也。お前だよ」

神山は、柘植の目を探った。だが柘植は、視線を逸《そ》らさなかった。息の詰まるような長い沈黙のバックに、場違いな『過ぎ去りし恋の炎（My Old Frame）』が流れていた。やがて柘植克也は、沈黙に耐えきれなくなったように、声を上げて笑いだした。

「傑作だ。まるで推理小説だな。いったい何を根拠に、そう思ったんだ」

「あのノットだよ」

神山は、バーテンに同じものを注文した。

「ノット？　例のフライフィッシングとやらのノットのことか。おれは、そんな結び方は知らないぜ」

「おかしいな。お前は先日、あのノットについては〝気が付かなかった〟といったはずだ。気が付きもしないものを、なぜ〝知らない〟といいきれるんだ」

「馬鹿ばかしい。単なる言葉の綾だ」

「それならなぜ、わざわざ池野弘子を縛った？　それも、違う縛り方でだ。自分はあのノットを知らないという情況証拠を作るためか？　そうなんだろう」

「考えすぎだよ。それにしたって、情況証拠だ。物証にはならないぜ」

際どい言葉の応酬だった。腹の探り合いだ。だが神山も、柘植も、なぜか表情は穏やかだった。端《はた》から見れば、二〇年来の友人同士が思い出話でも肴《さかな》に飲んでいるようにしか見えないだろう。

「証拠はあるんだ。伯父が、握っていたはずだ。もしかしたら、伯父が殺された現場にも、お前はいたんじゃないのか」

柘植はそれでも、笑いを崩さなかった。

「凄い想像力だな。もし谷津誠一郎が見つかったら、奴に確かめてみればいい」

酒を飲み終えて、外に出た。東北の夜とは思えないほど、生温い風が体を包み込んだ。

柘植が、神山の車を見て話しかけた。

「マニュアルのＢＭＷか。趣味のいい車だ。速いんだろう」

「３１８のＣＩだ。一・八リットルのツインカムじゃあ、たかが知れている。お前のスバルほどじゃない」

「そうかな。車は、腕の問題さ。お前は、レースをやっていた。おれは、ラリーだ。今度いっしょに、峠にでも走りに行かないか」

神山は、柘植の真意が摑めなかった。

「何のために？」

「決着を着けるためにさ」

「そんな日が来るとは思えんな」

神山がいうと、柘植が夜空を見上げた。

「来るさ。きっと、来る。楽しみにしてるよ」

柘植が、夜の街に歩きだした。その背中が、やがて透明になっていくように見えた。

3

カメラバッグに、ニコンのＦと二本の交換レンズを入れた。フィルムは冷蔵庫の奥に、古い期限切れのモノクロが何本か残っていた。これでいい。別に本気で写真を撮るわけではない。他に、キャビネに伸ばした羽鳥湖の写真が一枚。封筒に入れ、バッグのサイドポケットに隠した。

デッキに座って待っていると、真由子の車が入ってきた。白いダイハツのムーブだ。やはり、黒いフォルクスワーゲンのゴルフではない。真由子は、あの車に乗っているところを神山に見られたことは、気付いていないらしい。

真由子が、車を下りてきた。体には薄手のバティックを一枚、巻いているだけだ。男を誘うには効果的な服装だ。この女は、ゲームのやり方を心得ている。

「さて、行こうか」

神山がカメラバッグを肩に掛け、椅子から立った。

「どこに行くの？」

真由子が訊いた。

「羽鳥湖だ。あの砂浜で君を撮りたい」

一瞬、真由子の表情が強張った。神山が続けた。

「どうしたんだ？」

「別に……」

作ったような、笑顔。だが真由子の目の中に、暗い光が燻《くすぶ》ったように見えた。

「おれの車で行こう」

神山はパジェロ・ミニのドアを開けた。あの日、伯父と真由子が羽鳥湖に立ち寄った時に使った車だ。エンジンを掛けると、真由子が無言で助手席に乗り込んだ。

そして、同じ道を走る。真芝の集落から国道二八九号線に出て、それを甲子峠に向かった。本来ならば、逆だ。羽鳥湖に行くには国道から折鶴橋を渡り、県道三七号線を使った方が早い。だが、真由子は神山の意図を察したようだ。何もいわずに、前を見すえていた。

神山が、さりげなくいった。

「三日前の夕方、君を見かけた」

「そう……。どこで？」

静かな声だった。

「国道四号線だ。おれの車とすれ違ったんだ。気付かなかったか」

「知らなかったわ……」

「君は黒いフォルクスワーゲンのゴルフを運転していた。あれは、誰の車なんだ？」

神山が訊いた。だが、真由子は何も答えなかった。

途中で国道を右に折れ、雪割橋に向かった。橋を渡り、駐車場に車を駐めた。四月のあの日、伯父も真由子と共にここに立ち寄ったはずだ。神山は、すべてをできるだけ正確に再現してみたかった。車を下り、目の前の自動販売機で飲み物を二本買った。

真由子は橋の上に立ち、欄干から深い渓《たに》を見下ろしていた。暗い目だ。はるか彼方から、山肌を伝う清流のかすかな音が、清涼な風と共に吹き上げられてくる。

神山からペットボトルの日本茶を受けとると、真由子が呟くようにいった。

「綺麗ね……」

「そうかな。おれにはむしろ、恐ろしい風景のように見える。ここから何人もの人が飛び降りているんだ。この橋の上に立つと、人は死を意識するのかもしれない」

「違うわ」真由子がいった。「誰だって、死にたかったわけじゃない。きっと、鳥になりたかっただけなのよ。ここから飛び降りたら、自由に空を飛べるような気がしてくるもの。私も……」

真由子は神山に背を向けると、駐車場に向かって歩きだした。

車に戻り、先を急いだ。道は集落を抜け、曲がりくねりながら、牧草地の中を登っていく。遠くの木陰で、乳牛が折り重なるように寝そべっていた。

平穏な、夏の風景だった。だが、二〇年前だ。この牧歌的な風景の中で、谷津誠一郎はまだ八歳だった姪の真由子を襲った。

右手に深い森が広がったところで、神山はパジェロ・ミニの速度をゆるめた。助手席の真由子を見た。真由子は定まらない視線を宙に漂わせながら、両手を強く握っていた。その手が、かすかに震えている。

「蟬が鳴いてる……」

真由子が、消え入るような声でいった。真由子にいわれて初めて、神山は蟬の声に気が付いた。おそらく、真由子は聞いていたのだ。二〇年前の、あの日にも。谷津誠一郎の体の下で、狂ったように鳴く蟬の声を――。

アクセルを踏んだ。タイヤがダートの路面の小石を搔き上げ、車の速度が上がった。真由子は背もたれに体を預け、目を閉じた。胸が、荒く喘《あえ》いでいた。

牧草地を抜け、道は深く暗い森に入っていく。誠一郎が、逃走に使った道だ。行く手を拒むように路面が大きく抉《えぐ》れ、いたる所が崩れていた。

唐突に、森の霊気のようなものを感じた。だが、神山も、真由子も、無言だった。やがて道は古い、見捨てられた別荘地の中を通る。峠を越えると、羽鳥湖に向けて下っていく。森が開け、ペンション村を抜けると、間もなく県道三七号線に行き当たった。

神山は、その道を右折した。羽鳥湖の砂浜とは逆方向だ。鶴沼《つるぬま》川に架かる橋を越えた時に、真由子がいった。

「どこに行くの？」

「羽鳥湖の裏の林道を走ってみようかと思ってる」

ステアリングを握りながら、神山がいった。

「どうして？　私の写真を撮るんでしょう。それなら反対側の、砂浜の広がっている方がいいわ。明るくて、風景も綺麗だし……」

真由子を見た。顔に、強張った笑いを浮かべている。

やはり、そうだ。真由子には、神山を羽鳥湖の対岸に連れていきたくない理由があるらしい。四月にこの湖を訪れた時にも、真由子は伯父を止めたのだろうか。伯父がなぜあの対岸の写真を撮っておいたのか。その理由の一端がわかったような気がした。

だが、神山は見晴らし台の空地に車を入れた。そして、いった。

「そうだな。砂浜の方が、写真を撮りやすい」

「そうよ……」

真由子が安堵したように、大きく頷いた。神山は空地で車をターンさせると、羽鳥湖の北岸へと向かった。

4

県道から湖岸に向かって下りていくと、それほど広くない駐車場がある。普段は、誰もこんな駐車場は利用しない。税金の無駄使いの言い訳に作ったような施設だ。だがこの日は晴れた夏休みの日中ということもあり、地元ナンバーの車が数台駐めてあった。

車を空いているスペースに入れた。カメラバッグを肩に掛け、神山は遊歩道を歩きだした。真由子が、何もいわずに腕を組む。作ったような笑顔で。だが、悪い気はしない。美しい女と腕を組んで歩く時は——たとえそれがどんな女であれ——男は心が安まるものだ。

途中で中年の夫婦らしき二人連れとすれ違った。いや、夫婦ならこんな時間にこの場所を歩かない。お互いに何げなく挨拶を交わしながら、一方で視線を合わさないように気を遣う。

「伯父とも、ここを歩いたのか？」

歩きながら、神山が訊いた。

「うん、歩いたよ。あの時はまだ、寒かった……」

いつの間にか、いつもの真由子に戻っていた。

「こうして、腕を組みながらか」

「違うよ。だって伯父さんは、私の恋人じゃなかったもの……」

「それならなぜ、おれとは腕を組む。おれだって、君の恋人ではない」

「前にいったじゃない。私、本当に子供の頃から、健介さんに憧《あこが》れてたんだもん……」

真由子が神山の腕を外し、それを自分の腰に回した。触れると、薄い布の下から衝動を掻き立てるような体温が伝わってきた。

真由子が、神山を見つめている。幼さの残る目の中に、自信に満ちた妖艶な光が灯《とも》っていた。

神山は、真由子と共に歩いた。板の敷かれた遊歩道の坂を登り、その先の細い吊り橋を渡る。橋が揺れると真由子が小さな声を出し、神山を抱く腕に力を込めた。

神山は、想う。もし二〇年前に、あの事件が起きていなかったとしたら。自分が、あの村に住み続けていたとしたら。谷津誠一郎や柘植克也とは、いまも親友同士だったのだろうか。

そして、真由子は……。

いったいどんな人生を歩み、どんな女に成長していたのだろうか。もしかしたら神山と真由子は、お互いにまったく違う立場で、二〇年後の今日、こうして二人で羽鳥湖の歩道を歩いていたのかもしれない。そんな気がしてならなかった。

橋の中央で、立ち止まった。体が溶けるような日差しを浴び、熱い風に吹かれた。バティックが腰までめくれ上がると、真由子は恥じらうように嬌声を上げ、あわててそれを手で押さえた。この日、初めて、二人は声を出して笑った。

橋から川を見下ろすと、深い淵《ふち》の岩場に地元の少年たちが集まっていた。誰かが紺碧《こんぺき》に輝く川に飛び込むと、皆が歓声を上げてはやし立てる。そして次々と後を追い、河童《カッパ》のように泳ぎ回る。少年たちの声はいつしか時空を超え、深い山々に吸い込まれて消えた。神山は目の前で繰り広げられる平和な光景の中に、かつての自分と仲間たちの幻を見たような気がした。

橋を渡り、羽鳥湖を一望する見晴らし台に立った。だが、眼界に広がる殺伐とした風景を見た時、神山は夢から醒め現実に引き戻された。

一ヵ月前、弘子ときた時とはまったく様相が違っていた。この夏の狂ったような猛暑を物語るように、水が無残に干上がっていた。以前は湖底だった場所に、延々と砂浜の空白が広がっている。地表に草が芽吹き、草原のようにすら見えた。その上に申し訳程度の小さな川が流れ、はるか先に湖の青い水面が光っていた。周囲の森と水面との間には、この夏の異常な渇水の跡を示す赤い土の斜面がベルト状に続いていた。

どこかで、何かが狂いはじめている。

神山はその時、小さな異変に気付いた。腕の中で、真由子の細い体が急に強張ったように感じた。まるで、何かを恐れる子猫のように——。

「どうしたんだ?」

神山が訊いた。

「何でもない……」

真由子が、干上がったダムを見つめたまま答えた。体が汗ばみ、かすかに震えていた。

振り向き、神山に抱きついた。見上げる目が、涙で潤《うる》んでいた。

「本当に、どうしたんだ」

「恐いの……。助けて……」

真由子が背を伸ばした。目の前にある唇を、神山は思わず吸った。熱く、乾いていたが、花のような香がした。

神山は、しばらく真由子を抱きしめていた。そしていった。

「行こう」

「うん……」

真由子は体の力を抜き、小さく頷いた。

吊り橋を戻り、また元の歩道を歩いた。湖の北岸へと向かう。森を抜け、キャンプ場を過ぎると、やっと右手にダムの水面が見えてきた。歩道は、ここで途切れている。

目の前に、広大な砂浜が続いていた。肌を焦がす熱風に、砂塵《きじん》が舞った。まるで砂漠のような風景だった。

砂の斜面に足を取られながら、神山は浜を歩いた。手をつなぎ、俯《うつむ》きながら、真由子がついてくる。その姿が、行くあてのない旅人のように見えた。

「伯父と写真を撮った場所を覚えてるか？」

歩きながら、神山が訊いた。

「風景が変わっちゃって、わからない……。でも、もう少し先だと思う……」

だが、その声は熱い風の中に消えた。

さらに歩いた。砂漠に迷う旅人のように。汗が噴き出してくる。ペットボトルに残る僅《わず》かな水分を補給したが、渇きは収まらなかった。陽光の中で、すべての風景が歪《ゆが》んで見えた。

「この辺りかもしれない……」

真由子が立ち止まり、いった。

「確かなのか」

「わからない……。本当にわからないのよ。でも、なぜあの場所じゃなくちゃいけないの？」

真由子が砂の上に跪《ひざまず》いた。神山を見上げる目から、大粒の涙がこぼれ落ちた。

神山は、真由子をそこに残して背後の森に向かった。夏草や樹木の葉が、すべてを被《おお》い隠していた。しばらく探してみたが、伯父の撮った写真に写っていた木の幹は見つからなかった。

砂浜に戻り、カメラバッグを開いた。ニコンFに一三五ミリのレンズをセットし、フィルムを入れる。真由子が砂に座ったまま、バティックの結び目を解いた。

「いいんだ。服は着たままでいい」

「どうして？　写真を撮るんじゃないの？」

「撮るさ」

神山は、レンズを真由子に向けた。ファインダーの中に、真由子の顔がアップになった。哀しそうな目をしていた。神山は、シャッターを切った。一枚。真由子が、強張ったように笑う。さらに、もう一枚。そしてカメラを、対岸に向けた。

ダムの水平線に沿って、ファインダーの画面をゆっくりと横にずらしていく。だが思ったとおり、対岸の風景も春先とはまったく別の場所のように変わってしまっていた。写真の風景は、見つからない。

「何をしてるの？　ねえ、何をしてるのよ。お願いだから、私を撮って……」

真由子が、懇願するようにいった。

「静かにしていてくれ。すぐに終わる」

神山は、カメラバッグのサイドポケットからキャビネ判の写真を取りだした。写真と、対岸の風景を見比べた。

地形はわからない。写真に写っている対岸の道も、丘の稜線もすべてを夏の森が被い隠していた。大気を歪める陽光と、額から流れる汗で風景が揺らいで見えた。だが、見つかった。あの倒木だ。巨大な倒木が地肌からむき出しになった土手から滑り落ちるように、湖面から突き出ている。

神山は、視線を右に移した。写真と同じ角度で、斜面が伸びている。周囲を見渡し、位置を確認した。樹木に被われてはいたが、神山にはそれが何なのかがわかった。

道、だ。対岸の林道から湖面へと下る道。六年前、池野直美の車が発見された、あの廃道だった……。

「ねえ、その写真は何？　何なの……」

「うるさい」

「見せて」

真由子が、神山の手から写真を奪い取った。

「伯父が撮ったものだ」

「なぜこんな写真を……」

「あの場所に行けばわかる」

神山は真由子の手を摑んだ。

「やめて……」

「いいから、来るんだ」

神山は真由子の手を引き、砂浜を歩いた。真由子は抵抗した。泣き叫び、砂の上に倒れて暴れた。バティックが外れても、神山はかまわずに引きずった。

「嫌だ……。私は、行きたくない……」

「逃げるわけにはいかないんだ。君を、助けるためだ」

「嫌だ。私は、絶対に行かない」

「いいから来るんだ」

神山は真由子を立たせ、涙に濡れる頬を叩いた。

やがて、真由子は諦めた。バティックで胸を押さえ、神山に従った。砂に足を取られ、よろけながら、自分の足で歩きだした。まるで刑場に向かう囚人のように。

長い砂浜を横切り、森の中に続く歩道を歩く。蟬が、二人をあざ笑うかのように鳴き続けていた。やがて駐車場に戻り、車に乗るころには、真由子の砂にまみれた頬も涙が乾ききっていた。

エンジンを掛ける。駐車場を出て湖を迂回し、南岸の林道に入っていく。ここは、日中もほとんど車は通らない。荒れた道だ。

湖に下りていく道は、すぐにわかった。一カ月前、弘子ときた道だ。だがあの時よりもさらに樹木の葉は深く、暗くなり、まるで緑のトンネルのようになっていた。なぜあの時に、気付かなかったのか……。

地の底に落ちていくような坂を下っていくと、やがて湖面が見えてきた。風景が、一変していた。水面の手前で道が途切れ、その先が深く落ち込んでいる。

車のエンジンを切り、神山がいった。

「降りよう」

だが、真由子は首を横に振った。

「嫌……」

「いいから、降りるんだ」

神山は車を出て反対側に回り、助手席のドアを開けた。真由子を、引きずり出した。

二人で道の先端に立った。水位は、一カ月前よりもさらに二メートル近く低くなっていた。神山は、偏光レンズのサングラスを掛けた。暗い湖面を見つめる。目が馴れてくると、水の中がかすかに見えてきた。

「やめて……」

真由子が、神山の手を引いた。

「静かにしていてくれ」

水は澄んでいた。湖底で、藻《も》が揺らぐのが見える。おそらく伯父は、スキューバダイビングの道具を準備し、この場所に潜《もぐ》ろうとしていたのだ。

水面の下、わずか数センチの所にそれは見えていた。水中の光景には似つかわしくない、人工的な四角い大きなものだ。だが、神山にはそれが何だか、すぐにわかった。車の、屋根だ……。

「あの車は、誰のだ？」

神山は、真由子に訊いた。

「知らない……」

真由子が、首を振った。

「知らないはずがない。あの車がここに沈められるところを、君も見ていたはずだ」

「知らない……」

神山は真由子の肩を摑み、体を強く揺さぶった。

「答えるんだ。あの車の中で、誰が死んでるんだ」

「私は、知らない……」

真由子の視線が、虚《うつ》ろに漂った。やがて、目が意識を失った。

同時に神山の腕の中で全身の力が抜け、足元に崩れ落ちた。

5

湖に沈む車の引き揚げ作業は、翌朝から始まった。

田舎の警察としては、対応が早い方だろう。いずれにしても、もう何十年も前からこの湖に沈んでいた車だ。この夏の異常な渇水がなければ、永遠に発見されなかったかもしれない。

もし中に人が乗っていたとしても、生きている可能性はない。神山が「中に死体があるはずだ」と主張しなければ、警察は涼しくなる季節まで手を付けなかったはずだ。

所轄の白河西署の署員の他に、地元の西郷の駐屯地から自衛隊が派遣された。羽鳥湖南岸の林道に集結したクレーン車などの機材は、ほとんどが暗緑色に塗られた自衛隊のものだ。その他に郡山署の見馴れた顔が数人。さらに県警本部らしき顔ぶれの一団もいる。たかが古い車一台を湖から引き揚げるために、何とも物々しいことだ。

神山は、林道に立って作業を見守っていた。湖面には警察と自衛隊のゴムボートが浮かび、何人ものダイバーが水に潜っていた。車に牽引ベルトとチェーンを掛ける作業に手間取っているらしい。

地上から見る限りでは、車は原型を止《とど》めていた。羽鳥湖は、水質がいい。長年、水中に沈んでいたとしても、金属の腐蝕はそれほどでもないのかもしれない。だが安易に引きずり上げれば、水圧と湖底の泥から引き離す時の衝撃でばらばらになってしまうだろう。

湖岸から一人、男が歩いてきた。郡山署の今村だった。今村は神山の脇に立つと、虫除けのスプレーを手渡した。

「また、あなたですか……」

神山はスプレーを受け取り、両腕と顔に吹きつけた。

「また……はないだろう。おれは忠実な警察の下僕だぜ。献身的に捜査に協力しているんだ。感謝状と金一封をもらってもいいくらいだ」

スプレーを今村に返し、いった。

「なぜここに、〝この車〟が沈んでいることがわかったんですか？」

「白河西署の奥野という刑事に、すべて話してある。もう奴から聞いているだろう」

前日、神山はこの場所で真由子を問い詰めた。なぜここに、車が沈んでいるのか。真由子は泣きながら、すべてを打ち明けた。いや、真由子が〝すべて〟だといっていただけで、それが本当のことなのかはわからない。話の内容は――たとえ作り話であったとしても――すべてに辻褄《つじつま》が合っていた。その後、神山は真由子を白河西署に連れていき、捜査課の奥野に引き渡した。真由子は奥野にも、同じことを話しているはずだ。

奥野は、林道の少し離れた場所に立っていた。眼鏡の奥から時折こちらを見ながら、神山と今村の様子を気にしている。

「あなたは、一連の事件に関してどこまで知っているんですか」

今村が訊いた。

「さてね。警察ほどではないだろう。しかし、もしかしたら、あんたらも気付いていないことも知っているかもしれない」

「どんなことを？」

神山は、声を殺して笑った。

「わかるわけがないだろう。どっちみち、あの車を引き揚げればすべて明らかになるはずだ。それより……」

「それより？」

「三匹の熊はどうした。三輝興業の大江清信と、奴の手下二人だ」

大江の名を出すと、今村が溜息をついた。

「少しやり過ぎですよ。大江は、まだ入院している。本格的な取調べはもう少し先になりそうです」

「あとの二人は？」

「口を割りませんね。しかし……」

「しかし？」

今村は、しばらく考えていた。だがやがて、徐《おもむろ》に口を開いた。

「例の仙台で盗まれたトラックですよ。郡山で斉藤弁護士を轢《ひ》き、馬入峠に乗り捨てられていたあの二トン車です。あのトラックが仙台市内を走っているところが、防犯カメラに写ってたんですよ」

「誰が運転していた」

「大江の部下……あの三人の内の一人、金山《かなやま》という若い男でした」

あの男だ。神山が前歯を蹴り砕いた男。

「時間の問題だな。話しやすいように、早く入れ歯を作ってやれよ」

湖の作業は進んでいた。ダイバーが三人掛かりで、太いナイロンベルトを持って潜る。

水中で何かに固定しているらしい。しばらくすると、ベルトの一方を持って水面に上がってきた。

ベルトは全部で四本だ。それを水中の車の屋根の上で、巨大なU字シャックルに固定する。同時に、森の中でチェーンソーのエンジンが唸《うな》りを上げた。自衛隊員が、馴れた手つきで木を切り倒していく。林道から湖面に下る道は細く、巨大な重機は入ることができない。おそらく、車を直接林道に吊るし上げるためのスペースを作っているのだろう。見ているだけで、汗が噴き出してくる。

やがて、最大吊下げ量五トンの巨大なクレーン車が動きだした。森を伐採したスペースの正面に止まり、車体の四隅から油圧の脚が伸びる。ステンレスの太い脚が、真夏の陽光に眩しく輝いた。

「神山さんは奥野刑事に、あの車の中に死体があるといったそうですね」

今村が訊いた。

「そうだ。おそらく……」

神山がそういって、ラッキーストライクに火を付けた。

「誰の死体だと思ってるんですか」

「さて、誰だろうな。あんただって、もう薄々は勘付いてるんだろう。車が上がれば、すべてがわかるさ……」

白河西署の奥野が小走りに湖に下りていった。だが、神山とは目を合わせようとしない。

森の樹上を越え、クレーンのアームが伸びる。湖底に沈む車の上で先端が停止すると、鋼鉄のフックがゆっくりと下りはじめる。車の屋根の上に立ったダイバーが、U字シャックルでナイロンベルトをクレーンのフックに固定する。準備が終わると、すべてのダイバーがボートの上に退避した。

合図と共に、重機のエンジンが重い咆哮《ほうこう》を放った。巨大なドラムが回転し、ウインチが巻き上げられる。チェーンとナイロンベルトが張りつめ、エンジン音がさらに大きくなった。

車が、上がってくる。屋根が水面に浮上すると、長年の間に積もった泥がこぼれ落ちた。ガラスは一枚も残っていない。さらに車体が上がると、窓やドアの隙間から大量の水が流れ出した。四本のナイロンベルトは、それぞれが四輪の車軸に固定されていた。車は天空に吊り上げられ、伐採した森の上をゆっくりと移動していく。神山は、その現実とは思えない光景を呆然と見守った。まるで遊園地の大掛かりなアトラクションでも見ているような、そんな感覚があった。

車は、タイムカプセルのようだった。長年、水の中に沈んでいたとは思えないほどきれいだった。原型も、塗装もほぼ完全に残っていた。二〇年以上も前の、赤いミニキャブのバンだ。神山はこの車に、確かに見憶えがあった。高校時代、まだ神山が真芝の集落に住んでいたころ、柘植克也の母親が乗っていた車だ。そして二〇年前、あの谷津誠一郎が逃走に使ったとされる車でもある――。

車は、ゆっくりと林道に下ろされた。白河西署の署員が駆け寄る。ナイロンベルトをフックから外すと、重機はまた巨大な生き物のようにクレーンアームを畳んだ。車のドアの下から、二〇年間の泥と水が滴《したた》っていた。

「行ってみよう」

神山は、陽炎《かげろう》の揺らめく林道を車に向かった。今村は、何もいわずに後ろからついてくる。

車に近付くと、水と藻の腐ったような生臭さが鼻をついた。いたたまれないような、死を連想させる臭いだった。鑑識課員がストロボを光らせ、何枚も写真を撮った。しばらくすると青い制服を着た署員がバールを手にし、錆《さ》び付いたドアをこじ開けた。中からまた、泥と水が大量に流れ出た。

泥の中に、細い木片のようなものがあった。いや、木片ではない。人間の骨……だ。

車内は内張りやシートが腐り落ち、錆びたスプリングがむき出しになっていた。床には、泥と水が溜まっていた。その運転席の足元あたりに、まるで折り重なるように茶色く変色した人の骨が散乱していた。すでに崩れてしまったのか、頭蓋骨らしきものは見当たらない。人間の体は、二〇年も水の中にあると、これほど小さくなってしまうものなのか……。

「出たな……」

神山が、呟くようにいった。

「身元の確認には手間取りそうですね。これでは服や免許証など、手掛かりになるものは何も残っていないでしょう。最終的には、DNA鑑定をやらないと……」

「いや、わかるかもしれない」

車に向かい、神山が進み出た。それを見ていた白河西署の署員が行手を阻《はば》み、神山を止めた。だが今村が間に割って入り、署員に向かって大きく頷いた。

「いいんだ。通してやってくれ」

神山は車の横に立ち、ドアから運転席を覗き込んだ。嫌な臭いだ。この臭いを、一生忘れないだろう。神山は心の中で、ささやかな祈りの言葉を唱《とな》えた。

泥に埋もれた骨片を、指先で探った。指が、何かを叫ぼうとするかのような下顎の骨に触れた。骨にはまだかすかに白さの残る歯が並んでいた。

そっと、骨をどけた。その下に、細いボールチェーンが見つかった。チェーンをつまみ上げる。その先に、楕円型をした小さな金属のプレートが付いていた。米軍の認識票のレプリカだった。真鍮《しんちゅう》製のプレートは、水藻と銹で黒く変色していた。

神山は、プレートの表面を親指でこすった。銀メッキを施《ほどこ》された表面が輝きを取り戻し、その下に文字が浮かび上がってきた。

〈S・YATSU

18・JUN・1986

TOKYO〉

プレートには、そう彫られていた。

神山は認識票を、今村に手渡した。そしていった。

「谷津誠一郎のものだ。高校二年の修学旅行で東京に行った時に、上野《うえの》のアメ横で買ったんだよ。奴はこれを、いつも肌身離さず身に付けていた……」

今村は、しばらく認識票に見入っていた。

「つまり……」

「谷津誠一郎は二〇年前に死んでいた。そういうことだ。後は、自分で考えてくれ」

神山は、林道を歩きだした。周りを取り囲んでいた署員や自衛隊員が、潮が引くように道を開けた。

暑い空を見上げた。汗とも涙ともわからないものが、頬を伝った。

太陽が、眩しかった。

6

夕刻に、弘子が那須から帰ってきた。

耳障りなV8のエンジン音を響かせ、黄色いマスタングが庭に入ってきた。白河のマンションに寄って、着換えてきたらしい。見馴れたタンクトップに、白いショートパンツという姿だった。両手に、食材の入ったスーパーのビニール袋を提げていた。

「私の留守の間、どうせまともな物を食べてなかったんでしょう」

軽く唇を合わせた後でそういった。神山はビールを開け、ポーチのデッキチェアで夕日を眺めながら、料理ができるのを待った。

サラダに刺身、煮物、手造りのハンバーグという月並な献立だった。だがどの料理を食べても、心の隙間を埋めてくれるような家庭の味がした。神山の母の智子も、ハンバーグが得意だったことを思い出した。暑さと最近の出来事で食欲は失せていたが、食べはじめると不思議と箸が進んだ。

酒はあまり飲まなかった。精神が、異常に緊張していた。その緊張を、弛緩《しかん》させたくはなかったからだ。柘植克也は、羽鳥湖の水中で車が発見された時点で車と共に白河の街から姿を消した。警察が行方を追っているが、いまだに捕まっていない。

奴は、どこにいるのか。当たり前に考えれば、捜査網を掻い潜《くぐ》り、警察の手の届かない場所に逃げたと見るべきだろう。だが神山の勘は、まったく異なる可能性を告げていた。奴は、白河周辺の山を熟知している。その気になれば、いくらでも身を隠すことができる。まだこの近くに潜伏しているような気がしてならなかった。手負いの獣は、危険だ。

神山は食事を口に運びながら、この数日間に起きたことを説明した。弘子は、静かに耳を傾けていた。ひととおり話し終えたところで、弘子が訊いた。

「だいたい事情は飲み込めたわ。つまり、谷津誠一郎は二〇年前に死んでいた。彼を殺すことができた人間は、柘植克也しかいない……」

「そういうことだ。奴は従兄弟《いとこ》の誠一郎を殺した。そして二〇年もの間、まるで誠一郎が生きているように見せかけていた。自分の犯行を、すべて誠一郎になすりつけるためにだ」

「二〇年前に、真由子に乱暴したのも柘植克也だったのね」

「そうだ。真由子を犯している所を見つかり、柘植は持っていたナイフで誠一郎を刺した。そして車で誠一郎の死体を羽鳥湖まで運び、湖底に沈めた。二〇年後に異常気象で湖の水位があれほど下がるとは、考えてもみなかったんだろうな」

神山は食事を終え、グラスにペリエを注いだ。喉を鳴らして飲み干し、息を吐いた。

「でも、柘植は羽鳥湖からどうやって戻ったのかしら。二〇年前のあの日、真由子も一緒車は、克也の母親のものだった。おそらくあの日、克也は姪の真由子を誘い出し、車に乗せ、山の中の森に連れ込んだのだ。そこをたまたま地竹を採りにバイクで通りかかった誠一郎に発見された。以前、白河で柘植克也に再会した時に聞いた話そのままだ。ただ、克也と誠一郎の立ち場を入れ換えてみれば、あの日に何が起きたのかは手に取るようにわかる。克也の太腿にあった刺し傷は、情況証拠を捏造《ねつぞう》するために自分でつけたものだろう。

誠一郎のバイクはスクーター、いわゆるミニバイクだった。ミニキャブのバンなら、簡単に荷台に積み込むことができる。克也は誠一郎の死体と真由子を車に乗せ、羽鳥湖に行き、帰りは誠一郎のバイクで村に戻ってきた――。

「真由子は、何ていってたの？　あなたに話したんでしょう？」

「ああ、話したよ。しかし真由子は、あの日のことはほとんど憶えていないそうだ。まだ、八歳だったんだ。憶えているのは夏草の上で克也に押さえつけられていたことと、蝉の声。あとは誠一郎が血まみれで倒れていたことくらいだそうだ。気が付くともう夜になっていて、真由子は克也に抱えられてバイクに乗っていた……」

村に戻り、柘植克也は警察に通報した。谷津誠一郎が、姪の真由子を犯した。止めたのだが、逆に自分がナイフで刺され、誠一郎は車を奪い逃走した、と……。

「私は飲むわよ」弘子は席を立ち、ボウモアのオン・ザ・ロックスを一杯、作ってきた。それを口に含み、続けた。「でもなぜ真由子は、二〇年も本当のことをいわなかったのかしら……」

「克也に威《おど》されていたそうだ。本当のことをいえば、殺すと。そのうち何が事実でどこからが夢だったのか。谷津誠一郎が死んだのか生きているのかさえわからなくなってきたそうだ」

以来、二〇年近くもの間、柘植克也は真由子の体を玩《もてあそ》び続けた。ある時には威し、ある時には暴力を振いながら。真由子は泣きながらいっていた。自分は、柘植克也以外の男は知らないのだと——。

「ひどい話ね」

「そうだな」

「真由子はまだ、八歳だったんでしょう。いまの私の娘と、たいして変わらないわ……」

弘子の手の中で、グラスの氷が小さな音を立てた。

食事の後、二人でシャワーを浴びた。服を着る間もなくベッドに倒れ込み、お互いを貪《むさぼ》った。神山は、すべての怒りと鬱憤《うっぷん》を弘子の体にぶつけた。嵐のような時間が過ぎ去った後も、神山はしばらくの間、弘子の胸に顔を埋めたまま動かなかった。だが、昂《たかぶ》る神経は収まらなかった。

弘子の手が、神山の髪を撫《な》でた。

「柘植克也は、捕まるのかしら……」

「いずれは捕まるだろう。しかし、谷津誠一郎の件に関しては時効だ。すでに、一五年を過ぎている」

神山は弘子から体を離し、暗い天井を見上げた。背中が、汗でべっとりと濡れていた。

「でも他の事件があるわ。私の妹を殺したのも……」

「そうだ。おそらく克也だろう。克也が君の妹を殺し、誠一郎の名を騙《かた》り、罪を被《かぶ》せた。克也は、右利きだ。あのノットで妹を縛ったのも、克也だったのさ。馬入峠にいたのは、誠一郎と共犯者なんかじゃなかった。最初から、柘植克也一人だったんだ」

弘子がベッドの上に腹這いになり、枕元のマルボロのメンソールに火を付けた。そのフィルターを、天井を見つめる神山の唇に近付けた。一口、吸うと、頭がさらに覚醒した。

弘子が訊いた。

「他の事件はどうなの？　例えば、一四年前の白河の事件は？」

「阿武隈川の河川敷で一四歳の少女の死体が発見された事件か？　あの事件の被害者……小峰鈴子という少女は……真由子の中学の同級生だった。真由子を問い詰めたら、白状したよ。小峰鈴子は、白河で有名な美少女だったらしい。それを、柘植克也が目を付けたんだ。真由子を威《おど》して、誘い出すように命じた。恐ろしくて、断われなかったらしい」

「ひどい……」

「あの事件以来、真由子は余計に柘植克也に逆らえなくなったそうだ。自分が、同級生を殺した。殺人の共犯者だと思い込んでいたんだ」

「それ以外の事件は？　あなたの伯父さん、達夫さんが殺された事件。喜多方で、少女が殺された事件。そして、斉藤弁護士……」

「伯父を殺したのも、克也だ。少なくとも真由子は、そういっている。伯父はおそらく、谷津誠一郎がすでに死んでいることに気が付いていたんだ。君の、妹のことも。それで口封じのために、殺された……」

伯父は、スキューバダイビングの道具まで用意していた。つまり、誠一郎の死体が羽鳥湖のあの場所に沈んでいることも知っていたことになる。

「あとの二件は？」

「真由子は知らないといっている。喜多方の件は克也がやったのかもしれないし、谷津誠一郎を生きているように見せかけるために利用しただけなのかもしれない」

「斉藤弁護士を殺《や》ったのは、例の三輝興業の三人組ね」

「そうだ。郡山署の方でも、ある程度までは裏を摑んでいるらしい。いずれにしても、奴らを操っていたのは柘植克也だ」

「いったいあの男は、何人の人間を殺したのかしら……」

「負の連鎖だよ。一人殺すと、次から次へと殺さなくてはならなくなる」

殺しただけではない。殺された者の家族、友人、そして真由子。柘植克也は自分の欲望のために、数えきれないほどの人生を踏みにじった。

夜半になって、風が冷たくなりはじめた。開け放った窓でレースのカーテンが揺れ、気の早い秋の虫の声を運んできた。

神山は、すべての気配に耳を傾けていた。いまも、窓の外に柘植克也が姿を現わすような気がしてならなかった。

「ひとつ、わからないことがあるの。ささいなことだけど……」

「何だ?」

「例の車よ。黒いフォルクスワーゲンのゴルフ。真由子は、なぜあの車を持っていることを隠していたのかしら」

「柘植克也が買ってくれたものらしい。それだけじゃない。真由子も、彼女の母親も、ほとんど定職を持っていなかったんだ。克也は、あの母子の生活の面倒を見ていた」

「どうして?」

「せめてもの罪ほろぼしというところじゃないのか」

「理解できないわ」

「なぜ？」

「だってそうでしょう。柘植克也は、暴力と威力で真由子を支配していた。それなのに、なぜ真由子に何かを与える必要があるの？　あの男は、典型的なサディストよ。奪うことはあっても、絶対に与えはしない」

「お前、克也に何をされたんだ」

「セックスよ。それ以上は、いえないわ……」

いつの間にか、弘子は眠っていた。神山は闇に浮かぶ白い体に、そっと毛布を掛けた。だが神山は、寝つけなかった。暗い天井でゆっくりと回転するファンを見つめながら、いつまでも考え続けた。

一連の事件が、終わろうとしていた。谷津誠一郎は、二〇年前に死んでいた。すべて、柘植克也だった。あの男を軸に考えれば、事件の全体像が、隅々まで手に取るように理解できる。

だがその時、神山はひとつの矛盾《むじゅん》に気が付いた。例の写真だ。郡山のスナック『人魚姫』の明美と由美という女たちに、神山は谷津誠一郎の高校時代の写真を見せた。あの時、二人の女はいっていたはずだ。「似ている……同じ人だと思う……」と——。

だが、そんなことは有り得ない。六年前に『人魚姫』に行ったのは、谷津誠一郎ではない。なぜなら、誠一郎は、すでに死んでいたからだ。直美の〝彼氏〟の正体は、誠一郎の名を騙った柘植克也だったはずだ。それなのになぜ、あの二人の女は写真と谷津誠一郎が同一人物だと証言したのか……。

枕元で、携帯が不快に震動した。電話だ。神山は手探りで携帯を摑み、開いた。柘植克也からだった……。

通話ボタンを押して耳に当てると、しばらくして低い声が聞こえてきた。

——健介か？——。

「そうだ」

——起きてたのか——。

「こんな時間に、何の用だ」

——会いたいんだ——。

「なぜ」

——約束しただろう。二人で決着を着けようと。一時間後だ。馬入峠で待っている——。

「待て」

だが、電話は切れた。時間を見た。午前○時を回っていた。

「誰からなの？」

弘子が目を覚まし、訊いた。

「克也からだ。いまから、二人で決着を着けようといっている」

「止めても、行くのよね。あなた、男だし……」

「逃げるわけにはいかない」

弘子は神山の体を抱き締め、口付けをした。

「気を付けてね」

「わかっている」

ベッドから下り、ジーンズを身に着けた。いつの間にかまた、弘子の寝息が聞こえてきた。

7

深夜の県道三七号線は、眠るように静かだった。

車は、ほとんど走っていない。路面が月明かりで青く光っていた。

神山はBMW318CIのミッションを三速に入れ、一・八リットルのツインカム四気筒エンジンを五五〇〇回転まで回した。すでに時速は一二〇キロを超えている。途中でふらふらと走る飲酒運転らしき車を、強引に抜き去った。

目的地に着く前に、車を十分に温めておく必要がある。走りながら、音と感触で車の状態を確認していく。エンジンオイルは、まだ交換してから一〇〇〇キロも走っていない。ミッションオイルも、昨年の秋に換えた。ほぼ新品に近いミシュランのタイヤは、完璧にグリップを保っている。すでに一〇万キロ以上を走った古い車だが、整備は万全だ。

やがて道は羽鳥湖高原に向かい、急な登りになる。最初のコーナー。神山はコーナーの入口まで引っぱり、ブレーキを踏み込んだ。

ブレンボのブレーキが、悲鳴を上げる。ヒール・アンド・トウでギアを二速まで落とす。ステアリングをインに切り込む。リアタイヤが滑り出すのを待ってカウンターを当て、アクセルを踏み込む。車はコーナーに対して斜めに向きを変えながら、アウト・イン・アウトの美しいラインを保ちコーナーを抜ける。

悪くない。車を本気で駆るのは、久し振りだ。だが人間は、一度でも体が経験したことは忘れない。神山は自分が車と同化する感触を楽しみ、次々とコーナーを攻めた。馬入峠に着くまでには、さらに体と神経が研ぎ澄まされていくだろう。

道を登りきると、森の中に羽鳥湖の光る湖面が見えた。一瞬、瞼の裏に谷津誠一郎の顔が浮かんだ。誠一郎は、悲しげな眼差しで神山を見つめていた。

だが、神山は想いを打ち消した。ハイビームのライトに浮かぶ森と路面だけを見つめ、アクセルを踏み続けた。葛折《つづらお》りの湖岸の道で、ドリフトを繰り返す。ツインカムのエンジンが、心地良く吹け上がる。大丈夫だ。タイヤも十分に温まってきた。

国道一一八号線に出ても、車は走っていなかった。間もなく、右折。馬入峠に向かう山道に入る。小さな集落を通った。民家の明かりは消えていた。

やがて、民家も途絶えた。暗く、細い道が続く。馬入峠は、間もなくだ。

明神滝《みょうじんたき》へ向かう道の分岐点に差し掛かった時だった。森の陰に、何かが見えた。ブルーメタリックのスバル。柘植克也の車だ――。

一瞬で走り過ぎた。同時に、後方で車のライトが光った。スバルが唸りを上げ、車体を捩《ねじ》るように道に躍り出た。バックミラーに、黄色いフォグランプの光芒《こうぼう》が迫った。

神山は、アクセルを踏み込んだ。だが、だめだ。道は、登りだ。神山の車は、一二〇馬力。それに比べて、奴のスバルは二八〇馬力に達する。逃げ切れない――。

スバルが、まるで生き物のように背後から襲い掛かってくる。手が届きそうな距離だ。

だが、黒いフロントグラスに奴の表情は見えない。冷たい視線だけを感じた。

急なコーナーを、フルカウンターで抜けた。次の瞬間、舗装路が途切れた。ダートだ――。

まずい……。

ダートに入った瞬間に、ＢＭＷのリアが大きく流れた。アクセルとステアリングで、何とか立て直した。

奴が、ここで仕掛けてきた。左のリアに、強い衝撃を受けた。車がコントロールを失い、大きく蛇行した。

路面に浮く砂利でタイヤがグリップを失い、戻らない。そこにまた、ぶつけられた。奴は、本気だ――。

神山はステアリングを操作しながら、記憶を辿った。意外なほど、冷静だった。

柘植克也の車は、スバル・インプレッサのＷＲＸだ。４ＷＤの、ラリー仕様。サスペンションを換えて車高を上げ、確かタイヤもオフロード用のラリータイヤを入れていたはずだ。ダートの登りでは、太刀打ちできない。

だが、路面が変われば話は別だ。神山はさらに記憶を辿った。この道は前に一度、弘子と共に通ったことがある。ダートはそれほど長くは続かない。間もなく、ターマック（舗《ほ》装）に戻る。そして、峠を過ぎれば下りになっていたはずだ。そこからが勝負だ。五分の戦いができる――。

スバルが、また当たってきた。アクセルを踏み、立て直す。またた。ＢＭＷがコーナーに向かって押し出され、立木をかすめた。右のフロントフェンダーが潰れ、ドアミラーが消し飛んだ。だが、車は止まらない。

ダートの切れ目が見えた。あと、五〇メートル。当たってくるスバルを、神山はフェイントで躱《かわ》した。ギアを二速にホールドしたまま、アクセルを踏んだ。

舗装路に戻ると、不快な震動と音が一瞬で消えた。タイヤが、急激にグリップを取り戻す。エンジンが、甲高い音を残して吹け上がった。

ここからは、神山の番だ。車が、ステアリング操作に正確に反応する。最初のコーナーで、神山はスバルをアウトに誘《おび》き寄せた。奴が、突き掛けてきた。その瞬間にリアをアウトに流し、スバルの鼻先に叩きつけた。スバルは弾き飛ばされ、ガードレールにぶつかり、ライトがひとつ消えた。だが、まだ迫ってくる。

引き離す。間もなく、馬入峠を越えた。ここからは、下りだ。

二つめのコーナーを抜けたところで、神山はバックミラーを見た。スバルが4WD特有のアンダーステアで大きくアウトに膨らみながら、コーナーを飛び出してきた。

アクセルを踏む。目の前に、長い直線が続く。その先は、急な左コーナーになっていたはずだ。神山は二速から三速にシフトアップし、さらにアクセルを床まで踏んだ。

スピードメーターは、瞬《また》く間に一〇〇キロを超えた。さらに加速する。だが奴は、まだついてくる。力まかせに、神山の後方に迫る。

奈落の底まで落ちていく気分だった。心臓が喉元まで迫《せ》り上がる。だが、アクセルは緩めない。

チキン・レースだ。二人とも、狂っている……。

コーナーが見えた。賭けだ。この速度で、曲がれるのか。だが、FRのBMWはクリアできたとしても、ラリータイヤの4WDでは曲がれない——。

今だ。コーナーの入口で、ブレーキを踏み込む。タイヤから、白煙が上がる。同時にステアリングを切り、ギアを二速に落とす。ＢＭＷが、完全に横になった。だがリアをガードレールに当て、間一髪コーナーを抜けた。

瞬間、運転席の窓からスバルが見えた。タイヤがロックし、闇を切り裂くような悲鳴が聞こえた。

止まらない。スバルはそのままガードレールに激突し、ブルーメタリックのボディーが宙に舞った。

轟音——。

スバルは太い木の幹に叩きつけられ、渓《たに》に消えた。

神山はアクセルを緩め、車を止めた。手が、震えていた。強張った指をステアリングから引き離し、一度、大きく息を吐いた。

エンジンを止めると、周囲の音がすべて消えた。

8

マグライトの光で足元を照らしながら、神山は急な斜面を下りた。

森は静かだった。辺り一面の虫の声と、渓を流れるせせらぎしか聞こえない。

眼下に、巨大な蛍のような黄色い光が見えた。柘植克也のスバルのフォグランプだ。樹木が薙《な》ぎ倒されたように、根元から折れている。森の湿気を帯びた大気の中に、かすかにガソリンの臭いが漂っていた。

谷底に、ブルーメタリックのスバルが見えた。神山は、マグライトの光を車体に当てた。

目を被《おお》った。車体……いや、正確にはその残骸だった。スバルは無残に潰れ、巨木に巻きつくようにひしゃげていた。

「克也、どこにいる――」

声を張り上げ、呼んだ。だが、返事はない。

足を滑らせ、ころびながら、神山はスバルに近寄った。すでに息絶えたエンジンの熱が、周囲に残っていた。

倒木によじ登り、運転席を覗いた。潰れた屋根とシートの間に、柘植克也が挟まっていた。頭が裂け、顔が血に染まっていた。腕が、奇妙な方向にねじ曲がっている。

だが、胸が動いていた。生きている。呼吸をする度に、口と鼻から泡立つ血が溢れ出ていた。

ライトの光を向けた。

「克也、大丈夫か？」

声を掛けると、柘植克也はゆっくりと瞼を上げた。

「……く……そ……」

血を吐きながら、呟くようにいった。

「いま助けてやる」

「無駄……だ……」

神山は携帯を開いた。圏外になっていた。だが、助けを呼びに戻る時間はない。神山は折れた太い枝を探し、それをドアの隙間に差し入れた。こじ開ける。曲がった鉄板が、音を立ててボディーから剝《は》がれ落ちた。

神山は、車内を見た。その時、すべてが無駄であることを知った。両足がミンチのように潰れ、ボディーとインパネの間に喰い込んでいた。ロールバーが折れ、その先端が腹に深々と刺さり、血が噴き出していた。

「……やめ……ろ……」

克也がいった。

「諦《あきら》めるな。いま、助けを呼んでくる」

「行く……な……」

「なぜだ」

克也が、神山を見つめている。穏やかな視線だった。血を噴く口元が、かすかに笑ったように見えた。

「……は……な……し……」

神山は、克也の声に耳を傾けた。

「話、か？」

「そう……だ……。話……がした……い……」

「わかった。話そう」

神山が自分のTシャツを裂き、それで柘植克也の顔の血を拭《ぬぐ》った。折り畳み、額の傷口に当てる。克也は安心したように、静かに目を閉じた。そして、いった。

「事……件だ……。どこ……まで……知っている……」

「もう、ほとんどわかってるさ」

神山は、これまでのことを話して聞かせた。すでに、心の怒りの炎は消えていた。眠りにつこうとしている子供に、御伽噺《おとぎばなし》を聞かせているような気分だった。

二〇年前の、真由子の事件。その時に、たまたま通りかかった誠一郎を克也が殺したこと。一四年前に白河で起きた女子中学生殺害事件。六年前の、池野直美殺害事件。神山の伯父、達夫の死と斉藤弁護士の死。克也は目を閉じたまま、時折、夢の中で頷くように静かに聞き入っていた。

神山が話し終えると、克也が声を出した。

「……さすが……だ……」

「最初は誠一郎が生きているのだと思っていた。お前も、真由子も、この二〇年の間に何度か誠一郎に会っているといっていたしな。まんまと騙されたよ」

「クク……」

克也が、笑った。高校時代と同じような笑い方だった。

「しかし途中から、お前が誠一郎の共犯者なのかと疑うようになった。切っ掛けはあのロープの結び目と、喜多方の三輝興業の三人だ。あの大江という男の芝居は、まずかったな」

「お前……を……甘く……見て……いた……」

克也が咳き込み、口から大量の血を吐いた。神山はTシャツでその血を拭い、話を続けた。

「しかし、誠一郎の屍体が羽鳥湖で発見されて、すべてがわかったよ。克也、最初から全部お前が仕組んだことだったんだ。お前にしか、できない。しかし、なぜなんだ。なぜこれほど多くの人間を、殺さなければならなかった」

柘植克也が、苦しげに喘《あえ》いだ。

「……仕方……なかっ……た……。おれ……の……心の……中……には……悪魔が……いる……」

「ひとつだけ、わからないことがある。八年前にも、喜多方で少女が一人、殺されている。あれをやったのも、お前なのか」

「……違う……」

「それじゃあ、誰なんだ」

「……三輝……興業の……大江……」

なるほど。それですべての謎が解けたような気がした。

「証拠を握っていたんだな。それをネタに大江を威し、斉藤弁護士を殺させた。そうなんだな」

「……そう……だ……」

柘植克也の声が、少しずつ、消え入るように小さくなってきた。もう、あまりもたないだろう。だが、神山は訊いた。

「なぜ、伯父を殺した」

「……すべて……知ら……れた……」

「真由子を近付けて、探らせたんだな」

克也が、かすかに笑った。

「真由……子は……人形……」

「人形、か。しかし真由子を人形にしたのは、お前だ」

克也は、何もいわなかった。ただ黙って、神山を見つめていた。お前には、おれと真由子のことはわからないだろう。そういっているような、目だった。

神山が続けた。

「お前は真由子に、同級生を呼び出させたそうだな。真由子は他の事件には、どこまで係わっていたんだ」

「それ……だけ……さ……。あとは……すべ……て……おれ……が……やった……」

神山は、天を仰いだ。森が切り裂かれ、星が輝いていた。流れ星が、ひとつ。空に流れて、消えた。

「……健……介……」克也が、いった。「頼み……が……あ……る……」

「何だ」

神山が、顔を近付けた。笛の音《ね》のような呼吸と共に、喉の奥が低く鳴った。

「……真由……子を……よろ……し……く……。あい……つ……は……お前……を……」

呼吸が止んだ。柘植克也は、もう何もいわなかった。ただ、薄く開いた双眸《そうぼう》が、暗い虚空を見つめていた。神山は右手を瞼に添え、そっと閉じた。

——真由子を、よろしく。あいつは、お前を——。

柘植克也の最後の言葉が、耳の奥で鳴り続けていた。だがその後に、奴は何と続けようとしていたのか。その答を、永遠に聞くことはできない。

神山は柘植克也の亡骸《なきがら》に手を合わせ、車を離れた。背後から、何度も克也の声が聞こえたような気がした。そして、誠一郎の声も。だが、錯覚だ。二人とも、もうこの世にはいない。

倒木で体を支えながら、渓を登った。足が、思うように動かない。全身が、鉛のように重かった。荒い息を吐き、幾度となく地面に手を突きながら、闇の中を這った。

道に出て、夢遊病者のように歩いた。車までの僅《わず》かな距離が、ひどく長く感じられた。

車に乗り、エンジンを掛けた。やっと自分だけが、現実の世界に生きて戻ったような気がした。

もう、誰も生き残っていない。事件は、すべて終わったのだ。

だが……。

9

白河にこの夏、初めての本格的な雨が降った。

雨は長伝寺《ちょうでん》の釜子《かまこ》盆踊りが終わった翌日に降り始め、二日二晩続いて市内と周辺の山々を濡らした。

神山健介はポーチの軒下のロッキング・チェアに座り、降り頻《し》きる雨を眺めていた。森に降る雨音は、渇いた心に染み入るように穏やかだった。足元で、雨音を子守唄がわりに聞きながら、痩《や》せた三毛猫が体を丸めて眠っていた。

雨を見ながら、思う。もしこの雨があと一週間も早く降っていたとしたら。谷津誠一郎の遺体はまだ羽鳥湖の湖底に沈んでいたのだろうか。そして柘植克也は、まだこの世に生きていたのかもしれないと――。

克也と誠一郎の葬儀が執り行なわれたのは、馬入峠の事故が起きた三日後だった。場所は別々だったが、殺した側と殺された側が二〇年の時を経て同じ日に弔《とむら》われるのは、偶然といえども皮肉だった。神山や昔の同級生仲間がそれを知ったのは、すべてが終わった翌日だった。どちらも親類縁者だけの密葬で、田舎らしい長い葬列もない寂しい葬儀だったという。

あれ以来、真由子の姿を見掛けていない。すでに彼女は、警察から釈放されているはずだ。白河西署の奥野刑事に、柘植克也の最後の言葉を伝えてある。だが、真由子に何度メールを送ってみても、返信はなかった。電話にも出ない。真由子はもう、神山の前に姿を現わす気はないのだろうか。

だが、白河は狭い町だ。お互いにここに住んでいる限り、いずれは顔を合わす機会もあるだろう。

二日間の雨が上がると、山に吹く風もかすかな秋の気配を運びはじめた。白河の短い夏は、間もなく終わろうとしている。神山にも、また元の生活が戻ってきた。だがトレーニング・ジムで汗を流し、夜は町に飲みに出ても、重く沈んだ気分が晴れることはなかった。

週末を待って、家のペンキ塗りの仕上げをすませておくことにした。大工の広瀬が声を掛けたのだろう。土曜の朝になると広瀬と彼女の葵の他に、薫と息子の陽斗《はると》、同級生の角田と福富が次々と集まってきた。だが、みんなペンキ塗りを手伝うというよりも、ただ冷かしにきたような連中だった。角田は車から大量のビールを下ろし、福富は趣味の昆虫採集の網《あみ》を持っていた。昼近くに白河の『日ノ本』の女将、久田久恵が常連の三谷と新井を連れて現われると、肉や野菜をデッキに広げてバーベキューが始まった。

神山が声を掛けても、誰も働こうとしない。ペンキの刷毛を握っているのは神山と広瀬、あとは薫の息子の陽斗だけだ。他のろくでなしどもは、役立たずの批評家に徹し、肉を頬張り、ビールを飲みながら笑う。

だが、それでいい。ゆっくりと、静かに、優しい時間が過ぎていく。それが田舎で生きるということだ。誰もが知らぬうちに、こうして歳を重ねていく。

足場に登ると、風が体を吹き抜けていった。肌を伝う汗も、ひと頃よりは少し冷たく感じられるようになった。

「おい健介、そんなぼろ家のペンキ塗りなんかやめて、お前も飲むべ」

同級生の角田が、高校時代と同じ口調で悪態をついた。

「うるさい。放っとけ。おれの家だ」

だが、限界だった。肉の焼ける香ばしい匂いが、風に乗って鼻をくすぐる。冷たいビールのことを想うと、喉が鳴った。

「おれは飲むぞ。健ちゃん、仕上げは明日にするべよ」

大工の広瀬がとっとと足場を下り、ビールを飲みはじめた。

「わかったよ。おれもいま行く。肉とビール、とっとけよ」

まだ、日が高い。だが神山は仲間の輪に加わり、刷毛を割箸《わりばし》に持ち替えて肉を頬ばった。薫が紙コップにビールを注ぎ、それを一気に飲み干す。風が、汗を乾かした。

全身から力が抜けるように、息をつく。見上げると青空の下で、ペンキを塗ったばかりの家が輝いていた。南のポーチの側と、東の妻壁は仕上がった。明日、西と北の壁を塗ればそれで終わる。

頑丈な家だ。伯父の達夫が建てた。何年かに一度ペンキを塗りなおし、大切に使えば、まだ五〇年はもつだろう。自分はこれからもこの家に住み、田舎の仲間たちといっしょに歳を重ねていくのだろうか。

「秋になったらよ、みんなで茸《きのこ》狩りに行かねえけ？」

久田久恵が、いつもの調子でいった。

「面倒臭え。その後の芋煮だけ呼んでくれよ」

三谷が赤い鼻をして、まぜ返す。

「この無精もんが。お前にゃ茸、食わせねえぞ」

肉を食い、ビールを飲む。森に囲まれた静かな空間は、屈託のない笑いと何気ない会話に満ちていた。だが、誰も誠一郎と克也の話題には触れなかった。

神山は、ふと弘子のことを思い出した。そういえば彼女からも、しばらく連絡がない。最後に電話で話したのは、二日前だった。弘子は、真由子に同情していた。一度、会ってみるという。それ以来、何もいってこない。昨夜もペンキ塗りに来ないかとメールで誘ってみたのだが、返信はなかった。

「ちょっと電話をかけてくる」

神山は席を外し、家の裏に回った。携帯を開き、弘子に電話を入れてみた。だが、繋がらなかった。

——相手方ハ電源ヲ切ッテイルカ、電波ノ届カナイトコロニ……——。

無機質な、コンピューターの音声が聞こえてきた。土曜日のこの時間は、弘子は町にいるはずだ。電波が届かないわけがない。

嫌な予感がした。急に、忘れていた苛立ちが頭に蘇った。

仲間の輪に戻った。だが、笑いも会話も途絶えていた。全員の視線が、ひとつの方向に向けられている。何が起きたのかは、すぐにわかった。庭の外に、一台の白い軽トラックが止まっていた。運転席から、男が射るような目でこちらを睨《にら》みつけている。誠一郎の叔父、谷津裕明だった。

その場にいる全員が、不穏な空気に気がついたようだった。神山は立ったままビールを飲み干し、紙コップを握り潰した。

「あの野郎……」

デッキを跳び降りた。谷津裕明は軽トラックをターンさせ、集落に向かう道を走り去った。

「健ちゃん、やめて……」

薫が、止めた。だが、頭の中で何かが切れたような気がした。神山は庭を横切り、軽トラックを追った。奴がどこにいるのかは、わかっている。

走った。道を下り、牧草地の中の農道を登った。怒りと共に、また汗が噴き出してきた。奴とは、決着をつけなくてはならない。ここは、〃おれの場所〃だ――。

牧草地の丘は、夕日に赤く染まっていた。古いサイロとマンサード屋根の小屋が、長い影を投げかけていた。軽トラックの前に、谷津裕明が立っている。息を切らし、丘を登る神山を見下ろしていた。

「何をしにきやがった」

谷津がいった。だが神山は、立ち止まることなく殴りかかった。拳《こぶし》が谷津の顎《あご》を捉《とら》え、倒れた。

「な……何すっだ……」

谷津が頭を抱えてころがり、這って逃げた。だが神山は、それを追った。

「いいたいことがあるんだろう。いえよ」

尻を蹴り上げた。谷津が悲鳴を上げた。

「や、やめてけれよ。痛えよ……」

飛び掛かり、汚れたシャツの胸ぐらを掴んで仰向けにさせた。谷津は手で顔をかばいながら暴れた。

「いえよ。お袋のことか？　お袋が、何をしたっていうんだ」

神山は、谷津の体の上に馬乗りになった。腕を押さえ、平手で谷津の頰を張った。

「痛えよ……」谷津が、泣きながらいった。「みんな、お前のお袋が悪いんでねえか。あの智子がよ……」

「なぜだ」

「知らねえのかよ。智子は、自分の兄貴と乳繰り合ってただぞ。それに、誠一郎や克也ともよ。あの女は、淫売でねえか」

「もう一度いってみろ」

神山は拳を握り、振り上げた。谷津が悲鳴を上げ、目を閉じた。だが、拳を振り下ろそうとした瞬間に、その腕を後ろから摑まれた。広瀬だった。

「健ちゃん、やめれ。殴ったって、どうもしねえべ」

気が付くとその後ろで、薫や仲間たちが心配そうに見守っていた。だが神山は、腕を振りほどいた。

「くそ！」

腹の底から、声を出した。拳を、振り下ろした。熱く握り締められた拳は谷津の顔をかすめ、乾いた地面に喰い込んだ。

谷津が、泣き叫んだ。

「やめろよ……。おらあ、何もしてねえよ……。みんな、お前のお袋が悪いんでねえか。誠一郎や克也をたぶらかして、女の味を教えたりするからよ……。智子がいなけりゃ克也だってあんなことしなかった。誠一郎も克也も、死なねえですんだんだ……」

谷津は、いつまでも泣いていた。神山は谷津の体を離し、夕日に染まる牧草地の丘を下った。

10

仲間が帰り、神山はまた一人になった。

そう……一人、だ。何年も前から、神山はいつも一人でいたような気がする。女を愛しても、気心の知れた仲間と酒を飲んでいても、本当の意味で心の隙間が埋まったことはなかった。

広い家の中で、一人で闇を見つめ続けた。頭の中で、谷津裕明の言葉が聞こえた。

——みんな、お前のお袋が悪いんでねえか——。

打ち消した。だが、また聞こえてくる。

——あの女は、淫売でねえか——。

谷津が、泣きながら叫ぶ。

——智子がいなけりゃ……誠一郎も克也も、死なねえですんだんだ——。

嘘だ。そんなわけがない。だが、神山には薄々わかっていた。母と伯父の関係。二〇年前、なぜこの村から逃げるように去らねばならなかったのか。母は、あの頃、普通ではなかった……。

ベッドに入っても、寝つけなかった。闇の中に、次から次へと人の顔が現われた。

伯父の達夫。谷津誠一郎と柘植克也。斉藤弁護士。谷津裕明。弘子と真由子。そして、母の智子……。

まどろみ、そしてまた覚醒した。何度も寝返りをうった。夢とも現実ともつかない意識の中で、いつ果てるとも知れぬ苦悶《くもん》に喘《あえ》ぎ続けた。

いつの間にか神山は、二〇年前の風景の中にいた。高校三年の夏——神山と母の智子が、真芝の集落を去る数日前の週末だった。神山と智子は、誠一郎と克也と共に、四人で村の外れの炭焼小屋にいた。もう何年も使われていない、古い小屋だった。

小屋に酒とつまみを持ち込み、飲んだ。姐御肌の智子は、息子とその同世代の若い男に囲まれ、上機嫌だった。

——私が酒の飲み方を教えてやるよ。親にいったらだめだからね——。

淡いランプの光の中で胡坐《あぐら》をかき、母がいった。母はまだ若かった。息子の神山の目にも、妖艶《ようえん》だった。

神山は、初めての酒に酔った。いつの間にか、酔い潰れて眠っていた。奇妙な夢を見ていたような気がする。ランプの光の中に妖しくゆらめく、母の白い肢体。それにまとわりつく、二人の若い男。耳を塞ぎたくなるような、母の嗚咽《おえつ》……。

神山は、その光景を見つめていた。だが、体を動かすこともできなかった。

夢だ。夢に決まっている……。

母が、笑う。伯父が――誠一郎と克也が――笑う。

――健介、知らないのは、お前だけ――。

「やめろ！」

ベッドに、飛び起きた。全身が、鉛のように重い汗で濡れていた。荒い息で、時計を見た。午前三時を過ぎていた。

キッチンに立ち、コップに一杯の水を飲み干した。だが、それでも息は治まらなかった。

体が、ふらついた。神山は頭を振り、よろめきながら、闇の中に壁を伝った。伯父の書斎に向かう。重いドアを開き、明かりを点けた。

白い壁に、三枚の額装された写真が浮かび上がった。右の二枚は、真由子の写真だ。そして左側の一枚は、母の写真だった。

森の中で、智子の白い体が太い木の幹を抱いている。樹皮に這う指。豊かな胸。男を誘うようなかすかな笑みと、視線……。

神山は、目を逸《そ》らした。

「くそ！」

壁に歩み寄り、写真の額を摑んだ。床に、叩きつけた。額とガラスが、砕け散った。

神山は、その場に立ちつくした。呆然と、壁を見つめた。何もないはずの壁――。

だが母の写真の裏――額が掛けてあった場所に――奇妙なものが埋め込まれていた。古い、金庫だった。

伯父の顔が浮かんだ。おそらく、伯父にはわかっていたのだ。もしこの壁に母、智子の写真を飾っておけば、いつかは神山がそれを外すことを……。

神山は、壁に歩み寄った。指先で、金庫に触れた。黒く銹《さび》の浮いた厚い鉄の扉に、真鍮《しんちゅう》のプレートが貼られていた。『Schmitt――シュミット商會』――プレートには、そう書かれていた。

あの鍵だ。赤坂ダムで伯父の遺体が発見された時に、車の中に残っていた鍵。あの鍵にも、確か『Schmitt』と彫られていた。

神山は寝室に行き、キーホルダーを手にして伯父の書斎に戻った。鍵を、金庫の鍵穴に挿し込む。左に回す。鍵が解除された確かな感触があった。だが、扉は開かなかった。

金庫の扉にはもうひとつ、ダイヤル式の鍵が付いていた。1から10までの数字が刻まれた、旧式の大きなダイヤルだ。手で触れると中に組み込まれたボールベアリングが正確に作動し、滑らかに回転した。だが、キーワードがわからない……。

神山は、自分の頬を叩いた。

番号だ。この部屋のどこかに、番号があったはずだ。どこかで、見たはずなのだ。思い出せ、思い出せ、思い出せ……。

書斎の中を、歩き回った。頬を、掻きむしった。ラッキーストライクに火を付け、煙を深く吸い込む。それでも、だめだ……。

椅子に座り、考えた。引出しを片っ端から開け、中を探る。何もない。

だがその時、ふと書棚に目がいった。一番下段に並ぶ、全一二巻のシェイクスピアの原書。あれだ――。

神山はタバコを揉み消し、書棚に向かった。全集には、ローマ数字で巻の番号がふってある。本来の番号は、Ⅰ、Ⅱ、Ⅲ、Ⅳ、Ⅴ、Ⅵ、Ⅶ、Ⅷ――と並ぶはずだ。だが四巻から八巻までの順番が、Ⅶ、Ⅴ、Ⅳ、Ⅷ、Ⅵ（7、5、4、8、6）に狂っている。以前に気が付いたのだが、神山は何か意味があるのかと思いそのままにしておいた。

壁に埋め込まれた金庫に戻り、神山はダイヤルを回した。最初は左からだ。左に7……右に5……左に4……右に8……左に6……。だが、鍵は開かなかった。

息を吐いた。今度は、逆からだ。右に7……左に5……右に4……左に8……右に6……。最後にダイヤルを6に合わした時に、中からかすかな金属音が聞こえた。扉を、引く。パンドラの箱が、静かに開いた――。

金庫は、厚い鋳物でできていた。靴箱を縦にしたような大きさで、奥行きが深い。

中から、いろいろなものが出てきた。まず、額面五千万円の生命保険の証書が一通。受け取り人は神山健介になっていた。さらに古いロレックスの時計。ダイヤモンドの指輪

——結婚指輪だ。裏に、T—KAMIYAMAと入っている。その他に、花柄の表紙の日記帳が一冊。大学ノートが二冊。茶封筒が、ひとつ……。

神山は、茶封筒を開けた。中に、二枚の写真が入っていた。一枚は、谷津誠一郎。高校三年の始業式の日に、神山と誠一郎、柘植克也の三人で撮った写真から引き伸ばしたものだ。神山も、同じ写真を持っている。郡山のスナック『人魚姫』の明美と由美という女たちに見せた、あの写真だ。

だが、もう一枚の写真……。それを見た時に、ひとつの謎が音を立てるように解けた。同じ写真から引き伸ばした、学生服姿の柘植克也の写真だった。

あの時、由美という女がいっていた。伯父に見せられた写真、「あれが一番谷津に似ていると思う……」と。谷津誠一郎ではなかった。伯父が二人の女に見せたのは、この柘植克也の写真だったのだ。

神山は、誠一郎と克也をよく知っていた。親しい者が見れば、二人の顔は容易に区別がつく。だが、二人は従兄弟《いとこ》同士だった。どこか、似ているのだ。まったくの他人が高校時代の写真を見せられ、二〇年後の本人と比べろといわれても、区別がつくはずがない——。

神山は、その下にあった大学ノートの一冊を手に取った。青い表紙に、万年筆で『池野直美事件調査』と記されていた。

ノートを開く。懐かしい伯父の字が、ページに几帳面に並んでいた。内容とは別に、表紙の裏にこう書かれていた。

〈このノートを誰かが読んでいるとすれば、すでに私はこの世にいないということなのだろう。願わくばこれを読む者が、神山健介、もしくは警察関係者の誰かであらんことを。

二〇〇七年四月二八日、神山達夫〉

日付は、伯父の遺体が赤坂ダムで発見された前日になっていた。伯父は、自分が殺されることを予期していたのだ……。

ページを捲《めく》る。二年前に池野弘子が訪ねてきた時のことから、伯父は綿密な記録をつけていた。当初、伯父もまた一連の犯行は谷津誠一郎によるものと信じていたようだ。だが、やがて疑いを持つ。二〇年前に失踪してから、誠一郎が生存する痕跡がまったく存在しないことがその理由だった。後に、伯父は柘植克也に会っている。昨年の一〇月だ。その時の印象を、次のように記している。

〈柘植克也は、事件の解明に協力的だ。しかしこの男は、何かを隠している。信用できない。だいたいこの二〇年間に谷津誠一郎に会った者が、柘植克也と真由子だけというのも

奇妙だ――〉

伯父は、鋭く洞察していた。さらに、ページを捲る。柘植克也と並行して、伯父は真由子にも疑いを持つようになっていく。昨年の一一月頃から、真由子に関する記述が多くなる。真由子を追及することにより、伯父は柘植克也への嫌疑を深めていった。このあたりの推理は、神山と同じだ。そして年が明けて二月下旬、伯父は郡山署の今村刑事にも会っていた。

〈警察はやはり口が堅い。しかし今村から、興味深い話を聞いた。池野直美の遺体は、手首を奇妙な結び目で縛られていたらしい。釣り糸の縛り方に似ているが、日本ではあまり知られていない結び目だという。

もし私の知るフライフィッシングのノットだとすれば、それを教えた者は何人もいない。甥の健介、谷津誠一郎（左利き）、谷津豊《ゆたか》（死亡）、岡部清一《おかべせいいち》（死亡）、広瀬勝美（左利き）の五人だ。柘植克也には教えていない。彼は、釣りをやらなかった〉

克也には教えていない……。どういうことだ？　神山は、記憶を辿った。確かに、そうだ。高校時代、克也とは一度も釣りをした覚えがない……。

先を読んだ。

〈弘子から、遺体の写真が残っていると聞いた。それを見れば、わかるのだが。ノットが右巻きならば健介か私、もし左巻きならば谷津誠一郎か広瀬が犯人だということになる。いや、もう一人あのノットを知っている者がいる。考えられないことだが……〉

もう一人、あのノットを知る者。いったいそれは、誰なのか。だが、名前が書かれていない。

神山は、ページを飛ばした。最後のページを開く。そこに、意外な事実が書かれていた。

〈結論として、谷津誠一郎は二〇年前に死んでいるはずだ、殺したのは、柘植克也。誠一郎の遺体は、羽鳥湖に沈んでいる。

しかし、その他の事件——一四年前に白河で起きた女子中学生殺害事件、そして六年前の池野直美殺害事件は、柘植克也の単独の犯行ではない。柘植は、単なる操り人形だ。すべての真相は、日記に書かれている。真犯人は……〉

まさか――。

神山は、花柄の表紙の日記帳を手に取った。付箋《ふせん》を貼られたページを開く。読み進むうちに、背筋が冷たく凍り付いた。

弘子が、危ない。

その時、背後に気配を感じた。振り返った。暗い窓に、白い影が見えた。真由子だった。

真由子は窓の外に立ち、神山を凝視していた。目を見開き、表情を歪《ゆが》めた。口元が、何かをいいたげに動いた。

「真由子……」

神山が、窓辺に歩み寄る。だが、次の瞬間、真由子の姿が消えた。

「真由子、待て！」

神山は部屋を横切り、外に出た。月明かりの中に、真由子の車が走り去るのが見えた。

11

ＢＭＷは、ひどい有様だった。だが、まだ生きていた。車体のあちこちから何かを引きずるような音を立てながら、どうにか走ることができた。

誰もいない村道を下る。東の空が、かすかに白みはじめていた。だが、真由子の黒いゴルフは見えなかった。

やがて、国道に出た。神山は、そこで車を止めた。真由子は、どこに向かったのか……。

考えた。ふと、数日前のひとつの風景が目に浮かんだ。真由子と二人で行った、雪割橋の風景だった。

あの日、真由子は橋の上に立ち、欄干から深い渓《たに》を見下ろしていた。暗い目をしていた。そして真由子はいった。「ここから飛び降りたら、自由に空を飛べるような気がしてくる……」と――。

神山はステアリングを左に切り、甲子峠へと向かった。急ぐことはない。理屈ではなかった。雪割橋に行けば、真由子が待っているような気がした。

伯父はノートに記していた。すべての事件の黒幕は、真由子だった。その理由も、克明に書かれていた。

真由子が伯父の達夫に近付きはじめたのは、伯父が久し振りに柘植克也と会った直後からだった。伯父は、その時点ですでに真由子に疑いを持っていた。だが、伯父はあえて真由子を受け入れた。

やがて伯父の家から弘子が出ていった。真由子は自分の身の回りのものを運び込み、伯父の家に住むようになった。しばらくの間は、真由子は悲劇のヒロインを演じていた。だが少しずつ、綻《ほころ》びが見えはじめた。

伯父が真由子に対する疑いを強めた切っ掛けは、やはり例のフライフィッシングのノットだった。あのノットを知る最後の一人は、真由子だったのだ。

真由子がまだ、小学生の頃だった。心に傷を持ち、いつも一人で遊ぶ真由子を伯父は不《ふ》憫《びん》に思っていた。暇を見つけては、真由子を遊んでやった。やがて真由子は、伯父や谷津の爺さんが釣りにいく時にもついてくるようになった。しばらくすると、真由子も自分で釣りをやりはじめた。伯父はその真由子に、フライフィッシングと例のノットを教えた。

決定的だったのは、真由子の日記だった。金庫の中に入っていた、あの花柄の表紙の日記だ。伯父のノートによると、今年の三月のことだった。真由子の留守中に部屋に入ってみると、荷物の中に一冊の日記帳があるのが目に入った。悪いとは思いながら、伯父は何気なくページを開いてみた。その時に、事件の真相のすべてを知った。

真由子の日記には、すべてが記されていた。この二〇年間に、何があったのか。そして、誰が誰を殺したのか――。

二〇年前に柘植克也が真由子を犯し、それを見咎《とが》めた谷津誠一郎を殺した。その後も克也は、真由子を威《おど》しながら口を封じ、山に呼び出しては体を玩《もてあそ》んだ。そこまでは事実だ。

　だが真由子が中学に上がる頃から、二人の関係は少しずつ逆転しはじめた。頭のいい真由子には、わかっていたのだ。自分が、柘植克也の絶対的な弱味を握っていることを――。

　一四年前に、小峰鈴子という少女が阿武隈川の河川敷で殺された。呼び出したのは、真由子だった。だが、柘植克也に命じられたわけではない。呼び出したのも、そして克也の手を借りて自分の手で殺したのも、真由子の意志でやったことだ。

　理由は、嫉妬《しっと》だ。真由子は、それ以前から白河一の美少女といわれた鈴子を妬《ねた》んでいた。決定的だったのは、克也の言動だった。ある日、二人で町を歩いている時に、偶然小峰鈴子を見かけた。その時に克也が一言、いった。「あの子、お前よりも綺麗だな……」と。そんな些細《ささい》なことが、殺意の発端だった。

　だが、真由子の気持はわからないでもない。真由子は、まだ一四歳だった。それでも女としての喜びを知る彼女にとって、柘植克也は自分の世界のすべてだったのだ。

　六年前の池野直美殺害事件も同じだ。克也は最初、谷津誠一郎の名を騙《かた》り直美とは遊びで付き合っていた。だがしばらくすると、真剣になった。やがて真由子は直美の存在を知り、克也との間で別れ話が持ち上がった。最後に「三人で会って話がしたい」といって、直美を呼び出させたのは真由子だった。

あの日、馬入峠で、三人の間に何があったのかはわからない。だが、直美を殺したのは真由子だ。池野直美は、生きたまま灯油をかけられ焼き殺された。男はその直前まで愛していた女を、いかなる理由があれ、あれほど残酷な殺し方はできないものだ。根底にあるものは、やはり嫉妬だった……。

神山は、思う。なぜ克也は、真由子を止めることができなかったのか。おそらく真由子は、克也もまた過去に人を殺していることを直美に明かしたのだ。六年前の時点で谷津誠一郎殺しは、まだ時効になっていなかった。

以来、柘植克也は真由子のいいなりになった。定職を持たない真由子と母親の生活を援助し、ほしいといわれれば新車まで買い与えた。伯父の達夫や神山を騙《だま》し、谷津誠一郎が生きているように見せかけたのも、すべて真由子の発案だった。

伯父は、ノートに書いていた。

〈真由子は、時に恐ろしくさえ思えるほど頭がいい。しかし、心の中には悪魔が棲《す》みついている。いつか真由子は、私の命も奪うだろう〉

伯父を殺すように命じたのも、真由子だ——。

神山が真芝の集落に移り住んで以来、何度か奇妙な感覚に襲われたことがある。伯父が死んでからあの家に、誰かが入ったような気配を感じた。だがいまは、その謎も解けた。家に入ったのは、真由子だ。伯父と半年間、共に暮らしていた真由子は、当然あの家の鍵を持っていたはずだ。真由子はあの家から自分の荷物を運び出し、すべての証拠となる日記帳を探した。だが、伯父が壁に埋め込んだ金庫までは見つけることができなかった。

そう考えれば、なぜ斉藤弁護士が殺されたのかも察しがつく。あの日、事務所が荒らされ、伯父の書類一式が奪われていた。奴らが探していたのは、真由子の日記と伯父のノートだったのだ——。

だが、わからないことがある。真由子はなぜ、あの日記帳を伯父の家に持ち込んだのか。もしかしたら真由子は、無意識のうちに、自分を魔界から救い出してくれる誰かを探していたのかもしれない。

柘植克也は、すべての罪を被《かぶ》って死んでいった。奴にそこまでさせたものは、何だったのか。真由子に対する悔恨《かいこん》と懺悔《ざんげ》。忠誠心。もしくは、愛の証《あかし》なのか……。

山の稜線が、朝日に染まりはじめた。だが、森はまだ暗い。

神山は国道二八九号線から、雪割橋に向けて右折した。朝露に濡れた麦畑が、重く穂をたれていた。ＢＭＷは、息も絶えだえにまだ何とか走り続けている。間もなく前方の右手に、樹木に囲まれた駐車場が見えてきた。

黒い車が一台、駐まっていた。真由子のフォルクスワーゲン・ゴルフだ。神山は車を横に駐め、外に出た。

運転席を覗いた。真由子の姿はなかった。間に合わなかったのか……。

だが、雪割橋に向かおうとした時、くぐもるような人の呻《うめ》き声が聞こえた。車の中からだ。神山は後部に回り、リアゲートを開けた。狭い荷室で丸まるように、口にガムテープを貼られた池野弘子が倒れていた。弘子が涙を浮かべた目を開け、神山を見上げた。

手首をロープで縛られていた。あのフライフィッシングのノットだ。神山はポケットからビクトリノクスのナイフを出してそれを切り、弘子の口からガムテープを剝《は》がした。

「ありがとう……。殺されると思った……」

弘子が泣きながら神山に抱きついた。だが神山は、その体を離した。

「待っていてくれ。すぐに戻る」

弘子を車に残し、雪割橋に走った。周囲の風景が、少しずつ明るくなりはじめていた。

間もなく、橋が見えた。橋の中央の赤い欄干《らんかん》の上に、白いワンピースを着た真由子が座っていた。足元に、サンダルが落ちている。

神山が、歩み寄る。だが、真由子がいった。

「近くに来ないで」

足を止めた。

「そこから、下りるんだ」

真由子が首を振った。

「いやよ」神山を見据えた。「どうしてここがわかったの？」

「前に一度、君とここにきた。その時に、君がいった言葉を思い出した。それだけだ」

真由子がふと、力を抜いたように笑った。

「あの日記を、読んだのね……」

神山が、小さく頷いた。

「読んだよ。君のやったことは、すべてわかっている。伯父のことも……」

「ごめんなさい」真由子が、俯きながらいった。「どうしようもなかったの。達夫さんに全部、知られちゃって……」

「もういい。すべて終わったことだ。おれと一緒に、帰ろう」

「だめ……。もう嘘もみんなばれちゃったし……。私の帰るところなど、ないわ……」

真由子が、静かに神山を見つめている。その顔はなぜか天使のように美しく、少女のように清らかだった。

「帰ろう。もう一度、やりなおすんだ」

「無理よ……私は、もう終わりよ」

真由子の口元が、笑った。だが大きな瞳からひと筋の涙がこぼれ落ち、頬を伝った。

「大丈夫だ。おれがついている」

「いいの。一度ついた嘘は、永遠に消すことができないのよ。でも私、ひとつだけ本当のことをいった……」

「わかってるさ……」

真由子は、神山を殺そうとはしなかった。日記には、神山の名が何度も書かれていた。

「信じてくれるの？　私、子供の頃から本当にあなたのことが好きだったの。もしこんなことにならなかったら、健介さんのお嫁さんになりたかった……」

真由子が、笑った。泣きながら、笑った。穢《けが》れのない、天使のように。そしてゆっくりと、欄干の上に立った。

「やめろ！」

一瞬、真由子の姿が透明になった。

「私、鳥になる……」

神山は、走った。だが、遅かった。真由子は両手を広げ、十字架が倒れるように橋の上から飛んだ。

欄干に駆け寄る神山の手をすり抜け、真由子の体が落ちていく。一輪の白い花が舞うように、深く暗い渓の底に吸い込まれていった。

12

金庫の中には、もう一冊ノートが残されていた。表紙には、『神山健介殿』と書かれていた。日付は一九九六年の一二月二七日。母の智子が亡くなった一週間後になっていた。

初めてノートを読んだ時の衝撃が、いまも神山の胸の中で燻《くすぶ》り続けている。内容は、伯父の自らの人生に関する告白だった。神山家の歴史。自分と、妹の智子との関係。そしてさらに神山健介の出生の秘密について、綿々と綴《つづ》られていた。

神山が知る家系の歴史は、ほとんどが捏造《ねつぞう》されたものだった。それまで神山は、母の智子は祖父神山作太郎が向島《むこうじま》の芸者に生ませた妾腹だと教えられてきた。だが、違ったのだ。伯父は、ノートにこう記していた。

〈君の母親の智子は、祖父の実の子供ではなかった。向島の芸者、波子が、どこの誰とも知れぬ男の種を生み落とした私生児だったのだ――〉

芸者の波子が結核に倒れた時に、なぜ作太郎はその娘の智子を引き取ったのか。当時はまだ、昭和三〇年代だった。芸者の子は、やがて芸者となる。苦界《くがい》に落ちる運命にある智子を、作太郎はただ忍びなく思ったにすぎなかった。この時、智子はまだ一六歳。伯父の達夫は一九歳だった。だが二人は腹違いの兄妹などではなく、まったく血縁はなかったことになる。

智子は母の波子の血を受け継ぎ、奔放だった。二十歳《はたち》の時に歳上の男の種を身籠り、これが作太郎の怒りに触れ、出奔したとされている。その時に生まれたのが、神山健介だった。結局は智子は、幼子を連れて水商売の世界に身を俏《やつ》すことになる。ここまでは神山も、人伝てに聞いて知っていた。

伯父と母が再会したのはその一〇年後、祖父作太郎の死が切っ掛けだった。さらにその四年後、母がやっていた小料理屋の商売が立ち行かなくなり、伯父は白河の自宅に母子を引き取った。この時、神山は一四歳。以後の記憶は、はっきりと残っている。

だが、伯父は告白する。

〈私と智子とは、兄妹ではなかった。むしろ、夫婦だった、といった方が正確かもしれない。健介には、すまなかったと思う。しかし私は、智子を愛していたのだ——〉

やはり、と思う。思い当たる節はいくらでもあった。伯父は、遺品の中に母の少女時代の写真を忍ばせていた。そして壁に飾られていた写真——男と女の仲でなければ、あのような写真など撮れるわけがない。いま振り返ってみても、伯父と母は腹違いの兄妹にしてはあまりにも仲睦まじすぎた。

伯父は、二〇年前の出来事についても触れていた。神山と母の智子、谷津誠一郎、柘植克也の四人が山の炭焼小屋で酒を飲んだ、あの夜の出来事だ。


〈最初に智子からその話を聞いた時、私は耳を疑った。誠一郎と克也の二人が、酒に酔った智子を襲ったのだ。しかし、智子も悪い。若い二人の男を前に、あまりにも軽率だった。健介がその光景を見ていなかったことが、せめてもの救いだった――〉


神山は、胸が苦しくなるのを覚えた。

真芝は、狭い集落だ。その出来事が噂になる前に、智子は息子の健介を連れて村を去った。伯父は、静かにその現実を受け止めた。未成年の、少年のやったことだ。あえて法に訴えるつもりもなかった。

だが、その直後に誠一郎が姪の真由子を犯し、村から姿を消した。親族は誠一郎が智子と出奔したものと思い込み、すべての責任を転嫁した。誠一郎をたぶらかした、あのふしだらな女が悪いのだと――。

伯父と村人との間に、深い確執が生まれた。中でも執拗だったのが、誠一郎の叔父の谷津裕明だった。伯父は長年にわたり谷津裕明から嫌がらせを受け、それを斉藤弁護士に相談していた。

すべての謎が解けていく。一連の、事件。誠一郎と、克也の死。そして真由子の運命。あらゆる出来事は、あの二〇年前の夜に起因した——。

伯父はノートの最後に、次のように記していた。神山は、それを読む前から、結末を予期していたような気がする。

〈健介、これから私が告白することを、どうか許してほしい。実は、君の母親の智子は、見ず知らずの男の子供を産んだわけではなかった。君の父親は、この私だ。健介、君こそは、この世にたった一人の私の息子なのだ。

何度、この事実を君に伝えようと思ったことか。しかし、ついにその機会には恵まれなかった。私の死後、いつの日か、健介がこのノートに目を留めてくれることを祈る。

愛する息子、健介へ。

神山達夫〉

涙を拭い、神山はノートを閉じた。真由子の日記と共にそれを書斎の金庫に納め、上に新しい写真の額を掛けた。

真由子の写真――いつか神山が、自分の手で、羽鳥湖で撮った写真だった。写真の中の真由子は神山を見つめ、悲しそうに笑っていた。

庭に出ると、猫がいつものようにポーチで体を丸めていた。ペリエの瓶《びん》を片手に、ロッキングチェアに腰を降ろす。CDプレイヤーのスイッチを押すと、イーグルスの古いアルバムが聞こえてきた。

ペリエを口に含む。季節は、まだ夏だ。だが阿武隈山系から吹き降ろすこの夏初めての北西の風が、肌に冷たかった。

牧草地の中の村道を、車が上がってくるのが見えた。弘子のマスタングだった。

神山は椅子を立ち、弘子を出迎えた。マスタングはゆっくりと庭に入り、神山の前で止まった。トランクの中に家財道具を詰め、紐で括《くく》り付けてあった。

パワーウインドウが下がった。車を下りずに、弘子がいった。

「これから、会津に帰るわ……」

神山は、小さく頷いた。

「戻ってくるのか？」

だが、弘子は首を振った。

「もう、ここには戻らない。お別れをいいにきたの……」そういって、弘子は淡いグリーンに塗られた家を見上げた。「ペンキ、塗り上がったんだ。綺麗になったね……」

「ああ……昨日、仕上がったんだ」神山は、ふと胸に浮かんだ言葉を続けた。「白河に戻ってこいよ。娘を連れてくればいい。ここで、三人で暮らさないか」

弘子は目を閉じ、笑った。そして、目に滲むものを拭った。

「ありがとう。あなたにそんなことをいわれるなんて、思ってもみなかった……。でも、無理だよ。私、この二年間、女になり切ってたし。これからは、母親に戻らないと。女と母親を同時に演じられるほど、器用な人間じゃないのよ……」

神山は、空を見上げた。白く長い雲が、風に流れていた。

「元気でな」

手を差し出すと、弘子が親指を絡ませるようにそれを握った。

「あなたもね。いろいろと、本当にありがとう……」

車が、走り去った。神山はまたポーチの椅子に座り、冷たいペリエを口に含んだ。

風の中に、イーグルスの『デスペラード』が流れていた。

著者注・この作品はフィクションであり、登場する人物および団体名は、実在するものといっさい関係ありません。

解　説——放浪探偵から定住探偵へ

ミステリ評論家　新《しん》保《ぽ》博《ひろ》久《ひさ》

柴田哲孝という名前に注目するようになったのは、多くのミステリ・ファンと同じく、『下山事件 最後の証言』（二〇〇五年。現・祥伝社文庫）によってである。言うまでもなく下山事件は、戦後最大の謎の一つといわれる国鉄総裁変死事件だが、一九四九年の事件後に生まれた世代の私にとっては、とりわけ興味深い出来事というものでもない。それでも同書のただならぬ評判は伝わってきて、実際、一読まさに〝巻置く能《あた》わざる〟面白さであった。私より年下の柴田氏が、この事件にこれほど深入りすることになったのは、氏自身の祖父が事件の重要関係者だったからだ。どのような関わり方であったかは、私がへたに説明して先入観を与えるよりも、未読のかたには白紙で臨んでいただくほうがいい。下山事件なんて初耳だというような若い読者ですら、ページを開けば引き込まれること請け合いだ。ノンフィクションとして日本推理作家協会賞を評論その他の部門で、また日本冒険小説協会大賞実録賞をそれぞれ受賞して、著者の文名をさらに高めた。

しかしこれが氏のデビュー作というわけでなく、それまでにもアウトドア・テーマを中心に多くのノンフィクションの著書があり、一九九一年には『KAPPA』（現・徳間文庫）で小説デビューも果たしている。そのころといえば、私がかなり丹念に日本ミステリの新刊に気を配っていたはずだが、刊行時には全く見逃していた。元の出版社が文芸書に不慣れで、配本も宣伝もおよそ行き届かなかったのだろう。続いて連載された小説第二作『RYU』は当時単行本化されず、二十年近く経った二〇〇九年にようやく徳間書店から文庫オリジナルで刊行されて普及したものだ。この再評価ぶりは、『下山事件 最後の証言』の好評に与《あず》かるだけでなく、実質的には長篇第三作だった『TENGU』（二〇〇六年。現・祥伝社文庫）が大藪春彦賞を受賞したことが大きいだろう。

これらの作品『KAPPA』『RYU』『TENGU』では、探偵役としてルポライター有賀雄二郎《ありがゆうじろう》が活躍する。『TENGU』では脇役だが、その後『ダンサー』（二〇〇七年、文藝春秋）で主人公に復帰している。そのプロフィールは、ひとことに要約すれば〝放浪探偵〟ということになるのではないか。

「……有賀雄二郎は、オーストラリアでバラマンディーを釣りあげたり、ジャックという愛犬を飼うなど、柴田哲孝とイメージが重なる部分が多い。『本人を投影している部分はあります』」（村上貴史《むらかみたかし》インタビュー・文「ミステリアス・ジャム・セッション」第七十四回、『ミステリマガジン』二〇〇七年七月号）という。

『KAPPA』に初登場した有賀が妻子と別れてキャンピングカーで暮らしているように、柴田氏自身、就職先に辞表を出してオーストラリアで三カ月ジープに乗って過ごしたものだ。さらにパリ・ダカール・ラリーに二度挑戦して、二度目に念願の完走を果たしている。オーストラリアを再訪して怪魚バラマンディーと格闘したのはその後の話だ（あ、これらは著者自身のほうのエピソードである）。

有賀が探偵する事件は基本的に日本で起こるが、『RYU』の冒頭のように、世界じゅうを漫遊して旅先から日本の雑誌社に記事を送って糧《かて》を得ており、このときはアラスカにいた。まさに放浪の日々を送っている。

柴田氏のほうはそこまで極端でないものの、カメラマン、自動車ライター、パリダカ・ドライバー、アウトドア・ライター、小説家、ノンフィクション作家と、ひとつところに安住しない職業遍歴を続けてきた。転機となったのは、やはり『下山事件 最後の証言』だろうが、そのままノンフィクション作家にならずに小説のほうを再始動させたあたり、放浪性作家の面目躍如《やくじょ》だ。

有賀雄二郎シリーズばかりに気を取られていると、サバイバル冒険小説、パニック小説的色彩の濃いサスペンス・ノヴェルが専門かとも見えよう。だが『TENGU』刊行以降、小説雑誌に発表してきた短篇長篇を見ると、じつに抽斗《ひきだし》の多い作家だと感得される。創作再始動の最初期短篇ともいえる「魔霧《まきり》」（徳間書店刊『白い猫』所収）と「狸汁《たぬきじる》」

（光文社刊『狸汁――銀次《ぎんじ》と町子《まちこ》の人情艶話』所収）とは同じ二〇〇六年十一月に発表されたが、動物テーマである点こそ共通するとはいえ、前者が不可思議な能力をもつアイヌ猟犬の凄絶な活躍譚《たん》なのに対し、後者は幻の狸汁を所望された名人板前が相手の舌も心も満足させる庖丁さばきを見せるハートウォーミングさだ。

後者はまた、東京の麻布十番《あざぶじゅうばん》に小料理屋〝味六屋《みろくや》〟を妻の町子と切り盛りしている四十男の久田《ひさだ》銀次が主人公の短篇連作第一話ともなった。銀次は博多生まれ、千葉県千倉《ちくら》育ちだが、やはり流れの板前だった父が賭博でこさえた借金のため一家離散、東京、大津《おおつ》、京都、大阪、博多はおろか、フランスやイタリアまで渡り歩いて料理の腕を磨き、「人から相談を受けると、放ってはおけない性分」ゆえ、馴染《なじ》み客から出される難題を豊富な知識と技術で解決してゆく。犯罪はなくても立派にミステリであるのは、第二話「初鰹」が日本推理作家協会編の推理小説年鑑『ザ・ベストミステリーズ２００８』（講談社）に選ばれていることが示していよう。

作家が生み出す主人公の大半は大なり小なり著者自身の分身である場合が多いが、この銀次も有賀に劣《おと》らず柴田氏その人を反映しているように思う。経歴に直接重なる点はないけれど、放浪を重ねた末に定住を選び、それまでに蓄積した知識の豊富さ、技術の確かさで、出す料理出す料理（作品）で客（読者）を堪能させる。『ＲＹＵ』から十年以上、小説の筆をほとんど断っていたことが、それだけ抽斗を豊かにしてきたかのように。

『狸汁――銀次と町子の人情艶話』と並行して発表された『銀座ブルース』（二〇〇九年、双葉社）は、一九四五年の小平義雄《こだいらよしお》事件から帝銀事件、下山事件まで、敗戦直後の実在事件を背景にした連作で、主人公である築地署《つきじ》（のちに警視庁に転任）の一刑事は闇商人からあがりをかすめる悪徳ぶりと、空襲で死んだ同僚の妻子を色欲抜きで養う優しさを併《あわ》せ持っている。定住している、あるいは定住先を求めている人物だが、時代の激動に翻弄《ほんろう》され、心ならずも時間のなかを放浪しているともいえよう。その証拠に、刑事が放浪を終えて定住しようとしたとき、連作も完結するのだ。

そして本書『渇いた夏』が、放浪探偵とは対照的に定住探偵ともいうべき神山健介《かみやまけんすけ》を主人公にしていることで、著者のベクトルが放浪から定住へとゆっくり転換しかけているのを感じさせる。『狸汁――銀次と町子の人情艶話』の第二話と第三話のちょうどあいだ、『小説NON』二〇〇七年十一月号から一年間、連載された長篇だが、開始の前号では読切短篇と予告されていた。短篇のつもりでいた構想がどんどんふくらんで長篇化し、編集部もそれを歓迎したと想像されるが、完結の半年後から第二作『早春の化石』（二〇一〇年、祥伝社）が連載されてシリーズとなったのも、本当は予定外だったのではないか。読者の評判が良く、著者も神山に愛着が出てきたので連投させたと思われる。

そう推測されるのは、神山の経歴設定が、初めからシリーズを意図していたとすれば凝《こ》り過ぎと映るからだ。東京でうだつの上がらない興信所員だった神山は、二十年前に母とともに追われた福島県の白河《しらかわ》にある村へ、伯父の死を契機に戻ってきて私立探偵を開業する。同時に、警察が自殺と処理した伯父の事件を再調査するが、それは母と神山自身も知らない己の秘密をあばき出す行為でもあった……。

事件を読者に示すための狂言回しにするなら、探偵役はキャラクターを控えめに、無色透明に近くしたほうが展開しやすい。また村じゅう顔見知りばかりというような世界では新しい事件を起こしにくいし、読者は順番に読んでくれると限らないから、第一作で明かされる複雑な事情をうっかり続篇に書けない。それでも、あえて続けたくなる手ごたえが、神山から感じ取れたのだろう。それは、柴田氏当人が、さまざまな職業の放浪を休んで、しばらくは小説家に定住しようという心情にシンクロしたせいもあるのではないか。

小説に定住するといっても、抽斗だくさんな氏のこと、作品はバラエティに富んでいる。『下山事件　最後の証言』の再来を期待する読者には、近作『GEQ』（角川書店）が飛びきりのご馳走《ちそう》だ。ノンフィクションとフィクション、下山事件と阪神淡路大震災というテーマと、大きな違いがあっても、精緻《せいち》なリサーチで読み手の予想を上回る壮大な構図を浮かび上がらせる手法に等質の興味が感じられよう。同書が二〇一〇年有数の話題作になるのは間違いない（すでになっているか）のに対し、大人らしいコクに満ちた神山健介シリーズは、ハードボイルドとしてオーソドックスに過ぎると映るかもしれない。本書『渇いた夏』にも『早春の化石』にも、こっそり大胆な奇想が秘められているのだが、柴田作品の系列においてみればおとなしいほうに違いない。だが、こういうケレンの少ない味わいをじっくり楽しみたい人も少なくないはずだ。時に同一作家であるのを忘れさせるほど変幻自在なので、二、三冊読んでもう分かったとか、たまたま最初の一冊が自分の好みではなかったとかいって見捨ててしまうと、後悔することになるだろう。

神山健介シリーズで柴田氏は、主人公を定住させて物語にどれだけ変化をつけられるか試みたくなったようにも思われる。次作『早春の化石』は私立探偵小説にふさわしく失踪事件の調査に始まるが、その失踪事件自体、前例がないほど風変わりなものだ。第三作「冬蛾《とうが》」は現時点でまだ連載が始まったばかりながら、横溝正史《よこみぞせいし》ばりの因習的な村に招聘《しょうへい》された神山が、雪崩《なだれ》を理由に帰してもらえず、前二作とはまた趣《おもむき》を変えて閉鎖環境で伝奇的スリルが醸《かも》されそうだ。続く第四作は当然に〝秋〟、探偵スペンサーが依頼人の子供を鍛えなおすR・B・パーカー『初秋』（ハヤカワ・ミステリ文庫）のような作品になると私はある週刊誌の書評で予測したが、柴田氏のことだ、好い意味で予想を裏切ってくれるに違いない。そして四部作で完結させ、再び著者が作風上で放浪を始めるのが潔《いさぎよ》いと考える反面、さらに第五、第六作と書き継いでもらいたい気もする。本書を読み了《おえ》た皆さんも同じ想いだろう。

（この作品『渇いた夏』は、平成二十年十二月に
小社から四六判で刊行されたものです）

渇いた夏

一〇〇字書評

切り取り線

購買動機（新聞、雑誌名を記入するか、あるいは○をつけてください）	
□（　　　　　　　　）の広告を見て	
□（　　　　　　　　）の広告を見て	
□ 知人のすすめで	□ タイトルに惹かれて
□ カバーが良かったから	□ 内容が面白そうだから
□ 好きな作家だから	□ 好きな分野の本だから

・最近、最も感銘を受けた作品名をお書き下さい

・あなたのお好きな作家名をお書き下さい

・その他、ご要望がありましたらお書き下さい

住所	〒				
氏名		職業		年齢	
Eメール	※携帯には配信できません	新刊情報等のメール配信を 希望する・しない			

この本の感想を、編集部までお寄せいただけたらありがたく存じます。今後の企画の参考にさせていただきます。Eメールでも結構です。

いただいた「一〇〇字書評」は、新聞・雑誌等に紹介させていただくことがあります。その場合はお礼として特製図書カードを差し上げます。

前ページの原稿用紙に書評をお書きの上、切り取り、左記までお送り下さい。宛先の住所は不要です。

なお、ご記入いただいたお名前、ご住所等は、書評紹介の事前了解、謝礼のお届けのためだけに利用し、そのほかの目的のために利用することはありません。

〒一〇一・八七〇一
祥伝社文庫編集長 加藤 淳
電話 〇三（三二六五）二〇八〇
bunko@shodensha.co.jp

祥伝社ホームページの「ブックレビュー」からも、書き込めます。
http://www.shodensha.co.jp/bookreview/

上質のエンターテインメントを！　珠玉のエスプリを！

祥伝社文庫は創刊十五周年を迎える二〇〇〇年を機に、ここに新たな宣言をいたします。いつの世にも変わらない価値観、つまり「豊かな心」「深い知恵」「大きな楽しみ」に満ちた作品を厳選し、次代を拓く書下ろし作品を大胆に起用し、読者の皆様の心に響く文庫を目指します。どうぞご意見、ご希望を編集部までお寄せくださるよう、お願いいたします。

二〇〇〇年一月一日　祥伝社文庫編集部

祥伝社文庫

渇《かわ》いた夏《なつ》

平成二十二年七月二十五日　初版第一刷発行

著者　柴《しば》田《た》哲《てつ》孝《たか》

発行者　竹内和芳

発行所　祥伝社

東京都千代田区神田神保町三-六-五
九段尚学ビル　〒一〇一-八七〇一
電話　〇三（三二六五）二〇八一（販売部）
電話　〇三（三二六五）二〇八〇（編集部）
電話　〇三（三二六五）三六二二（業務部）
http://www.shodensha.co.jp/

印刷所　堀内印刷

製本所　積信堂

カバーフォーマットデザイン　芥陽子

造本には十分注意しておりますが、万一、落丁、乱丁などの不良品がありましたら、「業務部」あてにお送り下さい。送料小社負担にてお取り替えいたします。

　ISBN978-4-396-33593-9 C0193